A INQUILINA

Obras da autora publicadas pela Editora Record

O acidente
A contadora
A professora
A inquilina
A intrusa
O namorado
Nunca minta

FREIDA McFADDEN

A INQUILINA

Tradução de

Irinêo Baptista Netto

1ª edição

EDITORA RECORD
RIO DE JANEIRO • SÃO PAULO
2025

CIP-BRASIL. CATALOGAÇÃO NA PUBLICAÇÃO
SINDICATO NACIONAL DOS EDITORES DE LIVROS, RJ

M144i McFadden, Freida, 1980-
A inquilina / Freida McFadden; tradução Irinêo Baptista Netto. – 1. ed. – Rio de Janeiro: Record, 2025.

Tradução de: The tenant
ISBN 978-85-01-92588-6

1. Ficção americana. I. Baptista Netto, Irinêo. II. Título.

CDD: 813
25-101071.1 CDU: 82-3(73)

Meri Gleice Rodrigues de Souza - Bibliotecária - CRB-7/6439

Título original em inglês:
The Tenant

Imagens de capa: Shutterstock
Diagramação: Abreu's System

Texto revisado segundo o Acordo Ortográfico da Língua Portuguesa de 1990.

Impresso no Brasil

ISBN 978-85-01-92588-6

Seja um leitor preferencial Record.
Cadastre-se no site www.record.com.br
e receba informações sobre nossos
lançamentos e nossas promoções.

Atendimento e venda direta ao leitor:
sac@record.com.br

EDITORA AFILIADA

À minha primeira colega de quarto, que programava o alarme para tocar às três da manhã porque queria acordar e estudar, mas acabava apertando o botão de soneca.

Duas vezes.

Eu perdoo você.

PARTE I

BLAKE

CAPÍTULO 1

Seis meses atrás, alguém parou exatamente neste lugar — no vigésimo quinto andar de um arranha-céu onde fica o escritório da Coble & Roy, a agência de marketing em que trabalho — e tentou pular daqui.

Infelizmente (ou felizmente) para ele, a janela não abre nem dez centímetros, um vão por onde um homem adulto não passa. Ele tentou forçar a janela a abrir o suficiente para que pudesse passar o corpo pela abertura, mas não deu muito certo. Os seguranças o impediram antes que mergulhasse para a morte, e hoje ele está em uma espécie de retiro no interior de Nova York, onde provavelmente canta, colhe margaridas, recebe tratamento de choque ou qualquer outra bobagem que as pessoas fazem nesses lugares.

E agora faço a função dele.

Eu queria este cargo. Desde que comecei a trabalhar aqui. É um *ótimo* cargo. Todo mundo passou a disputá-lo depois que Quigley tentou mergulhar de cabeça. E agora ele é meu.

E a minha nova sala? É fenomenal. O encosto da cadeira de couro se adapta perfeitamente ao contorno da minha coluna e custou bem mais do que meu primeiro carro. O sofá de couro marrom combina com a estante de nogueira peruana, que por sua vez tem o mesmo tom da mesa de trabalho no centro da sala, como se os móveis tivessem sido feitos com madeira extraída de uma única árvore.

Mas o melhor de tudo é a placa em cima da mesa que exibe, em letras douradas:

Blake Porter, vice-presidente.

Da janela, vejo a silhueta urbana de Nova York, delineada por seus famosos arranha-céus. Na minha infância em Cleveland, o prédio que eu mais queria conhecer era o Empire State, e, hoje, posso vê-lo todos os dias. Na rua, vinte e cinco andares abaixo, observo as pessoas circulando como formigas, os automóveis lembram os carrinhos de brinquedo que minha mãe comprava para mim em bazares da vizinhança.

Que tipo de otário tentaria se matar trabalhando em uma sala como esta? Que idiota.

Ele não aguentou a pressão. Mas eu aguento.

Meu celular vibra em cima da mesa. Viro a cabeça, consigo ler o nome *Krista Marshall* na tela e pego o telefone com um movimento rápido. Algumas ligações eu atendo e outras eu ignoro, mas *sempre* atendo quando é Krista.

— Oi, amor — digo.

— Olá, senhor vice-presidente — diz Krista, rindo.

Cara, ainda vai levar pelo menos uma semana para eu me cansar dessa brincadeira.

— Como estão as coisas por aí? — pergunta ela.

Olho para a pilha de documentos sobre a minha mesa, que só é menor que a quantidade gigantesca de e-mails que me esperam na caixa de entrada. Se faço uma pausa para ir ao banheiro, encontro vinte mensagens novas esperando por mim ao voltar. E eu sou do tipo que mija rápido.

Mas quer saber? Não tem problema. Consegui o cargo de vice-presidente em uma agência de marketing na semana passada porque eu aguento a pressão. Porque eu *merecia* ser promovido. Você tem trabalho equivalente ao de uma semana que precisa ser feito em uma hora? Beleza. Deixa comigo.

— Estou bem — respondo.

— Você vai demorar muito para chegar em casa? — pergunta ela. — O que acha de comida chinesa para o jantar?

São quase seis da tarde e não estou nem perto de encerrar o dia. No entanto, passei o último mês voltando exausto para casa todos os dias, e minha alimentação consistia em comida fria que Krista tinha pedido no *delivery* ou uma barra de proteína antes de dormir. Fecho os olhos e imagino minha noiva esperando por mim na sala de estar da brownstone — uma bela casa feita de arenito marrom, no Upper West Side —, com o cabelo loiro acobreado preso em um coque bagunçado e sexy, que é sua marca registrada, usando uma calça legging preta marcando perfeitamente a cintura.

Faz dois meses que a pedi em casamento com um anel de diamante que eu achava que iria deixá-la chocada — essa era a ideia — e mal tive tempo de respirar desde então. Não conseguimos fazer a festa de noivado que ela queria; nem sequer tivemos um *jantar* de noivado. Ela merece muito mais do que isso.

— Não vamos pedir comida — digo. — Vou sair mais cedo.

— Sério?

O fato de que ela parece bastante surpresa me comove.

— Sim, quero levar você para jantar.

— Blake — diz ela, com toda a delicadeza. — Você não precisa se preocupar. Se você tiver que trabalhar, eu entendo...

— Você é mais importante. — Uso um tom de voz firme, do tipo que as pessoas não conseguem rebater. — Vamos jantar num lugar bem legal, então guarde a fome. Chego por volta das sete e meia.

Ela parece tão feliz. E o trabalho ainda vai estar aqui amanhã. Além disso, posso pegar meu notebook e trabalhar um pouco em casa depois que ela for dormir.

Estou adorando a vida doméstica com Krista. Quando eu tinha 25 anos, morar com uma mulher era algo inimaginável, mas tem sido ótimo. Tão bom que decidimos até ter um bicho de estimação, um acordo tácito de que seria um bom teste antes de termos um filho. Pensamos em adotar um gato ou um cachorro, mas nos demos conta de que seria responsabilidade demais, então optamos por uma fêmea de peixinho-dourado. Nós a batizamos de Goldy. Admito que peixinhos-dourados não são particularmente carinhosos, mas já me sinto apegado.

Porém, preciso aprender a estabelecer um equilíbrio entre o trabalho e a vida pessoal. Precisava ser promovido para proporcionar à Krista e a mim mesmo a vida que a gente quer — a vida que ela *merece*, que com sorte será melhor que a vida que minha mãe teve. Precisava ser promovido para pagar as contas, porque o financiamento do meu imóvel estava consumindo o meu salário todo.

Minha família era humilde, e eu odiava isso. Meu pai tinha uma loja de ferragens e mal conseguia sustentar o negócio, então tomei providências para garantir que a *minha* vida fosse diferente. Nunca mais quero ter que me preocupar com a possibilidade de a energia ser cortada.

Guardo o celular no bolso da minha calça feita cuidadosamente sob medida. Vou resolver algumas coisas rápidas aqui e depois vou embora. Mas, antes de voltar para a minha mesa, dou uma última olhada pela janela. Meio que consigo ver meu reflexo no vidro: com quase um metro e oitenta, sou do time dos altos e tenho o cabelo castanho — que sempre mantenho bem curto, porque não gosto quando ele começa a encaracolar —, uma covinha discreta no queixo e olhos castanho-escuros um pouco próximos um do outro, mas que já foram descritos como "intensos", o que considerei um elogio.

— Blake?

Desvio o olhar da janela. Stacie, a secretária do meu chefe, está parada em frente ao batente, com a mão fechada, pronta para dar uma batidinha na porta aberta a fim de chamar minha atenção. E conseguiu. Com uma saia dessas... sim, meu Deus, ela chamou muito minha atenção.

— Oi, Stacie — digo. — Tudo bem?

— Wayne quer falar com você.

Confiro de novo meu relógio. Está tarde para uma reunião.

— Agora?

— Ele disse imediatamente.

Ela não está me olhando nos olhos como normalmente faz. Está encarando o tapete oriental no chão, como se fosse a coisa mais interessante que já viu. E penso comigo mesmo: *Que estranho*.

— Tá bom — concordo. — Já vou.

Enquanto me afasto da janela e vejo Stacie sair da sala, não tenho ideia de que, dentro de cinco minutos, minha vida vai desmoronar.

CAPÍTULO 2

Faz uma década que Wayne Vincent é meu chefe, desde que me formei na Universidade de Nova York.

Foi ele que me contratou. Tudo que sei sobre marketing aprendi com Wayne. Ele me ensinou a desenvolver uma campanha, a elaborar um orçamento, a analisar a concorrência e o mercado. Nesses dez anos, ele teve duas esposas, ganhou e perdeu uns vinte quilos e nós dois já consumimos juntos o equivalente a um caminhão de bebidas alcoólicas.

E, neste exato momento, ele parece *furioso*.

Sentado à sua mesa de mogno — que é bem maior do que a minha —, Wayne me fuzila com o olhar assim que apareço na porta da sala. Hesito antes de entrar, então ele aponta o dedo para a cadeira em frente à mesa e ordena:

— Sente.

Não sei do que se trata. Assumi a vice-presidência há uma semana e estou fazendo um bom trabalho. Na verdade, estou fazendo um *ótimo* trabalho. Seja qual for o problema, deve ser besteira. Fico na defensiva.

Mas, mesmo que esteja errado, ele ainda é meu chefe, então me ajeito no assento da cadeira.

— Wayne, o que aconteceu?

Ele cruza os braços musculosos diante do peito largo que seu terno caro mal consegue cobrir.

— Me diga você, Porter.

Ele me chamou pelo sobrenome. Ele nunca me chama assim.

— A campanha da Clemente está dentro do cronograma — digo. — Vou ter um *mock-up* pronto na sexta-feira. Ou quinta, se você precisar. — Posso terminar um dia antes. Quem é que precisa dormir, não é?

Então ele diz algo que me deixa chocado:

— Você vazou a campanha da Henderson.

— Eu... o quê?

Dá para ver suas entradas ficarem avermelhadas.

— Você entregou nossa campanha *inteira* para a concorrência. Você deixou que eles a roubassem de nós, seu ladrão filho da puta.

O *quê?* Fico boquiaberto.

— Não sei do que você está falando.

— Sei que foi você, Blake. — Ele range os dentes. — Só quero saber quem foi o seu contato e quanto você ganhou pelo serviço.

— Wayne...

— *Quanto* você ganhou, Porter?

— Wayne. — Um mal-entendido, foi isso o que aconteceu. Pigarreio. — Juro para você, eu jamais...

— Mentira — diz ele, e sinto seu cuspe atingir meu rosto. — Você já era, Porter. Pegue suas coisas e vá embora.

O *quê?*

— Wayne! — Eu me levanto da cadeira com um pulo, meu coração está na boca. — Como você pode pensar que eu faria uma coisa dessas com a empresa, ou com você? Não sei por que você acha que eu...

— Eu disse vá *embora*.

Pela cara dele, consigo ver que não se trata de uma pegadinha. Ninguém vai sair de um armário com um bolo surpresa e me parabenizar pela promoção. Ele está falando sério. Wayne me mandou embora. Depois de uma década de lealdade e serviços prestados, estou sendo *demitido*. Sem mais nem menos.

Sinto um suor frio nas axilas.

— Podemos conversar sobre isso?

— Vá. Embora. — Ele tira o fone do gancho e tecla um número. — Vou chamar um segurança para te acompanhar.

Isso está acontecendo mesmo. Perdi não só a promoção mas também meu *emprego*. O que está acontecendo? Só pode ser um mal-entendido.

— Tá bom. — Levanto as mãos. — Eu vou, mas... quem sabe a gente possa conversar sobre isso depois.

A expressão no rosto de Wayne indica que nós jamais vamos falar sobre isso de novo.

— Acabou a conversa. Depois do que você fez, esqueça o pacote de rescisão. E nem pense em pedir seguro-desemprego. Vou processar você por roubo, seu filho da puta.

Só consigo balançar a cabeça, incapaz de encontrar as palavras para responder.

Embora sejam seis da tarde, quase todo mundo ainda está trabalhando e ouviu cada palavra que foi dita. Passo pela mesa de Stacie e, mais uma vez, ela não me olha na cara.

— Stacie — digo.

— Desculpe, Blake — murmura ela, sem tirar os olhos da tela do computador. — Não tenho como te ajudar.

Certo, então é assim que vai ser. Que se danem. Vou encontrar um emprego dez vezes melhor do que este.

Volto envergonhado para a minha sala ouvindo o burburinho dos meus colegas de trabalho a três metros de distância. Chad Pickering vai ficar mais feliz do que todo mundo — ele achava que a vice-presidência seria dele antes de eu assumir o cargo. Mas ele não será o único que terá motivos para comemorar.

O que posso dizer? Se você quiser vencer na vida, terá que fazer alguns inimigos pelo caminho.

Quando volto para a sala, para a *minha* sala, me dou conta de que tenho poucas coisas que vou levar comigo. O porta-retrato com a foto de Krista. A caneta que meu avô me deu de presente de formatura — ele ficou muito orgulhoso por eu ser o primeiro da família a concluir um curso superior.

E tenho certeza de que posso levar embora a placa que diz *Blake Porter, vice-presidente*. Ela não vai ser útil para mais ninguém.

Por impulso, agarro a placa em cima da mesa e a jogo na parede com tanta força que chega a arrancar um pouco de tinta. A placa cai no chão, quebrada ao meio. No escritório, todo mundo ficou quieto, assistindo ao meu showzinho. Tudo bem, deixe que assistam. Pelo menos não quebrei a mão socando a parede como o idiota do Craig Silverton depois de perder o contrato da Roberts.

Vou até a janela para dar uma última olhada. Encosto minha testa no vidro frio, agora sem me preocupar em não deixar marcas nele.

E, pela primeira vez, entendo meu antecessor. Porque não ficaria triste se o vidro quebrasse e eu desse um mergulho de cem metros para a morte.

CAPÍTULO 3

Estou desempregado há sessenta e dois dias.

Não que eu esteja contando.

Estou voltando para casa depois de passar uma hora fazendo musculação e duas horas correndo. Tenho mais dois meses pagos de academia e vou aproveitar até o último minuto. Krista deu a entender que não é saudável fazer exercícios durante muitas horas todos os dias. Mas como assim? A gente está falando de *exercício*. É saudável por definição.

Além disso, preciso ter energia para quando encontrar outro emprego.

Estou encharcado de suor quando entro em casa — minha camiseta está grudada no corpo. O mês de agosto é a pior época do ano para se exercitar em Nova York por causa da umidade sufocante, mas eu não me importo. Gosto de testar meus limites. Qual é a pior coisa que poderia me acontecer? Cair morto?

Nós não estamos podendo bancar o ar-condicionado central, mas fico feliz por ele estar ligado enquanto recupero o fôlego na sala de estar. De repente, sinto o aroma de canela, e meu estômago ronca. Hoje só tomei um café da manhã reforçado (três ovos cozidos) e estou morrendo de fome.

Entro na cozinha e vejo Krista tirar do forno uma fôrma cheia de biscoitos. Ela me dá uma olhadinha por cima do ombro e sorri.

— Cookies de canela? — pergunto.

Ela assente com a cabeça e coloca a fôrma sobre a bancada da cozinha, perto do relógio de metal que compramos em um antiquário no verão passado. Cookies de canela são a especialidade de Krista, sua marca registrada. É isto que ela faz quando está feliz, entediada ou muito estressada: assa cookies.

Deixe eu te contar um pouco sobre os cookies de canela de Krista. Quando você morde um deles, sente a crocância na parte de fora e por dentro ele é macio, e tudo derrete imediatamente, espalhando em sua boca uma combinação perfeita de canela, açúcar e manteiga. Krista fez essa receita para mim no nosso primeiro encontro e foi em parte por causa dos cookies que me apaixonei por ela. Eu sabia que uma mulher capaz de fazer algo tão gostoso devia ser muito especial.

Ela aprendeu a fazer cookies com a mãe, com quem estive apenas uma vez, quando ela veio de Idaho para nos visitar. A mãe de Krista é uma mulher que tem cara de quem sabe fazer cookies fantásticos. Quando pedi Krista em casamento, imaginei que ela um dia faria cookies para os nossos filhos, assim como sua mãe fez para ela.

Era essa a vida que eu queria. Com ela.

Tento pegar um cookie, mas ela dá um tapa na minha mão.

— Acabei de tirar do forno! Eles estão pelando! — diz ela, me repreendendo. — Se você tomar uma ducha, dá tempo de eles esfriarem.

Ela odeia quando chego todo suado depois de correr, o que é justo.

— Tá bom.

Subo as escadas e tiro minha camiseta e meu short. Abro a torneira fria do chuveiro e entro debaixo da água gelada. Ouvi falar que só psicopatas gostam de banhos gelados, mas sou viciado neles desde a faculdade. É uma onda extra de adrenalina depois da sensação de prazer do exercício.

De banho tomado e com roupas limpas, desço as escadas ouvindo o ronco insistente do meu estômago. No caminho, passo por Goldy, que está nadando contente em seu aquário. Dou um pouquinho de ração para ela, apesar de Krista me dizer que dou comida demais para ela. Não quero que Goldy sinta fome.

Krista vem da cozinha trazendo um prato de cookies. Ela segue em direção à sala, e vou atrás como se fosse um cachorrinho ansioso. Ela coloca o prato no tampo de vidro da mesinha de centro e se ajeita no sofá, sentando-se em cima de uma das pernas como sempre faz. Eu me sento ao seu lado e pego um cookie.

Está absolutamente incrível, como sempre.

— Alguma novidade? — pergunta ela, se referindo a oportunidades de trabalho.

Fui ingênuo de pensar que encontraria de cara outro trabalho na área de marketing. Depois de Wayne me difamar para a cidade inteira, era de se esperar que ninguém estivesse louco para me contratar para cargos de liderança. Eu era extremamente qualificado para a última vaga que disputei, e o salário era um quarto do que eu ganhava antes de ser promovido. Eles nem me responderam.

— Ainda não — digo, tentando não deixar minha decepção transparecer.

Krista nota meu tom de voz e me dá um abraço.

— Você quer um abraço mais apertado? — sussurra ela no meu ouvido.

— Preciso de um nível oito.

Ela me aperta um pouco mais. Nós desenvolvemos uma espécie de protocolo. No início do nosso namoro, sempre que Krista tinha um dia difícil no trabalho, a gente se encontrava à noite, ela me contava todas as coisas horríveis que havia enfrentado e eu lhe dava um abraço. Como ela reclamou que meu abraço não era apertado o suficiente, criamos uma escala de zero a dez para determinar a intensidade do abraço que precisamos ganhar, dependendo do quanto nos sentimos mal em um determinado momento. Eu sei, somos tão fofos que chega a ser insuportável.

Ficamos abraçados por pelo menos um minuto, com uma intensidade entre oito e nove. Ela sabe exatamente como me confortar.

Mas uma hora o abraço chegaria ao fim. Quando ela me solta, vejo uma ruga de preocupação surgir entre suas sobrancelhas.

— Você tem dinheiro na conta para pagar a próxima parcela do financiamento? — pergunta ela, com toda a delicadeza.

Tenho… mas é a conta. Depois disso, estou ferrado. Não tenho como continuar pagando, e vou perder a casa. E, apesar de estar em meu nome e não no de Krista, ela também não vai ter onde morar. Estou tentando não pensar nisso.

— As coisas estão ficando bem apertadas — admito.

— Eu poderia ajudar mais — diz ela, muito embora eu saiba que Krista não tem condições de fazer isso.

Ela administra uma lavanderia a seco perto daqui. Foi assim que a gente se conheceu. Levei um terno para lavar e, quando a vi atrás do balcão, de repente me dei conta de que precisava lavar meus ternos com mais frequência. Comecei a frequentar a lavanderia duas, três vezes por semana e a gastar uma pequena fortuna só para poder conversar com ela por alguns minutos quando ia deixar ou buscar as roupas.

Não dei em cima dela logo de cara, porque tinha namorada. Na época, estava saindo com uma garota chamada Gwen, mas nosso relacionamento não estava muito bom e só piorava a cada dia. Então, no dia seguinte ao fim do meu relacionamento com Gwen, entrei na lavanderia e convidei Krista para jantar.

— Vou arrumar um emprego — prometo.

Ela ergue uma das sobrancelhas castanho-claras.

— Vai mesmo?

Franzo a testa.

— Krista, não vou ficar desempregado para sempre. Alguma coisa vai aparecer.

Mais cedo ou mais tarde, vou encontrar alguma coisa — não tenho escolha —, mas não terei o mesmo salário que tinha antes, nem perto disso. Vou precisar explorar outras opções.

Droga, ainda não consigo acreditar no que aconteceu. Sessenta e dois dias atrás eu estava com a vida feita. Como pode tudo mudar de uma hora para a outra? Tentei falar com Wayne infinitas vezes, mas ele não retornou as minhas ligações. Acho que os e-mails que mando estão caindo na pasta de spam.

— Vou sugerir uma coisa — diz ela, mudando de posição no sofá —, mas não quero que você diga não logo de cara.

Era só o que me faltava. Que ideia incrível ela tem para me dar? Ela quer que eu venda um rim? Quanto custa um rim hoje em dia?

— Tá bom…

— Acho que a gente devia alugar um dos quartos até você conseguir se restabelecer.

Fico olhando para Krista. Ela está falando sério?

— Não, de jeito nenhum. Não quero dividir a minha casa com uma pessoa estranha.

— Por que não?

Aquela ideia de doar o rim vai ficando cada vez mais interessante, mas acho que o meu não renderia muito por causa da quantidade de álcool que consumi nos últimos dez anos.

— Porque não sou um universitário de 20 anos?

Krista franze o nariz.

— Você sabe que eu dividia um apartamento com uma pessoa antes de vir morar com você.

— E você *odiava*!

Krista morava com uma mulher que era diretora de uma creche durante o dia e cantora amadora à noite. Todas as vezes que fui ao apartamento de dois quartos minúsculo que elas dividiam em Inwood Hill Park, a outra mulher começava a cantar enquanto tomava banho, enquanto cozinhava e, às vezes, no meio de uma frase.

— A gente pode achar alguém mais normal — diz Krista.

— Em Manhattan? — resmungo. — Ninguém é normal aqui. Você não vai achar ninguém normal.

Ela ri e segura minha mão suja de biscoito.

— Eu encontrei *você* — argumenta ela.

Não sei o que dizer.

Krista se senta no sofá, colocando a cabeça no meu ombro. Limpo o farelo de biscoito da minha camiseta e, com um abraço, eu a puxo para mais perto de mim. O que ela passa no cabelo para ele ficar assim tão macio? Só pode ser algum ingrediente secreto no xampu que ela usa, porque é um negócio incrível.

— Blake, não sei o que fazer — sussurra ela no meu pescoço. — Sei que você vai acabar encontrando alguma coisa, mas… fico preocupada.

Não é só você que está preocupada, meu amor.

— E se… — Ela ergue a mão esquerda, o diamante do anel de noivado brilhando sob as luzes da casa. — E se eu vendesse o anel? Só para a gente segurar as pontas.

Respiro fundo. Não. Ela *não* pode vender o anel. Quero dizer, sim, ia dar para cobrir uns dois meses, mas não faz diferença. Meu pai, passando sufoco com a loja de ferragens — herdada do meu avô —, comprou para a minha mãe um anel de noivado com um diamante que, *além* de falso, era vergonhosamente pequeno. Fiquei orgulhoso de comprar um diamante para Krista que não só era de verdade mas também era grande o bastante para que as amigas dela a invejassem. Se ela vender o anel só para que a gente segure as pontas…

Não. Não vou deixar isso acontecer.

Jurei que sempre cuidaria de Krista, na saúde e na doença. Opa, não, isso é o que eu *vou* jurar quando a gente se casar. E, se eu não descobrir um jeito de resolver essa situação, esse casamento nunca vai acontecer. Ela não vai casar comigo se a gente não tiver onde morar.

— Tá bom — concordo. — Vamos arranjar um inquilino.

CAPÍTULO 4

Disponível para aluguel imediato: quarto de solteiro em uma casa estilo brownstone numa rua tranquila e arborizada do Upper West Side. O quarto é mobiliado, tem duas janelas amplas e um armário espaçoso. Conta com cozinha grande, sala de jantar e sala de estar compartilhadas. Próximo ao metrô. Não aceitamos animais de estimação. Não tem garagem.

Hoje, duas possíveis inquilinas vêm dar uma olhada no quarto que vamos alugar.

Não estou otimista. Desde que Krista divulgou o anúncio na internet e em vários pontos da cidade, uma dúzia de pessoas apareceu para ver o quarto e todas elas eram *péssimas*. E não estou exagerando. Sou até generoso quando digo que elas eram "péssimas".

Uma dessas pessoas era um sujeito que se dizia fã de kickboxing. Para demonstrar, ele deu um chute e abriu um buraco na nossa parede. E agora temos que mandar arrumar. Outra era uma mulher que apareceu com o animal mais feroz que já vi. Ela disse que era um cachorro, mas fiquei na dúvida. Acho que era um lobo ou algo assim.

O pior de todos veio dois dias atrás: um cara baixinho de cavanhaque desleixado e boné branco com o logotipo da Linux. Um sujeito persistente que passou vinte minutos me interrogando sobre a largura da banda da nossa internet. Fiz o possível para responder às perguntas dele, e o cara tirou uma *broca* da mochila. Ele disse que precisava perfurar a parede para conferir a fiação e tive de segurá-lo, literalmente, antes que pudesse fazer algum estrago. Não queria ter de arrumar um segundo buraco na parede.

Em cinco minutos, vamos receber uma mulher chamada Elizabeth e, meia hora depois, outra chamada Whitney. Tenho certeza de que as duas vão ser péssimas. Mas, pensando na possibilidade de que não sejam, limpamos a casa de cima a baixo. Limpei até dentro da geladeira, caso elas resolvam fuçar nossa cozinha.

Krista coloca um prato com cookies com gotas de chocolate que acabaram de sair do forno em nossa pequena mesa de jantar e, quando vou pegar um, ela dá um tapa da minha mão.

— São para as *visitas*.

— Krista, não estamos esperando convidados para um *open house*. Vamos receber duas pessoas, e deve ter uns vinte cookies nesse prato.

Ela me fuzila com o olhar, e não insisto. Depois me avalia da cabeça aos pés para ver se estou usando calças — e *estou*. Até fiz a barba, o que me deixa com menos cara de quem não tem onde cair morto.

— Está tudo dentro dos conformes? — pergunto.

Ela contrai os lábios.

— Acho que sim.

— Krista — digo, olhando para baixo —, você viu que a sua blusa está cheia de farinha?

Krista leva um susto quando vê que sua regata vinho está toda suja. Ela tenta limpar com a mão, mas acaba espalhando a farinha ainda mais.

— Deixa eu te ajudar — digo, e ela não acha graça nenhuma quando aperto seus seios. Bom, não acho que essa história de alugar o quarto vai dar certo, então a gente podia pelo menos tentar se divertir um pouco.

— Blake! — ela me repreende, embora esteja disfarçando um sorriso. — Para com isso. Elas devem estar chegando.

Como se tivesse sido combinado, alguém toca a campainha.

— Droga — diz Krista. — Blake, deve ser a Elizabeth. Você pode recebê-la? Volto num minuto.

Antes que eu possa dizer qualquer coisa, Krista sai correndo para trocar de roupa por causa de uma mulher que a gente, com certeza, nunca mais vai ver na vida. Antes de atender à porta, enfio um cookie na boca. Cara, não existe nada melhor do que cookie caseiro.

Ao abrir a porta, vejo uma mulher da idade da minha mãe, usando uns roupões. Sim, é isto mesmo: *roupões*, plural de roupão. Consigo ver pelo menos três. Ela tem o cabelo comprido e branco, cheio de frizz por causa da umidade, mas está usando uma espécie de chapéu prateado. Não estou dizendo que ela enrolou papel-alumínio na cabeça, mas é o que *parece*.

— Hum... Oi — digo.

— Drake? — pergunta ela.

— Não. Blake — respondo.

Ela parece decepcionada.

— E você deve ser a Elizabeth — digo.

Ela balança a cabeça.

— Não, meu nome é *Quill*izabeth.

— Quill...lizabeth?

— Isso — responde ela, como se fosse um nome comum que eu deveria conhecer.

— Tá certo. Por favor, pode entrar... Quillizabeth.

Quillizabeth olha para a soleira da porta e franze o nariz. Em seguida, enfia a mão num dos roupões e — sem brincadeira — pega um saleiro. Ela joga um tanto de sal na nossa entrada.

— É importante fazer isso — diz ela, com um ar de sabedoria — para evitar que os maus espíritos entrem nas dependências do imóvel.

— Ã-hã — concordo. Ótimo. Vou ter que varrer o chão depois que ela for embora.

— Peço desculpas. — Ela continua a jogar pitadas de sal na entrada, resmungando umas coisas que não consigo entender. — Mas tenho uma conexão muito forte com o mundo espiritual e preciso tomar algumas precauções.

— Hum — digo. Percebo que estou com um pedaço de chocolate grudado em um dos molares. — Para ser bem sincero, não acredito nessas coisas.

Ela para por um instante, e seu olhar é o de quem está calculando alguma coisa.

— Você é do signo de escorpião, né?

— Não sei — admito.

Ela olha para mim como se eu tivesse admitido que não sei meu primeiro nome. Serão trinta minutos bem demorados.

Por fim, depois de salgar bem nossa entrada, Quillizabeth entra na brownstone. Com um olhar atento, ela analisa cada canto da casa, se demora um pouco mais nas minhas fotos com Krista na cornija da lareira, avalia nosso sofá marrom-escuro e parece julgar a televisão de sessenta e duas polegadas no canto da sala.

A cada objeto que observa, ela estala a língua como se a gente tivesse cometido algum pecado capital. Isso é *bem* irritante. Só não peço a essa mulher que vá embora agora mesmo porque acho que Krista ficaria brava comigo. Não sou obrigado a aguentar esse tipo de merda.

— Minha namorada fez cookies — digo, enfim.

Quillizabeth olha séria para o prato de cookies com gotas de chocolate. Como eles saíram agora há pouco do forno, os pedaços de chocolate ainda estão meio derretidos. Eu comeria mais um se Krista não estivesse prestes a entrar na sala.

— Blake — diz Quillizabeth —, você sabia que o açúcar dos cookies é tóxico e extremamente viciante? Se o açúcar fosse introduzido hoje no mercado, o governo jamais aprovaria seu consumo. É mais seguro você lamber a calçada na frente da sua casa.

Será que ela viu como é a calçada aqui da frente? Mas tudo bem. É só não comer o cookie.

— Além disso — diz ela —, cookies são cheios de gordura saturada e calorias vazias.

Ao pronunciar essas palavras, ela avalia o meu abdome. Lanço um olhar fulminante para ela e decido comer mais um cookie.

— Enfim — diz ela —, o anúncio dizia que você tem um quarto mobiliado para alugar, é isso?

— Tenho — confirmo, enquanto como o cookie. — Mas já temos uma pessoa interessada. Então... hã... não quero fazer você desperdiçar o seu tempo.

Quillizabeth lambe o dedo indicador e o aponta para cima.

— A corrente de ar é forte aqui, né?

— Hum, não tinha percebido.

— Você sabe o que isso significa, não sabe? — A expressão dela é muito séria, como se estivesse prestes a revelar os segredos do universo. — São todos os proprietários anteriores que viveram aqui antes de vocês. Eles criam muita corrente de ar andando de um lado para o outro. Assim que eu me mudar, posso ajudar vocês a se livrarem deles com uma cerimônia simples de direcionamento. Isso vai acabar com as correntes de ar... assim — diz ela, estalando os dedos —, num instante.

Nesse momento, Krista sai do quarto usando uma camiseta limpa que parece idêntica à de antes, mas sem a farinha. Por que as mulheres demoram tanto para trocar de roupa? Eu trocaria de camiseta em cinco segundos, talvez menos.

— Você deve ser a Elizabeth — diz ela, descendo as escadas.

— Quillizabeth — resmungo para mim mesmo.

Quando Krista chega à sala, percebo que Quillizabeth olha para ela com um quê de aprovação pela primeira vez desde que entrou na nossa casa.

— Querida! — exclama Quillizabeth. — Como você é bonita!

— Obrigada — diz Krista, com as bochechas vermelhas.

Pelo menos a mulher tem bom gosto. Krista a cumprimenta com a mão pálida.

— Meu nome é Krista. É um prazer conhecer você, Elizabeth.

— Quillizabeth — diz ela.

As duas se cumprimentam, mas uma fração de segundo depois de suas mãos se tocarem, Quillizabeth recua de repente, como se tivesse se queimado. Ela dá alguns passos para trás, cambaleando, as mãos trêmulas.

— Eu... — A voz de Quillizabeth fica rouca do nada. — Na verdade, tenho que ir. Esse lugar... é muito pequeno para mim. Vou procurar outro lugar.

Graças a Deus. Talvez eu coma mais um cookie.

— Tá bom. Foi um prazer conhecer você — digo, tentando não soar muito feliz.

Mas Krista franze a testa.

— Está tudo bem? Você nem chegou a ver o quarto.

Quillizabeth olha para mim e sua expressão é de medo. Quando ela olha para Krista, seu tom é urgente.

— Krista, querida... posso falar com você lá fora?

Krista olha para mim, como se pedisse permissão, e faço que não com a cabeça.

— O que foi? — pergunta Krista.

Quillizabeth dá mais um passo para trás.

— Vamos lá fora. *Por favor*.

Seus olhos marejados estão fixos em Krista. Qual é o problema dessa mulher? Estou arrependido de tê-la convidado a entrar. Assim que sacou o saleiro, eu deveria ter batido a porta na cara dela.

— Quillizabeth, é o seguinte — digo. — Vamos receber outra possível inquilina daqui a pouco, então…

— Ele vai matar você — diz a velha de repente. — Blake vai *matar* você, Krista. Você tem que fugir daqui.

CAPÍTULO 5

Mas. Que. Coisa.

Quer dizer que essa lunática acha que pode entrar na minha casa e dizer para a minha noiva que eu vou *matá-la*? Isso é um absurdo.

Quillizabeth está parada no meio da sala de estar, mas seu corpo não para de tremer. É quase como se ela estivesse tendo uma convulsão. Até penso em chamar uma ambulância, mas aí a mulher demoraria muito para ir embora.

— Ele vai matar você com uma faca de cozinha. — Quillizabeth aponta um dedo trêmulo para o tapete sob nossos pés. — E isso vai acontecer bem *aqui*. Tive uma visão na qual ele está ao lado do seu corpo, vendo você sangrar até morrer.

Olho para Krista. Ela está muito pálida. Será possível que esteja levando essa mulher a sério? *Ela está usando papel-alumínio como chapéu.*

— Então tá bom. — Apoio uma das mãos nas costas de Quillizabeth para conduzi-la para fora, mas ela se afasta de mim com um pulo, como se tivesse sido queimada com um ferro em brasa. — Acho melhor você ir embora.

— Krista, por favor, acredite em mim. — Quillizabeth toca o braço da minha noiva com a mão nodosa. — Cuidado. Minhas visões... nunca falharam.

— Tá bom — digo, com os dentes cerrados, ao me colocar entre Krista e Quillizabeth. — Mas não é hoje que vou matar minha noiva, então pode ir embora tranquila.

Essa mulher vai sair daqui nem que seja *na marra*.

Quillizabeth protesta, mas por fim Krista balança a cabeça.

— Está tudo bem — afirma Krista. — É melhor você ir embora.

Krista acompanha Quillizabeth até a porta. No caminho, agarrada ao seu braço, a velha insiste na história. Ouço a mulher repetir as palavras "perigoso" e "fuja daqui". Elas conversam baixinho por vários minutos até que Krista consegue fechar a porta e, a essa altura, Quillizabeth está aos prantos.

Minha nossa! Eu devia ter deixado Krista vender o maldito anel.

Eu me jogo no sofá. Krista volta para a sala de estar, embora pareça ainda mais pálida do que antes.

— Meu Deus! — digo. — Que mulher doida.

— É — resmunga Krista.

Ergo a cabeça e olho para minha noiva. Ela torce as mãos como faz quando está nervosa com alguma coisa.

— Você não acreditou no que ela disse, né? — pergunto.

— Não, claro que não. — Krista hesita um pouquinho antes de me responder. E, quando se senta no sofá ao meu lado, deixa entre nós mais espaço do que de costume. — Mas você tem que admitir que foi meio... chocante.

— Não foi, não. Ela é maluca.

Krista esboça um sorriso com o lado esquerdo da boca.

— Você não acredita em nada porque é de escorpião.

Sou?

— Olha — digo —, acreditando ou não, não vou esfaquear você na nossa sala de estar. Bom, você sabe que eu não sou capaz de fazer uma coisa dessas, não sabe?

— Sei — responde ela, apesar de mais uma vez eu notar uma estranha *hesitação*.

— Nunca fiz nada para que você desconfiasse de mim — observo.

E isso é verdade.

Quero dizer, é verdade até onde ela sabe.

— Sou um cara legal. — Seguro a mão de Krista e não posso deixar de notar que ela está tremendo, assim como Quillizabeth estava. — Você me conhece. Eu jamais levantaria um dedo para machucar você ou qualquer outra pessoa. Você *sabe* disso.

Krista abaixa a cabeça. E respira fundo.

— Blake, de onde veio o dinheiro que você usou para dar entrada na casa?

— O quê?

Ela levanta a cabeça devagar.

— Quando você comprou esta casa, seis meses atrás. Primeiro você me contou que não tinha dinheiro suficiente para dar de entrada. Depois, do nada, você arrumou a grana.

Do que ela está falando? Krista acha que fiz a coisa terrível de que Wayne Vincent me acusa? Ela acha que sou o tipo de pessoa que trai a empresa onde trabalha para comprar um imóvel? É isso que ela está dizendo?

— Resgatei o dinheiro da minha aposentadoria — digo, entre os dentes. — Foi daí que veio o dinheiro. — Como ela não fala nada, acrescento: — Se você não acredita, posso mostrar os comprovantes.

— Não — diz ela, com delicadeza. — Eu acredito em você.

Será que acredita mesmo? Eu e Krista estamos juntos há dois anos, mas nosso relacionamento ainda é relativamente novo. Tanto que bastou uma charlatona se passando por vidente que usa roupões e coloca papel-alumínio na cabeça para semear dúvidas na mente da minha noiva. E, convenhamos, sei que não estou mandando muito bem nos últimos tempos.

Quebro a cabeça, tentando pensar no que dizer para tranquilizá-la. Mas, antes que consiga encontrar as palavras, alguém toca a campainha.

Meu Deus, é mais uma.

CAPÍTULO 6

Desta vez, Krista atende à porta enquanto eu me preparo para quem quer que seja. Não sei o que esperar dessa possível inquilina. Uma mulher condenada por assassinato usando algemas? Uma canibal? Uma dragoa cuspidora de fogo? A essa altura, nada mais me surpreenderia.

Mas a mulher à porta parece... normal.

Ela não tem mil piercings na cara, não usa roupões nem chapéu de papel-alumínio e não está tentando abrir um buraco em nossas paredes. O cabelo dela é castanho e liso e os fios emolduram seu rosto, junto com os brincos simples de argola. Ela deve ter mais ou menos a nossa idade — 30 e poucos — e está usando calça jeans e um moletom com capuz.

— Oi. — A mulher abre um sorriso nervoso e cativante. — Meu nome é Whitney Cross.

Krista sorri para ela.

— Oi, Whitney. Eu sou a Krista e esse é o Blake.

Whitney estende a mão, e nós dois a cumprimentamos sem que ela tenha nenhuma visão mediúnica de um banho de sangue na sala de estar, o que é um bom sinal. Essa conversa já é bem melhor do que todas as outras que tivemos.

— É um prazer conhecer vocês — diz ela educadamente.

— Então... estamos procurando uma pessoa que esteja interessada em ocupar nosso quarto de solteiro o mais rápido possível — explica Krista. — Funcionaria para você?

Ela faz que sim com a cabeça.

— Sim, o contrato de aluguel onde eu morava acabou e agora estou… hum… num período de transição. Vi o anúncio que você colocou no Cosmo's Diner, o restaurante onde trabalho, e isso meio que caiu do céu.

— Você trabalha no Cosmo's? — pergunto. É um restaurante grego a umas dez quadras daqui, e já passei por ele várias vezes, mas nunca entrei.

— Sim, trabalho lá como garçonete. — Ela sorri, toda educada. — E vocês trabalham com o quê?

— Eu gerencio uma lavanderia a seco — conta Krista.

Whitney olha para mim à espera da minha resposta. Mesmo antes de ser promovido, eu tinha orgulho do meu trabalho. Hoje, só resmungo:

— Estou num período de transição profissional.

Krista, que é mestre em mudar de assunto, diz:

— Você aceita um cookie? Fui eu que fiz.

Whitney ganha muitos pontos ao aceitar um cookie e encher Krista de elogios. Em seguida, nos acompanha até a sala de estar e, conforme vamos mostrando a casa para ela, solta todos os suspiros e elogios que se espera em uma situação dessas.

— Essa é a Goldy, nossa peixinho-dourado — diz Krista, toda orgulhosa, como se nossa filha tivesse acabado de se formar em Harvard. Mas preciso admitir que também sinto orgulho quando vejo Goldy dar suas piruetas no aquário. Será que todos os peixes fazem isso? Acho que Goldy é especial.

— Que fofinha! — diz Whitney, chegando mais perto do aquário.

Krista continua com o tour pela cozinha, que é bem comum, mas, pelo jeito como ela fala, você poderia pensar que tudo nela é muito especial. Krista daria uma ótima vendedora.

— Ai, meu Deus, que sonho! Uma máquina de lavar louça! — diz Whitney, suspirando.

— Você não tem uma? — pergunto, surpreso.

Krista me fuzila com o olhar, mas foi uma pergunta espontânea. Quem não tem uma máquina de lavar louça hoje em dia? Será que devia considerar isso um sinal de alerta?

Whitney hesita por um instante, então balança a cabeça.

— Não.

— Eu também só fui ter uma depois que vim morar com o Blake — diz Krista, em tom de confidência. — Blake não faz ideia de como a vida pode ser difícil.

As duas sorriem uma para a outra, se divertindo à minha custa. Mas eu nem ligo, porque Whitney parece ser *legal*. A primeira impressão pode ser enganosa, mas ela parece bem inofensiva. Tenho noventa e nove por cento de certeza de que ela não é adepta ao canibalismo.

Talvez essa história de alugar o quarto dê certo.

Depois de mostrarmos o primeiro andar, subimos para o segundo. A lavadora e a secadora de roupas estão uma em cima da outra no topo da escada e Whitney arregala os olhos ao passar pelas máquinas.

— Isso é mesmo o que estou pensando que é?

— É, sim! — responde Krista. — É uma máquina de lavar e uma de secar roupas. Não dá para lavar muita coisa de uma vez, mas ainda é bem melhor do que levar as roupas para essas lavanderias aí.

— Nossa, *sim*. — Whitney esfrega uma mão na outra. — Na última vez em que fui a uma dessas, alguém tirou as minhas roupas da secadora e jogou tudo no chão! É uma selva lá fora.

Não fico animado com a ideia de dividir minhas máquinas de lavar e secar com mais uma mulher. Krista é do tipo que lava o equivalente a um mês de roupas em uma semana. De qualquer forma, não podemos alugar o quarto e esperar que a inquilina use uma lavanderia a duas quadras daqui quando tem uma máquina de lavar a três metros da porta do quarto dela.

No segundo andar da casa, há dois quartos e um banheiro: o quarto principal, que compartilho com Krista, e mais um, menor que o nosso. Meu sonho sempre foi encher os quartos da casa de crianças, mas parece que isso foi em outra vida. Agora, precisamos abrir um dos quartos para uma estranha e, se eu demorar muito para arrumar um emprego, o outro vai entrar na roda também.

Mostramos para Whitney o banheiro pequeno com o chuveiro que, aparentemente, nós três vamos compartilhar, considerando que só tem dois banheiros na casa, mas o que fica no andar de baixo é um lavabo. Por fim, seguimos pela escada estreita para acessar o último andar da casa.

O terceiro andar tem o pé-direito mais baixo. Sempre fico com a sensação de que tenho de baixar a cabeça, muito embora a distância entre o chão e o teto seja de um metro e noventa e cinco — uns bons quinze centímetros a mais que eu tenho de altura. O terceiro andar também tem um quarto, mobiliado, e um espaço livre que eu e Krista havíamos decidido transformar numa brinquedoteca ou em um espaço com bar para ver televisão e jogar video game. (Adivinhe quem sugeriu a segunda opção.)

Até agora, o quarto mobiliado era para nós um quarto de hóspedes, apesar de ainda não termos recebido ninguém. Nele há uma cama de casal, uma cômoda, uma estante pequena e um armário grande.

— Nós também temos um quarto sem mobília no segundo andar — diz Krista —, se você preferir.

— Não. — O olhar de Whitney percorre os móveis que me custaram bem caro, comprados numa época em que eu tinha dinheiro para torrar. — Este quarto é *perfeito*. Eu não tenho nenhum móvel.

Que mulher com mais de 30 anos não tem nenhum móvel para chamar de seu?

Os olhos de Whitney brilham quando ela vai até o armário e escancara as portas. Não é um closet daqueles que têm espaço para entrar, mas tem um tamanho decente. Enquanto vejo a futura inquilina fazendo planos para o quarto, um pensamento me ocorre:

Whitney é bonita.

Sim, percebi isso assim que a vi. Quero dizer, tenho 32 anos e um par de olhos na cara. Mas agora que posso vê-la sob a luz da ampla janela do quarto de hóspedes, me dou conta de que ela é mais bonita do que eu imaginava. Whitney está de jeans e moletom com capuz, sem nenhuma maquiagem, então dá para ver que ela tem traços delicados. Se fizesse o mínimo de esforço, ficaria muito sexy. Além disso, ela é bem o meu tipo.

Olho para Krista e me pergunto se ela também pensou nisso. Será que fica preocupada de ter uma garota linda morando na nossa casa? Será que pensa nessas coisas?

Mas não, ela não parece preocupada. Ela está sorrindo. Ela confia em mim. Mas, quinze minutos antes, ficou visivelmente preocupada com a possibilidade de eu esfaqueá-la na nossa sala de estar.

Contudo, ela *deveria* confiar em mim. Não vou dar em cima da garota que mora com a gente bem debaixo do nariz da minha noiva. Eu seria não só o maior canalha do mundo como, também, um perfeito imbecil.

Whitney se vira para nós com os olhos brilhando.

— Eu amei. Não sei se vocês estão considerando mais alguém, mas eu estou *muito* interessada!

Krista olha para mim e levanta uma sobrancelha. Ela está pedindo minha permissão para oferecer o quarto a Whitney.

Respiro fundo. Não quero alugar o quarto para ela, mas isso não tem nada a ver com Whitney. Não quero que *ninguém* ocupe este quarto. Gostaria de recuperar a porcaria do meu emprego e ter condições de pagar o financiamento sozinho, sem ter de conviver com uma estranha. Mas isso não vai acontecer, então preciso ser realista. Se não conseguirmos levantar algum dinheiro rápido, vamos perder a casa.

E Whitney é legal. Dá para ver que é legal. Ela não é esquisita, não parece o tipo de pessoa que ouviria heavy metal de madrugada e é educada. Ela é muito melhor do que todas as outras pessoas com quem conversamos até agora.

Então dou um aceno de cabeça para Krista.

— Na verdade — Krista diz para Whitney —, não estamos considerando mais ninguém. E iríamos adorar se você ocupasse o quarto.

— Sério? — Whitney fica corada, toda feliz. — Ai, meu Deus, que incrível. Obrigada! Posso pagar o primeiro mês de aluguel e fazer um depósito caução e…

— Não. — Ergo uma das mãos. — Antes de você se mudar, nós precisamos fazer sua diligência prévia. Precisamos dos seus documentos para fazer uma consulta de crédito e de pelo menos uma referência.

Na mesma hora, o sorriso desaparece do rosto de Whitney. Isso me incomoda. Por *que* ela está preocupada com uma consulta de crédito? Por que ela não poderia me dar uma referência? Um sinal de alerta dispara na minha cabeça.

Se ela não nos passar os documentos, não vai alugar o quarto. Mesmo que seja a pessoa mais bonita e legal do mundo.

— É só uma formalidade — explica Krista, emendando rapidamente. — Não tem problema, né?

O sorriso logo reaparece.

— Claro que não — afirma Whitney. — Dou todas as informações de que vocês precisarem. Estou *muito* animada para morar aqui e gostaria de me mudar o mais rápido possível.

Solto um suspiro. Tá bom, ela só está ansiosa, é isso. Ela vai apresentar um documento, nós vamos fazer uma análise de crédito e também de antecedentes criminais, e vai ficar tudo bem. Só Deus sabe o quanto precisamos desse dinheiro. Se ela conseguir pagar o primeiro mês adiantado e o valor da caução, vamos ficar um pouco mais tranquilos.

Mas… Por que essa voz na minha cabeça fica dizendo que é para eu me livrar dela imediatamente, enquanto ainda posso?

CAPÍTULO 7

Whitney Cross está de mudança para a brownstone.

Eu mesmo paguei pela certidão de antecedentes criminais e o documento não revelou nada. Nunca foi presa nem teve nenhum mandado associado ao seu nome, não cometeu crimes sexuais: nenhum sinal de alerta. Whitney é uma cidadã que cumpre as leis, nascida em uma cidadezinha de Jersey e com um respeitável score de crédito. E seu chefe no restaurante nos garantiu que ela é uma funcionária exemplar.

Então dissemos que ela podia se mudar para cá.

Ela pegou emprestado o carro de um amigo para trazer todas as suas coisas. Porque estou desempregado e sou eu quem carrega os pesos na nossa relação, Krista disse que eu poderia ajudar com a mudança. E tudo bem. Pelo menos assim posso ser útil para *alguém*.

Comecei a procurar uma vaga para que Whitney estacionasse o carro uma hora antes do horário que ela disse que chegaria. Não é fácil estacionar na nossa rua (ou em qualquer lugar de Manhattan) e é por isso que não tenho carro. Tentei não me desfazer do meu carro quando me mudei para cá, mas perdia muito tempo no engarrafamento. Quando um táxi bateu na minha traseira e o meu carro deu perda total, decidi adotar o metrô. E não me arrependo.

Vinte minutos antes de Whitney chegar, surgiu uma vaga bem em frente à nossa casa e usei uma das nossas latas de lixo para marcá-la. Ainda assim, tive de montar guarda para defender a vaga, porque muita gente passaria por cima da lata de lixo se eu não estivesse ali para evitar. Esse é o lado bom de não ter um emprego.

Enquanto espero por Whitney nos degraus da entrada, uma garota com quem já esbarrei algumas vezes enquanto corria no Central Park passa por mim usando um short cor-de-rosa que mal cobre a calcinha. Ela me dá uma piscadinha e eu retribuo com o sorriso mais discreto que sou capaz de dar. Alguns anos antes, eu daria em cima de uma garota dessas, mas hoje não. Uma olhada sutil até vai, mas encostar? *De jeito nenhum*. Estou até tentando nem olhar muito.

Sinto o celular vibrar no meu bolso. Na tela, vejo "Pai". Considero deixar a ligação cair na caixa de mensagens, mas, quando me forço a lembrar a última vez que falei com meu pai, não me vem uma data. Desde que minha mãe morreu de câncer de mama há alguns anos, meu pai tem levado uma vida solitária, e me sinto culpado por não dar mais atenção a ele. Mas não temos muita coisa em comum, e a maioria de nossas conversas é estranha.

Olho no relógio no meu pulso. Whitney vai chegar a qualquer momento, então tenho uma boa desculpa para encerrar a conversa rápido. Atendo o telefone.

— Blake! — diz meu pai, tossindo logo em seguida, o que faz eu me sentir ainda mais culpado. — Você está bem?

— Estou — minto. — E você?

— Eu estou ótimo. — Mas ele tosse mais uma vez. Na última vez em que conversamos, ele disse que estava gripado, e parece que continua doente. — Você ainda está procurando emprego ou já encontrou alguma coisa?

— Ainda estou procurando.

— Eu estava aqui pensando — emenda ele, pigarreando —, com a saída do Jeff no mês passado, seria ótimo ter alguém para ajudar a cuidar da loja. E se você algum dia quiser assumir…

— Pai…

— É o momento perfeito — diz ele, cada vez mais animado. — Eu preciso de ajuda e você precisa de um emprego. E, Blake, você vai herdar a loja. Assim como eu a herdei do meu pai, então seria bom se você assumisse os negócios.

Que sonho de herança: uma loja de ferragens que está sempre no sufoco em Cleveland.

Como se tivesse lido minha mente, meu pai emenda:

— Acabaram de construir um conjunto residencial a algumas quadras daqui. E o movimento melhorou bastante.

— Pai…

— Você poderia vender essa sua casinha marrom cara — continua ele. — Se quiser se mudar para cá, você compra uma casa cinco vezes maior por um quinto do valor. Aposto que a Krista ia gostar de morar aqui. E, se você assumir a loja…

— Pai, eu não estudei para trabalhar numa loja de ferragens! — exclamo.

No mesmo instante, meu pai fica em silêncio do outro lado da linha e me sinto um idiota de marca maior. Ele só está tentando me ajudar, e só Deus sabe que ele não vai estar sempre aqui — descobri isso da pior maneira possível, quando minha mãe morreu. Ele quer que seu único filho assuma os negócios. Não é algo ruim de se desejar, só que essa é a última coisa que eu gostaria de fazer.

— Desculpa, Blake — diz meu pai, resignado. — Só achei que…

Antes que ele consiga terminar a frase, um Ford Pinto num tom de vermelho-ferrugem se aproxima e vejo Whitney ao volante. Eu me levanto, limpando os fundilhos da calça, porque não quero nem pensar em quão sujos estão aqueles degraus.

— Pai, tenho que ir.

— Tá bom — diz ele. — Amo você, filho.

— Também amo você, pai — digo, antes de clicar no botão vermelho que encerra a ligação.

Preciso tirar a lata de lixo para que Whitney consiga entrar na vaga. Ela estaciona e desce do carro com o cabelo castanho-claro preso em um rabo de cavalo que fica balançando atrás da cabeça. Ela está com uma calça jeans diferente e um top de alças finas que parece apropriado para o calor que está fazendo.

Sim, eu *olhei*. Pode me processar. Sou de carne e osso.

— Oi — digo.

Whitney sorri para mim, obviamente feliz por estar se mudando para nosso pequeno quarto extra.

— Oi, Blake. Muito obrigada por me ajudar.

— Que isso — digo, como se não tivesse sido ideia de Krista. — Vamos começar a levar as coisas lá para dentro.

Vou com Whitney até o porta-malas, que ela abre com as chaves do carro. Lá dentro estão duas caixas grandes e uma bolsa de viagem gigante.

— É só isso? — pergunto, surpreso.

— Tenho mais uma bolsa grande de roupas no banco de trás.

Olho para o porta-malas, reparando que todos os pertences dessa garota não enchem nem o bagageiro de um Ford Pinto. Quando eu me mudei, tive de contratar um *caminhão* de mudança, e isso foi só para as minhas coisas. E Krista... Tenho quase certeza de que ela seria capaz de encher uma bolsa de viagem só com sua coleção de cintos. (Ela gosta bastante de cintos.)

— Não sou muito ligada em roupas — diz Whitney, meio na defensiva. — E tenho me mudado bastante, então tive que me livrar de tudo que não era essencial.

Mesmo assim. Mesmo *assim*. Mais uma vez, aqueles sinais de alerta começam a soar na minha cabeça. Na verdade, a essa altura, eles já viraram sirenes.

Ainda dá tempo de cancelar tudo. Ela ainda não se mudou. É claro que nós já descontamos os cheques que ela nos deu e usamos o dinheiro para pagar contas. E Whitney já deve ter entregado o lugar onde morava antes. Seria uma atitude escrota cancelar o combinado agora só por causa de um "mau pressentimento". É o tipo de coisa que Quillizabeth faria.

— Bom — digo —, então vai ser jogo rápido, né?

A expressão de Whitney relaxa e ela sorri, então pego uma das caixas no porta-malas. Não é muito pesada nem deve estar muito cheia. Eu poderia carregar cinco caixas dessa sem nem suar.

Ela tenta pegar a bolsa grande no banco de trás do carro, sofrendo com o peso.

— Ei — digo —, pode deixar. Eu levo isso para você.

Ela solta um grunhido, puxando a bolsa do banco de trás.

— Não se preocupe, eu consigo.

— Mas eu posso pegar para você — digo.

— Você acha que sou fraca? — Ela me dá um sorriso provocante. — Aposto cinco paus que consigo carregar mais peso que você.

Ela coloca a alça da bolsa entre as curvas dos seios e tenho de desviar o olhar. Whitney é ainda mais gostosa do que eu achei que fosse, e isso não é bom.

Nem pense nisso, Blake.

— Ei, Porter! — uma voz rouca me chama.

Apoio a caixa na beirada do porta-malas e me viro para ver quem é. Meu vizinho, o Sr. Zimmerly, aparece encurvado na calçada em frente à entrada da brownstone dele, usando calça de pijama e pantufas. Acho que nunca vi o homem usando sapatos de verdade desde que me mudei para cá. Talvez ele nem tenha sapatos.

— Oi, Sr. Zimmerly — digo, o mais educadamente que consigo.

Tento ser simpático com ele, mas o homem não facilita as coisas. Nem sequer sei como é seu primeiro nome porque ele nunca me disse. Sei que começa com H porque já recebi correspondências dele por engano (e sempre sou simpático e prestativo e as entrego em sua porta) e elas estão sempre endereçadas a *H. Zimmerly*, mas isso é tudo o que descobri sobre ele nos seis meses em que moro aqui. Além disso, sei que ele me odeia, mas não tenho ideia do motivo.

— Porter — berra ele para mim, apesar de eu ter falado meu nome na primeira vez que conversamos. — Por que a sua lata de lixo está no meio da calçada de novo?

Por conta da infestação de ratos na cidade, não podemos mais colocar os sacos de plástico preto direto na calçada. O lixo precisa ficar dentro de latas. E é uma para o lixo reciclável e outra para o não reciclável. Durante a semana, deixo minhas latas trancadas debaixo das escadas. (Se você estiver achando estranho o fato de eu me preocupar com a possibilidade de alguém roubar duas latas de lixo fedidas, é porque não conhece Nova York.) Nos dias de coleta, levo as latas até a calçada para que os lixeiros possam esvaziá-las.

Zimmerly implica comigo porque, nos dias de coleta, eu deixo as latas de lixo aqui fora por muito tempo. Ele quer que eu fique tomando conta para ver quando o caminhão de lixo vai passar e tire as latas da calçada imediatamente assim que o lixo for recolhido. Não tenho conseguido ser tão rápido e, toda vez que a gente se vê, ele me lembra disso.

Porém, não é só culpa dele. Não sei qual é a idade de Zimmerly, mas, levando em consideração as rugas profundas em seu rosto e os tufos de cabelo branco em sua cabeça, eu chutaria uns 80 e poucos. Ele comprou o imóvel onde mora décadas atrás, quando o mercado imobiliário da cidade ainda era relativamente acessível, e espera que as coisas continuem exatamente como eram quando ele veio morar aqui, na época em que dinossauros ainda habitavam a Terra.

— Desculpa — digo. — Peguei a lata de lixo só para segurar a vaga. Já vou guardar.

Ele resmunga qualquer coisa e lambe o canto dos lábios, sem conseguir limpar a pasta de dente que secou ali. Então faz menção de voltar para dentro de casa, mas para ao reparar em Whitney do meu lado e ver as caixas no porta-malas.

— Mas o que está acontecendo aqui? — pergunta ele, como se eu estivesse tentando pregar uma peça nele.

Forço um sorriso.

— Essa é a Whitney. Ela vai morar com a gente por um tempo. — Espero que não por *muito* tempo.

— Mais uma mulher? — resmunga Zimmerly. — Meu Deus, de quantas mulheres você precisa, Porter? Você vai transformar a vizinhança em um bordel!

Só tive *uma* mulher morando comigo aqui desde que me mudei e isso está longe de ser um bordel. Mas não adianta tentar explicar a situação para o meu vizinho.

— É um prazer conhecer o senhor — diz Whitney, toda educada. — Sr. Zimmerly, né?

Zimmerly é educado com Krista, mas não faz nenhum esforço com Whitney. Ele resmunga qualquer coisa inaudível e dá as costas para nós, batendo as pantufas nos degraus da entrada.

— Ele é assim mesmo — digo, me desculpando. — Não é nada pessoal.

Whitney não parece preocupada com o comportamento grosseiro de Zimmerly. Não sei dizer por quê, mas fico possesso por saber que meu vizinho não gosta de mim. Nunca liguei por ter colegas de trabalho que não gostavam de mim, mas fico incomodado com o meu vizinho.

Um dos degraus mais baixos da entrada do velho está se desfazendo — provavelmente devido a anos de nevascas — e, de repente, Zimmerly tropeça. Ele consegue se segurar, mas por pouco não cai. Então tenho uma ideia e corro até a base da escada antes que ele entre em casa.

— Sr. Zimmerly! — chamo.

Ele se vira, ainda com a expressão azeda.

— O que foi, Porter?

Dou um chutinho no degrau quebrado e mais uns pedaços de cimento se desprendem.

— Se o senhor quiser, posso arrumar esse degrau. Para que não tropece mais nele.

Ele semicerra os olhos.

— E por quanto?

— Não vou cobrar nada — digo imediatamente, muito embora precise do dinheiro.

Ele bufa, olhando para mim de cima a baixo.

— Você não tem cara de quem faz esse tipo de serviço. Não ensinam essas coisas na *universidade*.

— Eu sei consertar um degrau de concreto — digo, na defensiva. É o tipo de coisa que eu fazia com meu pai quando era pequeno. Apesar de não mexer com isso há anos, ainda sei como se faz. É como andar de bicicleta. E, se eu precisar de ajuda, é só ligar para o meu pai, que vai ficar feliz de me ajudar.

Por um instante, o Sr. Zimmerly olha para mim como se estivesse considerando a oferta, mas em seguida gesticula, fazendo cara de desgosto.

— Duvido que você seja capaz de arrumar a escada. Você não consegue dar conta nem do próprio lixo!

Ele diz isso, dá meia-volta, entra em casa e bate a porta.

Pelo menos eu tentei.

Como o Sr. Zimmerly claramente não quer minha ajuda, volto para descarregar o carro com Whitney. Coloco uma das bolsas de viagem no meu ombro e pego a caixa. Whitney vem logo atrás, carregando a bolsa que estava no banco de trás, apesar de eu ter dito que poderia levar também. Deixei a porta da frente aberta, então consigo levar as coisas rapidinho até o andar de cima. Ela começa a organizar a mudança enquanto desço para pegar a última caixa que ficou no carro.

Quando volto ao quarto, Whitney já guardou metade das roupas. Ela sorri para mim.

— Obrigada, Blake. Pode deixar aí no chão.

Ainda tenho dificuldade de aceitar o fato de que Whitney conseguiu colocar toda a sua vida em duas caixas e duas bolsas.

— Não ficou faltando nada?

— Na verdade... — Ela vai até a porta e chacoalha a maçaneta, que faz um barulho alto, como se estivesse prestes a cair. — Será que a gente poderia mandar arrumar a maçaneta? Tenho pavor de que ela caia e eu fique presa no meu quarto.

Antes de perder meu emprego, eu costumava contratar os serviços de um profissional para resolver esse tipo de problema, primeiro porque estava sempre ocupado e também porque *podia*. Mas, assim como o degrau da escada, uma maçaneta frouxa é o tipo de coisa que sei como consertar. Tenho uma caixa de ferramentas e sou cem por cento capaz de arrumar qualquer coisa que esteja quebrada ou precisando de reparos dentro desta casa. Aprendi com meu pai.

— Sem problema — digo. — Mais alguma coisa?

Ela balança a cabeça.

— Só preciso ir até a farmácia para comprar uns produtos de higiene.

— Se estiver muito cansada para ir à farmácia depois que terminar de arrumar as suas coisas, pode usar o nosso sabonete e o que mais você precisar. Ou nossos produtos de lavar roupas. E fique à vontade para pegar o que quiser na cozinha. Panelas, frigideiras... ketchup, mostarda.

— Obrigada. — Ela fixa o olhar em mim. Achei que seus olhos eram castanhos, mas agora consigo ver um quê de âmbar nos reflexos. — Obrigada por tudo, Blake. Você é um cara legal.

Ela só está dizendo isso para ser simpática. Não tem certeza se eu sou ou não um cara legal. Ela mal me conhece.

— O quarto é muito bonito — elogia ela, enquanto desdobra uma calça jeans idêntica à que está usando e a coloca em uma das gavetas abertas. — Você teve bom gosto na decoração.

— Na verdade — digo —, foi a Krista que fez tudo. Ela escolheu os móveis, porque queria deixar o quarto de hóspedes bonito.

— Sua esposa tem bom gosto.

Abro um sorriso meio torto.

— Eu e Krista não somos casados.

— Não? — Ela pisca algumas vezes e ergue uma das mãos na altura do peito. — Ai, desculpa. Achei que...

— Não tem problema — digo. — Na verdade, estamos noivos. Então a gente ainda *vai* se casar.

— Vocês já escolheram uma data?

Não. Quando fiz o pedido de casamento, estava trabalhando noite e dia, e, depois que fui despedido, não senti nenhuma vontade de planejar um casamento que não tenho nem como pagar. Mas não vou falar nada disso para Whitney.

— Ainda não.

Ela fica me encarando por alguns segundos — tempo suficiente para me deixar desconfortável — e, em seguida, volta a arrumar suas coisas. À medida que ela organiza as roupas nas gavetas, me dou conta de que é tarde demais para voltar atrás.

Agora Whitney mora em nossa casa.

— Então... hum... — Passo a mão na nuca. — Vou deixar você à vontade. Mas... — Sinto que devo dizer mais alguma coisa antes de sair, então falo: — Vamos jantar qualquer dia desses.

Whitney, que estava rasgando a tampa de uma caixa, levanta a cabeça para me responder.

— Jantar? Com *você*?

— E com a Krista — digo, caso não tivesse ficado óbvio. Meu Deus, não quero passar a ideia de que estou dando em cima dela cinco minutos depois de ajudar na mudança.

— Ah, claro — concorda ela. — É uma ótima ideia!

Seu entusiasmo faz com que eu me sinta um pouco melhor. Sim, estamos abrindo nossa casa para uma estranha, mas Whitney parece ser bem legal. Talvez a gente se divirta morando juntos.

Mas, mesmo que a gente se torne melhores amigos, assim que conseguir um bom emprego — e isso acontecerá muito em breve —, ela terá de ir embora.

CAPÍTULO 8

Meus planos para hoje de manhã incluem trocar a água do aquário.

Krista era a responsável por essa tarefa específica. Porém, como estou com mais tempo livre atualmente, acabou sobrando para mim. Na verdade, assumi quase todas as tarefas relativas à limpeza da casa e não me incomodo. Minha mãe era muito criteriosa com essas coisas, e aprendi com ela a sentir satisfação de ver a casa limpa depois de tirar o pó dos móveis e passar aspirador no chão. Até arrumo a cama nas manhãs em que Krista acorda antes de mim. Por algum motivo, ela acha isso engraçadíssimo e fica me provocando (e me chamando de "Sr. Dono de Casa").

Limpar o aquário é uma das tarefas mais trabalhosas. Não dá para simplesmente jogar fora a água suja e encher o aquário de água limpa porque dizem que isso mataria o peixe. Então, só posso tirar vinte por cento da água — nem mais, nem menos. E não posso usar água de torneira, porque isso *também* poderia matar o peixe. Tenho de misturar a água da torneira com um desclorificante. Depois disso, preciso limpar a sujeira no fundo do aquário usando um sifão.

É um volume absurdo de trabalho, mas não quero que nada de ruim aconteça com Goldy. Ela é praticamente nossa *bebê* e, se morrer por nossa culpa, será um mau presságio. (Nós falamos do peixe no feminino só por causa do nome que escolhemos, porque não temos nenhuma evidência de que seja mesmo uma fêmea.) Depois que termino de limpar o aquário, vou para a academia. Nos últimos dias, tenho sentido necessidade de me mexer o tempo inteiro, senão passo o dia dormindo e a noite acordado.

Enquanto Krista está no banho, vou até o andar de baixo para limpar o aquário. Tudo de que preciso já está separado, mas de repente fico estranhamente hipnotizado pela imagem de Goldy nadando de um lado para o outro. Sem me dar conta, passo cinco minutos ali, imóvel.

— O que está acontecendo comigo? — pergunto para Goldy.

A peixinha nada em círculos até parar, virada para mim.

— E se eu não conseguir arrumar um emprego? E se eu perder a casa?

Goldy olha para mim. Ela não tem como dizer muito sobre o assunto.

Bom, agora estou conversando com um peixe. Talvez minha glicose esteja baixa. Preciso comer alguma coisa.

Quando entro na cozinha, fico surpreso ao ver Whitney lá. Não que isso seja um problema. Faz dois dias que ela se mudou e tem o direito de usar a nossa cozinha. Mas ainda estou me acostumando com o fato de ter uma estranha em casa.

Além disso, Whitney não está vestida. Quero dizer, não é que ela esteja *sem* roupa, mas, nas outras vezes que a vi, estava vestida normalmente, tirando a vez que a peguei saindo do banho, de roupão. Whitney está com um top pequenininho e um short de pijama minúsculo.

E consigo ver seus mamilos pelo tecido do top. O que complica as coisas, considerando que estou só de cueca.

— Bom dia, Blake — diz ela, animada, enquanto olha dentro da geladeira, ignorando o ar *gelado* que sai dali.

— Oi, Whitney. — *Não olhe para os mamilos duros. Não olhe para os mamilos duros.* — Dormiu bem?

Ela fecha a porta da geladeira, sem pegar nada.

— Dormi maravilhosamente bem. A cama é superconfortável.

Tinha de ser mesmo. Porque ela não foi barata.

Whitney pega uma maçã na nossa fruteira e fica analisando a casca.

— Essa maçã é sua ou é minha?

— Acho que é minha, mas fique à vontade.

— Obrigada. Vou fazer compras daqui a pouco.

Passo por ela, fazendo o possível para não roçar no tecido fino de seu pijama. Na bancada da cozinha, pego uma caixa de Sucrilhos. Não tenho tempo para tomar um café da manhã reforçado. Vou preparar uma tigela de cereal e sair logo da cozinha.

— Ai, eu adoro Sucrilhos — diz Whitney.

— Ah, é? — Sem querer, dou um sorriso. — É meu cereal favorito.

Ela morde um pedaço da maçã e um fio de suco da fruta escorre pelo seu queixo, mas ela é rápida e limpa na mesma hora.

— Fico nostálgica só de ver a caixa de Sucrilhos. Era o que eu comia todos os dias de manhã, dos 6 aos 9 anos.

— Todos os dias?

— Eu não tinha escolha. Para ganhar uma caneta de tinta invisível, a gente tinha que juntar várias embalagens da caixa do cereal.

— A caneta de tinta invisível! — Meus olhos brilham com essa recordação. — Eu me lembro disso! Você chegou a conseguir uma?

— É claro. — Ela sorri, e percebo uma covinha sutil na bochecha esquerda, o que ajuda a me distrair dos mamilos. — Quando quero alguma coisa, ninguém me segura.

Faço que sim com a cabeça.

— Eu também.

— Enfim, que saudades de comer Sucrilhos! — Ela olha para a caixa com um ar nostálgico. — Faz anos que não como nada tão doce e crocante assim.

Ofereço a caixa para ela.

— Vai fundo.

Ela hesita.

— Não quero roubar seus Sucrilhos. Já estou usando suas louças e comendo sua maçã.

— Você não está roubando. Estou oferecendo. Você não pode comer só uma maçã no café da manhã. Enfim, desperte o tigre em você.

Ela ri da piada. Sua risada é das boas e meio que combina com ela: simples, doce e gentil. Por mais que odeie a ideia de precisar alugar um quarto na minha própria casa, não desgosto de Whitney Cross.

Na verdade, meio que gosto dela.

CAPÍTULO 9

Uma vez por semana, Krista sai para jantar com sua melhor amiga, Becky, mas, como ela não aguenta mais me ver trancado em casa sem falar com ninguém, acabou me arrastando para fazer um programa de casal com a amiga e o marido dela, Malcolm.

Não estou nem um pouco ansioso para interagir com adultos em um evento social que me parece forçado. E o fato de que Malcolm também trabalha na Coble & Roy não facilita as coisas — ele será a primeira pessoa da empresa com quem vou encontrar desde que fui demitido.

Mas aqui estamos nós, no corredor do décimo andar do prédio onde Becky e Malcolm moram. Estou segurando uma garrafa de vinho do Porto que Krista adora e ela trouxe os cookies de aveia com uva-passa que fez ontem à noite. Krista está usando aquele vestidinho azul com decote nas costas que a deixa espetacular, ainda mais com o cabelo loiro acobreado solto sobre os ombros nus. Ela se maquiou, mas não chegou a cobrir as sardas que tem no nariz e, quando sorri, eu sinto meu coração acelerar.

Ela é deslumbrante e, se eu não der logo um jeito na vida, ela vai me largar.

Krista olha para mim, tentando decifrar minha expressão.

— Você está bem?

— Estou, sim.

Mas ela sabe quando estou mentindo. Krista me abraça, pressionando seu corpo contra o meu. Ela me aperta na medida exata para tornar a noite menos penosa sem me fazer armar a barraca.

— Nível seis? — pergunta ela.

— Acho que um sete — respondo, e ela me aperta um pouquinho mais.

Nós nos desvencilhamos rápido demais do abraço para o meu gosto, mas já estamos cinco minutos atrasados. Krista toca a campainha e, alguns segundos depois, Becky abre a porta para nos receber. Becky sempre exagera no perfume e, imediatamente, meu nariz sente o golpe do aroma floral. Não sei como Krista aguenta. Eu me seguro para não começar a respirar pela boca sempre que chego perto dela.

Becky abraça Krista primeiro e, depois de um momento de hesitação, eu também ganho um abraço. Que ótimo. Agora vou ficar com o cheiro dela em mim.

— Blake. — Becky dá um passo para trás e olha para mim, franzindo um pouquinho o nariz, apesar de eu estar barbeado e com uma camisa social bem decente, e de não ter exagerado no perfume. Eu fico especialmente ofendido porque, no passado, ela flertava comigo de um jeito muito inapropriado, sendo que sou o companheiro da melhor amiga dela.

— Como estão as coisas?

— Tudo ótimo — respondo, mesmo sabendo que ela provavelmente conversou com a minha noiva e com certeza sabe que estou mentindo.

— Blake vai começar num novo emprego na semana que vem — conta Krista.

Fico sem jeito. Meu emprego temporário em um escritório a partir de segunda-feira é a última coisa da qual quero falar. É humilhante ter de recorrer a um emprego para o qual eu já era qualificado demais *dez anos antes*, sem nenhum benefício e com um salário ridículo. Mas trabalho é trabalho.

— Que ótima notícia — diz Becky. — Blake, eu sabia que você ia conseguir.

Meu Deus, será que já dá para abrir a garrafa de vinho?

É claro que o jantar não está nem perto de ficar pronto. Becky fez uma lasanha que ainda precisa assar por mais meia hora. Enquanto o jantar está no forno, seguimos a anfitriã até a sala de estar, onde encontramos queijos e torradinhas esperando por nós na mesinha de centro. Quando entramos na sala, Malcolm se levanta da poltrona e nos cumprimenta com entusiasmo.

— Blake. — Ele inclina a cabeça de leve em um gesto solidário que passei a odiar. — Como você está?

— Tudo certo — respondo, de maneira firme.

— Que bom, bom, bom.

Eu tinha me esquecido desse hábito irritante que ele tem de repetir várias vezes a mesma coisa.

— Como estão as coisas… na Coble & Roy? — pergunto com esforço.

Ele parece um pouco constrangido com a minha pergunta — e deveria estar mesmo. Um ano atrás, eu consegui um emprego para ele lá, a pedido de Krista. Não sei como, mas, mesmo sendo visivelmente medíocre, ele continua na empresa, e eu fui demitido.

— Você faz falta — fala ele.

Não sei o que dizer em resposta.

— Vocês querem tomar alguma coisa? — pergunta Becky para mim e Krista.

Graças a Deus.

— Eu aceito uma taça de vinho tinto — digo, rápido demais.

Becky vai buscar duas taças de vinho, enquanto a gente se senta no sofá. Faço menção de pegar uma torradinha na mesinha de centro como quem não quer nada, mas Krista dá um tapinha na minha mão. Isso tem acontecido muito ultimamente, como se ela achasse que estou beliscando demais — o que, para ser sincero, pode ser verdade.

— Depois você não vai querer jantar — adverte ela.

Olho para ela sem disfarçar minha irritação.

— Eles serviram aperitivos para a gente comer.

Malcolm solta uma risadinha.

— Não ligue, Blake. Eu também não tenho permissão para comer nada disso.

Eu me ajeito no sofá e coço meu antebraço. Não sei por quê, mas esta camisa está me dando coceira. Desabotoo o punho da camisa, puxo a manga e, como era de se esperar, a parte interna do meu antebraço está toda vermelha. Não faz nem três meses que estou desempregado e já desenvolvi alergia a camisa social.

Baixo a manga e abotoo o punho assim que Becky entra na sala com nossas taças. Aceito a minha, feliz da vida, e bebo metade do vinho em um gole só. Ela trouxe a garrafa e a colocou sobre a mesinha de centro para que cada um pudesse se servir, o que é perigoso. Eu me pergunto quanto será que consigo beber hoje à noite antes que Krista perceba ou antes que eu comece a falar enrolado. Esse experimento vai ser divertido. Tudo pela ciência.

— Então — diz Becky —, quer dizer que a inquilina de vocês já se mudou?

Krista faz que sim com a cabeça.

— A Whitney se mudou na semana passada.

— Ela é simpática? — pergunta Malcolm.

— Muito simpática — responde Krista. — Ela é uma querida. E mal faz barulho. Para falar a verdade, acho que ela é perfeita.

— Ela é bonita? — pergunta Becky.

Ela olha para mim ao fazer a pergunta. Na verdade, todos olham para mim de repente. E eu olho para as torradinhas que não posso comer.

— Não — digo, porque não sou idiota.

Krista revira os olhos.

— Na verdade, ela é linda. Sabe aquelas pessoas naturalmente bonitas?

— Ai, ai, ai. — Malcolm cutuca minhas costelas. — Isso aí ainda vai dar problema, hein? Hein? Hein?

— A gente mal se vê — resmungo. O que é mentira. A gente se cruza o tempo todo em casa e, às vezes, ela está só de pijama, daquele modelo que dá para ver tudo. Isso sem contar a vez que ela estava só de roupão.

Krista ri e coloca a mão no meu joelho.

— Isso não me preocupa.

Que bom. Eu acho.

Meu estômago ronca quando sinto um aroma de queijo derretido e molho de tomate vindo da cozinha. Fico com água na boca ao olhar para a bandeja de queijo com torradinhas, mas Krista já fez uma cena quando tentei pegar uma. Então, obedientemente, arremato o vinho que tenho na taça e me sirvo de uma segunda rodada.

— Enfim — diz Krista —, vocês tinham que ver as pessoas que apareceram querendo alugar o quarto. Sem brincadeira, foi meio assustador. A gente teve muita, muita sorte de encontrar a Whitney.

— Ah, é? — pergunta Malcolm, ajeitando-se na poltrona. — A história deve ser boa.

— Minha favorita foi aquela mulher que quase comeu a Goldy — digo, finalmente sentindo os efeitos do vinho no meu estômago vazio.

Krista dá um tapinha no meu joelho.

— Para de exagerar!

— É verdade! — insisto. — Ela ficou parada na frente do aquário, falando que peixinho-dourado bem fresco era delicioso. Ela basicamente estava dando uma receita de como *preparar* a Goldy.

— É, ela disse mesmo que a Goldy ficaria uma delícia acompanhada de batatas fritas — comenta Krista.

— Ou empanada — acrescento.

Krista dá uma risadinha, também já está sentindo os efeitos do vinho. Ela está corada, como acontece sempre quando bebe um pouquinho mais do que está acostumada. Ela sempre foi muito fraca para bebida.

— Mas a pior de todas foi a última... como era mesmo o nome da mulher? Era um misto de Elizabeth com sei lá o quê, né?

De repente, o vinho pesa no meu estômago e sinto um ligeiro desconforto.

— Hum... acho que essa história não tem nada a ver...

Krista arregala os olhos enquanto fala com os amigos.

— Vocês não vão *acreditar*. Ela era tipo uma vidente ou algo assim. E, quando encostou em mim, teve uma visão.

— Nooossa! — Becky bate uma mão na outra. — Adoro essas coisas!

É claro que ela adora.

— E o que ela viu? — pergunta Malcolm.

Krista toma mais um golinho de vinho da taça quase vazia.

— Ela disse que vou morrer porque Blake vai me esfaquear na nossa sala de estar!

Becky e Malcolm ficam perplexos. Pelo amor de Deus. Nada disso *aconteceu*. Foi só uma mulher louca falando um monte de absurdos.

— Essa mulher *não* batia nada bem. — Coço meu antebraço, que parece cada vez pior. — Ela estava usando papel-alumínio como se fosse um chapéu.

— É? — Krista franze a testa. — Não lembro. Achei que ela estava muito bem-vestida.

Becky cruza as pernas e se inclina um pouco para a frente.

— A visão era na *sua* sala de estar?

— Acho que sim — responde Krista. — Ela falou apontando exatamente para onde a gente estava.

Becky tampa a boca com uma das mãos, olhando para mim com uma expressão de horror, como se eu estivesse em cima da melhor amiga dela segurando uma faca ensanguentada neste exato momento.

— Aquela mulher não era vidente de verdade. — Cerro os dentes. — Vocês tinham que ter visto. Ela estava usando três roupões, um em cima do outro, e jogou sal na casa inteira.

— Sal é muito bom para afugentar maus espíritos — comenta Becky, cheia de sabedoria.

Não é *possível* que ela esteja falando sério.

— Você não acredita em nada? — Becky me encara com os olhos castanho-escuros. — Você é de escorpião?

— Ele é — confirma Krista, acenando a cabeça.

Olho para elas com raiva, pronto para esfaquear as duas. (Não de verdade.)

— Olha, não estou nem aí para o que uma louca diz. Eu não vou matar a Krista, ok? Vocês acham que eu seria *capaz* de uma coisa dessas?

Termino de tomar minha segunda taça de vinho.

— Não falei por mal, Blake — explica Becky gentilmente. — Ninguém acha que você seja um assassino. Mas algumas pessoas têm essa *vibe*, como se elas fossem capazes de fazer… *qualquer coisa*, sabe?

Não gosto do rumo que essa conversa está tomando.

— E você tem que admitir — acrescenta Malcolm — que tem uns dois meses que não anda muito bem. Krista disse que você anda obcecado por limpar a casa e ir à academia. Cara, a gente está preocupado com você.

Não sei do que eles estão falando. Sim, a vida não está nenhuma maravilha desde que fui demitido. Mas existe uma diferença entre ir à academia com muita frequência e matar alguém na sua sala de estar.

— Tá tudo bem — digo pelo que parece ser a milionésima vez. — Vou começar no emprego novo na segunda-feira e tudo vai voltar ao normal, e a Krista não vai ser assassinada.

Krista segura a minha mão. Por um instante, hesito em segurar a mão dela. Quero dizer, que conversa foi *essa*? Por que ela contou daquela doida para eles? Agora acham que tenho um parafuso a menos. Mas aí ela entrelaça seus dedos nos meus e, para ser bem sincero, é difícil ficar bravo com Krista.

— Blake, a gente só está brincando com você — diz ela. — É óbvio que eu sei que você não vai me matar. — Ela dá uma piscadinha para mim. — Pelo menos até a gente começar a planejar o casamento.

— Ai, nossa! — Becky se anima. — Vocês já escolheram a data?

Acho que nunca fiquei tão feliz pelo rumo da conversa ter mudado para a data do nosso casamento. Eu me ajeito no sofá, coçando o braço como quem não quer nada e tomando minha terceira taça de vinho, enquanto as duas mulheres discutem qual seria o melhor mês para se casar. (Parece que é maio.) Mas percebo que Becky está evitando olhar para mim e, quando fala comigo, ela é exageradamente educada.

O que está rolando aqui? Será que Becky realmente acha que sou capaz de matar minha noiva?

Que ridículo. Eu *amo* a Krista. *Jamais* levantaria a mão para ela.

Jamais.

CAPÍTULO 10

Depois que chego do jantar com Becky e Malcolm, não consigo dormir.

Já é uma da manhã e passei os últimos sessenta minutos olhando para o teto. Eu me levantei para mijar vinte minutos atrás, achando que isso poderia me ajudar, mas não ajudou. Krista não está tendo o mesmo problema. Ela está apagada do meu lado, de boca aberta, com uma adorável mancha de baba no travesseiro. (Acho que dei uma canseira nela.)

Enquanto olho para as rachaduras no reboco do teto, fico repassando os acontecimentos da noite. É óbvio que Becky e Malcolm me acham um tremendo fracassado. Mas o pior de tudo foi a forma como Becky olhou para mim quando Krista contou o que aquela vidente falou. Como alguém pode achar que eu machucaria a mulher que amo? Como todos se viraram contra mim tão rápido?

Enfim, desisto de tentar dormir. Eu me levanto da cama e desço as escadas o mais silenciosamente possível para não acordar ninguém. Mas, quando chego ao último degrau, fico surpreso ao descobrir que o primeiro andar da casa não está num silêncio absoluto como imaginei que estaria. Escuto um som baixinho vindo da sala de estar e, apesar de as luzes do teto estarem apagadas, dá para ver o brilho fraco da televisão ligada.

Whitney deve estar acordada.

Entro na sala de estar e, dito e feito, lá está ela. Sentada no sofá, usando aquele mesmo pijama minúsculo de sempre e com os olhos grudados na tela. Quando ela me vê, toma um susto e leva as mãos ao peito.

— Blake! — exclama ela. — Você quase me matou de susto!

— Desculpa. — Esboço um sorriso meio torto. — Perdi o sono.

— Eu também — suspira ela.

— Posso ver TV com você?

— Claro. Sempre tem lugar para mais um no Clube dos Insones.

Antes de me juntar a ela no sofá, pego um copo de água na cozinha. É aí que percebo que sobraram alguns cookies da fornada que Krista fez para levar para o jantar na Becky. Coloco uns cookies em um prato e sigo para a sala de estar.

— Ai, meu Deus, foi a Krista que fez esses cookies? — pergunta Whitney.

Coloco o prato sobre a mesinha de centro.

— Foi, são de aveia com uva-passa.

— Eles são viciantes demais. — Whitney se estica para pegar um cookie, e o cabelo liso cai sobre seu rosto. — Ela devia virar confeiteira profissional ou algo assim.

— É, ela é incrível. — Pego um cookie e dou uma mordida. A massa é delicada, mas tem consistência. — Se eu comer mais do que quatro, você vai ter que tirar esse prato da minha frente.

— Pode deixar — diz ela. — É o mínimo que posso fazer depois de você ter consertado a gaveta para mim.

Uma das gavetas da cômoda de Whitney tinha desencaixado dos trilhos e estava quase quebrando. E olha que aquela porcaria custou caro. Passei quase uma hora no quarto dela, desmontando e recolocando as peças da gaveta até que ela voltou a deslizar suavemente. É o tipo de coisa que eu fiz dezenas de vezes com meu pai. Whitney me elogiou muito, e tenho de admitir que foi divertido consertar a gaveta, mas também me senti constrangido ao perceber que meu maior feito nos últimos três meses tinha sido aquele.

— Então — digo, tentando mudar de assunto —, que programa é esse que você está vendo?

Whitney puxa as pernas e abraça os joelhos, aconchegada no sofá.

— É um programa em que as pessoas preparam bolos que pareçam coisas que não são bolos, e você tem de adivinhar se é bolo ou não.

— Que tipo de coisa?

— Está vendo aquela guitarra em cima da mesa?

— Ã-hã...

— Aquilo é um bolo.

— Mentira!

— É sério — diz ela, com a seriedade de um investigador falando sobre um homicídio que acabou de acontecer.

Sem perceber, abro um sorriso.

— E é esse tipo de coisa que ajuda você a dormir?

Whitney olha para a televisão; suas pupilas refletem as imagens na tela.

— Na verdade, eu *nunca* consigo dormir. Então, pelo menos posso me entreter.

É difícil, mas, sob a luz fraca que vem do aparelho, consigo ver as olheiras fundas de Whitney.

— Você toma alguma coisa para dormir?

— Até tentei, mas nada funciona.

— Que pena.

Whitney dá de ombros, como se isso não fosse um problema.

— Está tudo bem. Bom, desde que não seja um problema eu vir para cá no meio da noite.

— Problema nenhum. Fico feliz de ter companhia.

Ela sorri com o comentário.

— E por que *você* não consegue dormir, Blake?

Whitney pega mais um cookie no prato sobre a mesinha de centro. Ela *com certeza* não está usando sutiã.

Eu me ajeito no sofá.

— Não sei. Acho que estou ansioso com o futuro.

Ela ergue uma sobrancelha.

— Com o casamento, você quer dizer?

— Não, não tem nada a ver com o casamento — respondo com sinceridade. — É que começo num emprego novo na segunda-feira e... É difícil começar de novo.

— Sei exatamente o que você quer dizer — diz Whitney, de uma maneira que faz parecer que ela sabe mesmo.

— Enfim. — Dou um suspiro. — Não consigo parar de pensar nisso.

— Você está preocupado — reconhece ela.

— Não, não estou *preocupado*. Só estou...

— Se te conforta — diz ela —, você parece ser o tipo de cara que sempre sabe o que fazer, não importa o que aconteça.

Curiosamente, o voto de confiança dela me anima.

— É mesmo?

— É. — Ela usa os dedos para enumerar enquanto fala. — É óbvio que você é inteligente, carismático, engajado, bonito...

Espero que ela esteja apenas sendo educada, porque Krista não ia gostar de saber que estou sozinho na sala de estar, no meio da noite, com uma mulher quase sem roupa falando que sou bonito. Mas, pelo jeito como Whitney olha para mim, não acho que ela esteja só sendo simpática. Ela me encara com um olhar intenso, e sou obrigado a pegar uma almofada no sofá para colocar no meu colo, porque só estou de regata e cueca boxer.

— Olha só — diz ela. — Tenho certeza de que vai correr tudo bem no seu primeiro dia de trabalho. Vou trazer até um bolo lá do restaurante para a gente comemorar amanhã.

— Bolo de quê?

— O bolo que você quiser. — A língua dela percorre o lábio superior muito rápido. — O que você quer, Blake?

Nesse momento, fico *muito* feliz de estar com uma almofada no meu colo.

De qualquer forma, não vai acontecer nada entre mim e Whitney. Nem agora nem nunca. Eu não faria uma coisa dessas com Krista nunca na vida.

Apesar de Whitney ser *bem* atraente.

— Pode ser qualquer bolo. — Pigarreio. — Desde que ele pareça um piano.

Minha piada alivia a tensão, e Whitney e eu engatamos numa discussão animada, tentando entender se a bateria que aparece na televisão é ou não um bolo. Com o tempo, consigo até largar a almofada. Ficamos vendo TV por algumas horas, fazendo um comentário aqui e outro ali, mas na maior parte do tempo somos duas pessoas que apenas compartilham um espaço e comem cookies juntas. Por volta das três da manhã, pego no sono no sofá e, quando acordo, sinto que estou com torcicolo. E não há nem sinal de Whitney.

CAPÍTULO 11

Hoje é meu primeiro dia naquele trabalho temporário idiota. Estou apreensivo.

Mas preciso levar a sério. Porque a agência de empregos deu a entender que, se eu tiver um bom desempenho, posso ser efetivado. E se trata de uma empresa respeitável, onde eu talvez tenha chance de crescer e chegar a um cargo decente de novo. Bom, isso significa que há uma chance.

Programei meu alarme para as sete e meia da manhã, o que me garante tempo de sobra, se eu abdicar do meu treino, para chegar ao escritório às nove. Vou me arrastando até o chuveiro e retomo o velho ritual de começar o dia com uma ducha gelada para despertar.

Resisto o máximo que posso e depois abro a água quente, mas, infelizmente, o chuveiro só me dá água morna. Krista ainda está dormindo, então Whitney deve ter tomado banho hoje de manhã e acabou usando toda a água quente. Que inferno. Que péssima maneira de começar o dia.

Pego o frasco de sabonete líquido, tentando me conformar com a água meio fria. Mas, quando aperto o frasco na minha mão, não sai nada.

Mas que porcaria é essa?

Aperto com mais força, dessa vez chacoalhando o frasco. Mas não tenho sorte. A embalagem está completamente vazia.

É óbvio que foi Whitney que acabou com o sabonete. Admito que, há alguns dias, falei que ela podia usar o sabonete, mas o frasco estava pela metade. Quem em sã consciência usa tudo isso de sabonete? Para piorar, quando tento usar meu xampu dois em um para lavar o cabelo, percebo que o frasco também está vazio.

Como não tenho opção, uso o sabonete e o xampu de Krista. Quando saio do banho meio morno, meu cabelo está com cheiro de coco e damasco, e meu corpo, de limão e baunilha, em vez de ter só cheiro de *limpo*.

Mas tudo bem. Vou falar com Whitney sobre o sabonete e o xampu. Eu estava tentando ser legal, mas está claro que compartilhar as coisas não vai dar certo.

Eu me visto sem fazer barulho para não acordar Krista. Apesar de estar apreensivo com o emprego novo, a sensação de voltar a trabalhar é boa. Mesmo depois de ter sido acusado de coisas terríveis, minha carreira não acabou. É só um contratempo e vai passar.

Dou um nó na minha gravata do jeito que aprendi a fazer sozinho no meu primeiro ano como estagiário de marketing. Olho no espelho de corpo inteiro que fica no quarto e acho que ficou perfeito. Não estou com cara de funcionário temporário. Estou com cara de vice-presidente.

Dizem que você tem que se vestir para o emprego que quer ter. Bom, é só uma questão de tempo.

Minha mãe me ensinou que o café da manhã é a refeição mais importante do dia, e esse é um dos poucos conselhos que ela me deu que me marcaram. Não importa quão apressado eu esteja para chegar ao trabalho, sempre como alguma coisa antes de sair. Não tenho tempo para um café reforçado, mas antes de sair correndo para pegar o metrô até o centro, vou até a cozinha para comer uma tigela de Sucrilhos rapidinho. Sei que esse não é o café da manhã ideal, mas uma dose de açúcar vai me fazer bem.

Pego a caixa de Sucrilhos onde eu a havia deixado e a viro na tigela de cerâmica. Nada. Então chacoalho a caixa e tento me servir de novo, virando até que ela fique de cabeça para baixo, mas o que cai na tigela é apenas um resto de açúcar e farelo de cereal.

É sério isso?

Dei permissão para que Whitney usasse o que precisasse mas isso acabou virando uma bagunça generalizada. Ela acabou com tudo. E nem se deu ao trabalho de avisar. Ela poderia ter falado, algo do tipo, *Blake, a gente precisa comprar mais Sucrilhos*. Quero dizer, que tipo de pessoa acaba com o cereal e guarda a caixa vazia?

Agora preciso sair em dez minutos e não tenho nada para comer.

A frustração me faz cerrar os dentes. Por impulso, agarro a caixa vazia de Sucrilhos e a arremesso no chão.

Essa não foi a coisa mais inteligente que fiz na vida. A caixa quica e espalha pelo chão uma mistura de açúcar e farelo de cereal.

Merda.

Em vez de usar os poucos minutos que tenho para tomar um café da manhã pouco nutritivo, gasto meu tempo passando aspirador na cozinha. Não posso sair e simplesmente deixar o chão sujo. Isso me deixaria louco.

Goldy me observa passando aspirador. Ela abre a boca, e uma pequena bolha de ar sobe até a superfície da água no aquário.

— Por que você não me avisou que ela comeu o meu Sucrilhos todo? — pergunto para a peixinho-dourado.

Goldy não me responde.

— Blake? O que aconteceu?

É Krista, que acordou com o barulho do aspirador. Sinto uma pontada de culpa. Ela não trabalha hoje e podia dormir até mais tarde. Porém, agora, está descendo as escadas com minha velha camiseta *oversized* do Green Day que usa para dormir.

— Desculpa — digo. — Tive um pequeno acidente.

Esse é um jeito simpático de dizer que surtei e arremessei a caixa de Sucrilhos no chão e agora tenho de limpar a sujeira.

Krista boceja, espreguiçando os braços acima da cabeça.

— Você já tomou o café?

— Whitney comeu meu Sucrilhos todo — resmungo. — Ela também usou o meu sabonete e o meu xampu.

Krista ergue as sobrancelhas.

— Ela pegou as suas coisas sem pedir?

— Na verdade, não — admito. — Eu disse que ela podia pegar o que precisasse. Mas não falei que podia usar *tudo*.

— Tá. Então você disse que ela podia usar as suas coisas e agora está bravo porque ela fez isso?

Faço uma careta.

— Eu só queria uma tigela de cereal, Krista.

— Mas então pegue um pouco do meu. É muito mais saudável do que Sucrilhos.

— O seu tem gosto de papelão.

— Então não coma. — Ela ri, passa por mim e vai até a cozinha. Então pega aquele cereal nojento e saudável que sempre come com um pote de iogurte desnatado. — Bom, se você vai surtar porque a Whitney pegou as suas coisas, é melhor falar com ela em vez de ficar reclamando.

Krista está certa. Whitney já foi trabalhar, mas, assim que a gente se encontrar, vou falar com ela que não quero compartilhar mais as minhas coisas. Ela vai entender, tenho certeza.

Não tenho mais tempo para um café da manhã de verdade, mas vejo que algumas maçãs ainda estão boas. Pego uma e percebo que tem mais moscas-das-frutas do que o normal sobrevoando a fruteira. Talvez seja uma boa ideia jogar fora as outras maçãs antes que os insetos se multipliquem, porque é isso que sempre acontece. Tenho limpado a cozinha todos os dias na esperança de afastar os insetos, mas frutas são irresistíveis para esses bichinhos minúsculos.

Krista larga a caixa de cereal e sorri para mim.

— Boa sorte — diz ela.

— Obrigado — respondo, passando a mão no meu cabelo, que ainda está úmido. — Estou bonito?

— Deixa eu ver... — Ela inclina a cabeça para o lado, analisando cuidadosamente minha aparência, então ajeita minha gravata azul-marinho, apertando o nó um pouco mais. — Pronto. Agora você está lindo de morrer. — Ela fica na ponta dos pés, erguendo a cabeça para que eu possa beijar seus lábios rosados e lhe dar um abraço.

— Nível nove — sussurra ela no meu ouvido, e eu lhe dou um abraço mais apertado. É o que basta para eu lamentar o fato de ter de sair de casa, mas é também um alívio voltar a ser um cidadão funcional da sociedade. Quando estou me desvencilhando de Krista, ela aperta meu braço.

— Arrasa, Blake.

— Pode deixar.

É um emprego temporário, mas vou fazer o melhor possível. Dentro de dois anos, estarei no comando da empresa.

Saio de casa com um plano de rota para o trabalho, que envolve a estação de metrô a três quadras daqui. Será um trajeto de trinta minutos até Battery Park City e mais cinco minutos andando da estação para o escritório. Então devo chegar ao trabalho dentro de quarenta e cinco minutos, se não houver nenhum imprevisto. É então que surge o Sr. Zimmerly, com suas indefectíveis pantufas, saindo de sua casa como se estivesse à minha espera. Diferente do que ocorre em bairros residenciais, não há espaço entre as nossas casas; nossas brownstones estão praticamente coladas uma à outra.

— Porter! — ele me chama, descendo os degraus da entrada.

Meu Deus, o que foi agora?

— Estou indo para o trabalho, Sr. Zimmerly.

Zimmerly me olha de cima a baixo, reparando em minhas roupas de trabalho e curvando os lábios, enquanto esfrega os fios de barba no queixo.

— Finalmente conseguiu um emprego, hein?

Antes de ser mandado embora, passei quinze anos trabalhando sem tirar um dia sequer de folga, e isso inclui a época de faculdade em que eu tive *dois empregos*. Mas não estou a fim de me explicar para ele.

— Sim. — É tudo que digo. — Tenho que ir e...

— Você precisa tomar alguma providência a respeito dos degraus da sua casa — diz ele.

Olho para o cimento acinzentado debaixo dos meus sapatos sociais lustrados.

— Como assim?

— Eles estão imundos!

Não sei o que responder. Meus degraus não estão impecáveis, mas estão mais limpos do que os dele.

— Eles ficam ao ar livre.

— Você está usando isso como desculpa? — rebate ele, ríspido. — Isso é uma vergonha para todo mundo que mora no quarteirão! E não sou o único que pensa assim.

— Tá bom — digo. — Vou lavar com a mangueira, ok?

O Sr. Zimmerly resmunga alguma coisa que não consigo entender e volta para dentro de casa. Parece que ele não acredita que vou lavar as escadas. O que é compreensível, porque não há a menor chance de eu fazer isso. Nem sequer tenho uma mangueira.

CAPÍTULO 12

Tudo corre muito bem, dentro do possível, no primeiro dia do meu emprego temporário. Quero dizer, considerando que meu trabalho é basicamente inserir informações em planilhas e arquivar documentos para pessoas cinco anos mais jovens do que eu.

Depois de passar o dia inteiro enfurnado no escritório, salto do metrô antes de chegar à minha estação e sigo os últimos três quilômetros até minha casa a pé. Não é o mesmo que correr no parque, o que seria bem mais agradável, mas posso fazer isso usando roupas do trabalho. Além disso, o verão acaba em breve, e o tempo está bem agradável. Apesar de minha vizinhança no Upper West Side não ser tão agitada quanto era a região em Greenwich Village onde morei quando me mudei para cá, a caminhada me ajuda a espairecer. Estou de bom humor, então coloco um dólar na caneca de um cara que está pedindo esmola em frente a uma loja de bebidas.

Ainda não percorri um quilômetro do trajeto quando percebo que estou a apenas uma quadra do Cosmo's — o restaurante onde Whitney trabalha como garçonete. Antes que eu possa mudar de ideia, faço um desvio, abrindo caminho pelos grupos de pessoas que saem do trabalho. Não são nem cinco e meia da tarde e o restaurante não deve estar tão cheio. Se eu quiser trocar uma ideia com Whitney, agora é uma boa hora.

O Cosmo's é igual a vários outros restaurantes gregos da cidade: um estabelecimento de médio porte com mesas em estilo cabine alinhadas à parede e outras com cadeiras tradicionais no centro do salão, onde predomina um leve aroma de hambúrguer na chapa. O cardápio pendurado na parede do restaurante ao lado do alvará da vigilância sanitária diz que há pratos tradicionais como mussaca e charuto de folha de uva, mas é evidente que noventa e nove por cento dos clientes vêm até aqui para comer hambúrguer com fritas.

Percorro o salão com o olhar e encontro Whitney mais para os fundos, usando calça jeans e uma camiseta folgada com os dizeres *Cosmo's Diner* no peito. O cabelo dela está preso em um coque discreto.

Nossos olhares se cruzam, e ela acena para mim com um sorriso no rosto. Instantes depois, ela está na minha frente, encaixando um lápis atrás da orelha.

— Blake!

— Oi, Whitney.

Ela toca de leve no meu bíceps, que agora dá para o gasto, considerando o tanto que treinei enquanto estava desempregado. Porém, não contraio os músculos.

Tá bom, contraio só um pouquinho.

— Está tudo bem? — pergunta ela. — Como foi o primeiro dia de trabalho?

— Até que foi bom.

Coço meu antebraço. Mais para o fim do dia, comecei a sentir coceira de novo, a mesma que senti na casa de Becky e Malcolm. Não sei se desenvolvi alergia a algum item de composição das camisas sociais durante o tempo em que fiquei sem trabalhar. Será que existe esse tipo de coisa? Ou é estresse? Só Deus sabe o quanto tenho me sentido estressado.

— Vai dar tudo certo — diz Whitney, com a mão ainda no meu braço. — Sei que vai.

— Hum, obrigado.

Ela dá uma olhada para trás, para a parte mais vazia do restaurante.

— Como você pode ver, o movimento está tranquilo. Quer uma mesa? Nossa torta de limão com merengue é incrível.

— Na verdade — digo —, queria conversar com você um pouquinho. Pode ser?

— Claro. — Ela franze a testa, parecendo preocupada. — Está tudo bem?

— Está. — Hesito por um momento, pensando se é mesmo uma boa ideia ter essa conversa no trabalho dela. Mas, como já estou aqui, continuo. — Na verdade, não está tudo bem, não. Lembra que eu falei que você podia usar as minhas coisas? Tipo, sabonete, xampu, Sucrilhos?

Ela semicerra os olhos e então larga meu braço.

— Lembro…

— Pensando melhor, acho que não é uma boa ideia a gente continuar dividindo as coisas — digo. — Eu não tinha noção do quanto você ia usar e, para ser bem sincero, fiquei um pouco chocado. Daqui para a frente, acho melhor cada um ter as suas coisas.

Ela pisca várias vezes.

— Você veio até aqui, no meu horário de expediente, para me dizer *isso*?

Coço o braço mais uma vez.

— Esse assunto estava me incomodando.

— Ah, é? — reage ela, irritada. — Fico *tão* feliz que você tenha se livrado desse peso.

Whitney não está levando a conversa numa boa. Pensando bem, fui meio babaca de aparecer no trabalho dela para reclamar disso. Mas, em minha defesa, ela sempre trabalha dois turnos seguidos, e nunca sei a que horas vai voltar para casa. Não queria ter essa conversa à meia-noite.

— Olha — digo —, quem sabe não seria melhor a gente etiquetar nossas coisas para ficar mais fácil.

— Blake, você não precisa colocar uma etiqueta na caixa de cereal — diz ela, olhando para mim com desdém. — Não se preocupe. Não vou mais encostar nela.

— Só acho melhor a gente separar as coisas — digo, numa tentativa de esfriar os ânimos. — Quero dizer, você é nossa inquilina. Nós não somos amigos nem nada.

Whitney joga a cabeça para trás como se eu tivesse batido nela. Ela pega o lápis preso à orelha e, por um instante, tenho medo de que decida usá-lo para me atacar. Então respira fundo.

— Você tem razão — diz ela, bem devagar. — Não somos amigos. É um bom argumento.

Minhas intenções eram boas quando decidi vir até aqui, mas estou dando um furo atrás do outro. Não consigo pensar em nada que possa dizer para aliviar a tensão, mas, neste exato momento, uma família entra no restaurante.

— Com licença — diz Whitney, num tom ríspido. — Preciso voltar ao trabalho.

Sem dúvida nossa conversa foi um desastre. Por outro lado, falei o que precisava ser dito. Whitney ficou meio ofendida, mas a verdade é que nós *não* somos amigos. Ela é só uma pessoa que aluga um quarto na nossa casa. E, assim que minha situação melhorar, ela vai embora.

De qualquer forma, acho que hoje à noite ela não vai levar um bolo para comemorar meu primeiro dia de trabalho.

CAPÍTULO 13

Eu e Krista estamos aninhados no sofá, assistindo a um filme.

Ela está mais carinhosa desde que voltei a trabalhar. Não importa que meu trabalho seja, basicamente, o de um estagiário mal pago. Pelo menos estou ganhando algum dinheiro. E existe a possibilidade de que eu seja efetivado, se causar uma boa impressão.

O tempo está perfeito para ficar agarradinho no sofá. Está chovendo muito e do nada um raio ilumina a sala, seguido do estrondo de um trovão. O barulho alto faz Krista se aproximar ainda mais de mim. Estamos abraçados, então eu a aperto mais forte (nível nove). Ela ergue a cabeça para olhar para mim e seus lábios brilham com a luz da televisão. Estamos no meio do filme, mas eu me inclino para beijá-la.

— Como você está cheiroso — sussurra ela no meu ouvido.

Estou com cheiro do meu sabonete e do meu xampu, que eu tive de comprar depois que Whitney acabou com tudo. Até onde sei, ela não mexeu mais nas minhas coisas e comprou o próprio frasco de sabonete líquido da Dove. Agora não preciso mais ficar com cheiro de damasco e coco, duas das frutas menos masculinas que existem.

— Você também está cheirosa — sussurro em resposta.

Dou outro beijo em Krista, dessa vez com mais paixão, pressionando o corpo dela contra as almofadas do sofá, e sinto suas unhas se cravando nos músculos das minhas costas. Deslizo minha mão por baixo de sua camiseta e estou quase chegando ao sutiã quando ouço o barulho da fechadura da porta. Na mesma hora, paramos de nos agarrar.

Que droga, *odeio* ter uma inquilina na minha casa. Eu me sinto um adolescente tentando aproveitar que os pais da namorada não estão no cômodo, mas não de um jeito *divertido*.

Às nossas costas, Whitney bate os pés molhados no capacho da entrada. Eu a escuto fechando o guarda-chuva e soltando um suspiro. Gostaria de que ela fosse direto para o quarto.

Um minuto depois, Whitney entra ensopada na sala de estar, com o cabelo grudado na cabeça. Se estivesse usando maquiagem, estaria escorrendo pelo seu rosto. Ela percebe que estamos sentados no sofá meio constrangidos.

— Espero não estar *atrapalhando* vocês — diz ela em tom de provocação, mas não há nenhum sinal de humor em seu olhar.

Desde o dia em que conversei com Whitney no restaurante, nossa relação desandou muito. Ela mal fala comigo e, quando fala, seu tom não é nem um pouco amigável.

— A gente estava vendo um filme — diz Krista, indiferente à tensão que existe entre mim e Whitney. — Você quer pipoca? A gente fez muita.

— Ah, não — responde Whitney, sarcástica. — Não ia querer acabar com tudo.

Krista não percebe a provocação.

— Imagina! Pode comer o quanto você quiser.

Whitney não se dá ao trabalho de responder. Ela vira as costas para a gente e segue para a cozinha. Um segundo depois, escuto o barulho do micro-ondas. Ela deve estar esquentando o jantar.

Faço um carinho no joelho de Krista.

— Vou pegar mais água, tá?

— Tá bom, mas não demora.

Pego meu copo de água, que está pela metade, na mesinha de centro. Eu não precisava de mais. Porém, gostaria de trocar uma ideia sozinho com Whitney Cross na cozinha.

Quando entro na cozinha, Whitney está olhando para uma embalagem de isopor girando lentamente dentro do micro--ondas. Ela deve ter trazido alguma coisa do restaurante. Sem olhar para mim, ela tenta matar uma mosca-das-frutas que voa perto de sua orelha.

— Já estou terminando aqui — diz ela. — Aí você e Krista podem transar à vontade no sofá da sala.

— A gente não estava...

— Eu não sou idiota, Blake.

Vim até a cozinha para pedir desculpa, mas, em vez disso, fico com vontade de jogar alguma coisa na cara dela.

— E se a gente estivesse? Estou na *minha* casa, Whitney. Você só aluga um quarto aqui.

— Sim. Você deixou isso bem claro. — Ela joga o rabo de cavalo para trás. — Não precisa se preocupar. Não quero usar a *sua* televisão, ainda mais sem avisar.

Meu Deus, por que ela está com tanta *raiva*?

— Olha, Whitney — falo, dando um suspiro. — Não precisamos ser melhores amigos, mas, se você vai continuar morando aqui, a gente precisa pelo menos se dar bem. Se fiz alguma coisa que deixou você chateada...

— *Se?* — repete ela, com desdém. — Você é tão tapado assim?

— Desculpa — digo, de maneira firme. — Desculpa por ter deixado você chateada. E... a gente podia recomeçar do zero.

O micro-ondas apita. Whitney pega a embalagem de isopor e, dentro dela, vejo um hambúrguer com batatas fritas. Não é um prato muito apetitoso quando requentado, mas Whitney não parece se importar.

— Lembra quando vi que você estava todo preocupado com o seu novo emprego e tentei te dar apoio dizendo que você ia se dar bem, porque é inteligente, carismático, bonito e tudo o mais?

— Lembro...

— Nada do que eu disse é verdade. — Ela me olha de um jeito tão intenso que chego a dar um passo para trás. — Você vai se dar bem, e já se deu bem, porque é um babaca egocêntrico. Um cara que gosta de fingir que é bonzinho, mas que, no fundo, sabe que é uma pessoa horrível.

Fico chocado. Será que ela ficou com essa raiva toda só porque pedi que parasse de usar meu sabonete? Essa mulher surtou.

— Whitney...

— Divirta-se com a sua namorada. — Ela bate o ombro no meu ao passar por mim. — Torça para que ela não descubra o babaca que você é. Mas, para o bem dela, eu espero que ela descubra.

Fico imóvel ali na cozinha, tentando me recuperar, enquanto escuto Whitney subindo os dois lances de escada e depois batendo a porta do quarto. Que porra foi essa? Admito que ir até o restaurante para reclamar dela não foi a coisa mais legal do mundo, mas era o caso de dizer tudo o que ela disse?

Eu não sou babaca. É claro que fiz algumas merdas na vida. Você não vira um vice-presidente na área de marketing sendo um cara legal. Mas existe gente muito pior do que eu.

De qualquer forma, já entendi que preciso ficar de olho em Whitney.

CAPÍTULO 14

Não aguento ficar mais um segundo nesta reunião.

Já faz um mês que estou neste emprego temporário e ficou muito claro qual é o meu papel nas reuniões: redigir a ata. Ninguém espera que eu apresente ideias, fale ou pense. Só escrevo o que os outros disseram e anoto o horário em que falaram. É uma função muito importante. (Só que não.)

Uso papel e caneta, porque não me deram um notebook. Nos vinte primeiros minutos da reunião, sou ótimo fazendo anotações — um temporário superstar —, mas, nos vinte minutos seguintes, as coisas mudam drasticamente. Conforme o tempo passa, vou ficando mais distraído por causa de uma coceira intensa que sinto percorrer meu peito e meus braços. Não consigo pensar em outra coisa.

Isso vem acontecendo cada vez mais. Não todos os dias, mas tenho sentido essas coceiras com uma frequência cada vez maior. E isso nunca foi tão intenso como hoje.

— Porter?

Coço meu antebraço com os dedos, mas o que eu queria mesmo era arrancar minha camisa e coçar meu peito por uns cinco minutos ou até que ele começasse a sangrar, o que acontecesse primeiro. Não sei o que está rolando debaixo da minha camisa, mas a vermelhidão começa a despontar das mangas.

— Porter!

Levanto a cabeça de repente. Meu chefe, um cara chamado Kenny, que não deve ter nem 30 anos, está me encarando. Aperto minha caneta e finjo que estou escrevendo qualquer besteira a respeito do que eles acabaram de falar sobre soluções sinérgicas. Redigir ata de reunião é um trabalho de merda. Nem sabia que as empresas ainda faziam isso.

— Desculpa — resmungo.

— E o que você está esperando? — pergunta Kenny.

Ergo a cabeça para olhar seu rosto bem barbeado. É óbvio que ele me fez uma pergunta e não prestei atenção, porque estava distraído tentando não esfolar minha própria pele, e agora não faço ideia do que ele quer saber. O máximo que consigo fazer é olhar para ele com cara de paisagem.

— Café, Porter — suspira ele. — Você poderia buscar café fresco para a gente?

Esqueci de mencionar minha outra função indispensável nessas reuniões: buscar o café.

— Posso. — Eu me levanto da cadeira. — Claro. Desculpa.

Pego a garrafa vazia nos fundos da sala de reunião. Ao sair, escuto Kenny dizer para alguém:

— Tem temporários e temporários, né?

Que ótimo. Lá se vai minha chance de ser efetivado.

Como não tenho nenhuma perspectiva de continuar trabalhando aqui, vou buscar o café sem pressa. Sigo para a sala de descanso, mas, em vez de encher a garrafa, eu a deixo lá e me dirijo ao banheiro.

Felizmente, não tem ninguém no banheiro, porque está todo mundo na reunião. Começo a desabotoar a camisa, resistindo à tentação de arrancar os botões. Quando termino, abro a camisa e levo um susto.

Agora sei por que estava me coçando tanto. Meu peito inteiro está irritado. Tiro a camisa e descubro que a vermelhidão se espalhou pelos braços e pelas costas. Mesmo sabendo que não posso demorar, fico um bom tempo ali, coçando cada centímetro do meu corpo até ficar quase em carne viva.

Por que minha pele está irritada desse jeito? Considerando que o problema está numa região que fica em contato com a camisa social, isso deve ter alguma coisa a ver com a roupa. Mas essa camisa não é nova. Faz anos que a tenho e nunca tive problema nenhum. E essa coceira está me incomodando há dias, não importa a camisa que eu vista.

Não pode ser o produto que uso para lavar roupas. Eu adoraria comprar um produto de macho que exibisse no rótulo um cara grande e forte com um machado no meio da floresta, mas sou obrigado a comprar um detergente hipoalergênico com um bichinho de pelúcia no rótulo porque tenho a pele sensível. Mas nem o produto de macho me dava reações alérgicas assim. A única coisa que me dá uma alergia violenta é...

Limoneno.

Sou extremamente alérgico a limoneno, um composto químico usado para dar aroma cítrico a detergentes de lavar roupas. Descobri isso quando era pequeno, porque tinha crises de alergia sempre que minha mãe usava produtos que tinham esse componente. Então eu o evito. Krista sabe que deve evitar produtos que tenham limoneno na composição. Na verdade, pedi a ela que nunca usasse nada com esse ingrediente na nossa máquina de lavar, porque mesmo os resíduos dele são o bastante para irritar minha pele.

Mas Whitney não sabe disso.

Acabo de me dar conta de que comecei a sentir coceira logo depois que Whitney se mudou para a nossa casa, há pouco mais de um mês. O *timing* bate. Nossa inquilina deve estar utilizando algum produto com limoneno para lavar as roupas dela e aí, quando eu uso a máquina, o resíduo do produto gruda nas minhas peças. E agora vou ter que falar com ela sobre isso. Imagino quão agradável vai ser essa conversa.

Sei que não posso passar o dia trancado no banheiro coçando o peito. Isso não vai me ajudar em nada. Além da vermelhidão, agora estou também com a pele toda arranhada. Tenho de vestir a camisa novamente, pegar mais café e dar sequência ao meu empolgante dia de tarefas ridiculamente simples.

Jogo água fria em minha pele, na esperança de aliviar o desconforto que sinto. E ajuda um pouco, mas acaba molhando minha camisa. Quando voltar para a reunião, as pessoas vão se perguntar por que demorei tanto.

Sem dúvida acabei com qualquer chance de ser efetivado nesta empresa. Então é melhor dar um jeito na minha vida logo, antes que eu perca tudo.

CAPÍTULO 15

No caminho para casa, paro numa farmácia para comprar uma pomada com corticoide, sabendo que é a única coisa que pode me ajudar. Atualmente estou sem plano de saúde e espero que o remédio sem receita dê conta do recado.

Quando chego à brownstone, a coceira está mais forte do que nunca. Mal consigo suportar e, definitivamente, estou sem paciência para lidar com o Sr. Zimmerly, que abre a porta de sua casa e, usando suas pantufas, desce os degraus com passos pesados. Ao olhar para mim, ele afasta um tufo de cabelo branco da testa.

— Porter! — exclama ele. — Você deixou as latas de lixo na calçada!

O Sr. Zimmerly tem razão. O lixeiro passou de manhã e minhas latas vazias estão na calçada. Tenho quase certeza de que as tirei de lá antes de sair para o trabalho. Eu me lembro bem de carregar as duas tentando evitar que o chorume sujasse minha camisa. Tenho certeza de que recolhi as latas.

Ou não recolhi?

De qualquer forma, as latas ainda estão na calçada. Meu vizinho não está inventando coisas. E não consigo imaginar por que alguém colocaria as latas vazias no meio da calçada de novo ao longo do dia. Devo estar me confundindo com o que fiz na semana passada.

Depois do dia que tive, a última coisa que quero é lidar com o lixo. Mas, se não fizer isso agora, corro o risco de ser alvo não só da fúria do meu vizinho como também de receber uma multa.

— Além disso — acrescenta ele —, os degraus da sua casa ainda estão sujos!

A coceira no meu peito fica mais intensa. Quero arrancar minha pele. E também pegar as latas de lixo e dar na cabeça de Zimmerly até ele calar a boca. Eu diria que, depois de uns três golpes bem dados, ele não teria mais do que reclamar.

— E aí? — questiona ele.

Olho para meu vizinho. Sem dizer uma palavra, abro minha camisa com violência, arrebentando todos os botões. No segundo seguinte, eu a arremesso no chão, revoltado, enquanto Zimmerly me encara, boquiaberto. Sinto a brisa fria de outubro no meu peito nu, e é uma sensação boa, considerando que minha pele está quase em carne viva.

— Pronto! — Levo cada uma das latas para debaixo da escada. — Estou guardando as latas de lixo! Satisfeito?

Pela primeira vez na vida, esse velho rabugento filho de uma égua fica sem palavras.

Antes de entrar em casa, pego minha camisa na calçada, amassando-a até ela virar uma bola. Assim como Zimmerly, subo os degraus batendo os pés e fecho a porta. A casa está em silêncio, mas vejo o par de tênis de Whitney na sapateira ao lado da porta, o que significa que ela está em casa.

Ótimo.

Embora eu esteja louco para me besuntar de pomada, primeiro vou direto até as máquinas de lavar e secar roupas. Meu produto hipoalergênico está no chão ao lado delas e não vejo mais nada ali. Mas ela deve estar usando alguma coisa com limoneno. É a única explicação.

Subo as escadas e, sem parar no meu quarto, avanço mais um lance e vou direto até o quarto de Whitney. Bato na porta com a mão fechada. E com força.

Ela não responde, então bato de novo. E de novo. Depois de mais alguns segundos, a porta se abre e Whitney aparece de jeans e camiseta. Ela arregala os olhos ao me ver sem camisa e, por um instante, me arrependo de não ter colocado uma camiseta antes de vir falar com ela.

— Blake?

— Você precisa parar de usar produtos com fragrância para lavar a roupa — desabafo. — Olha só para mim!

Ela olha para o meu peito nu, e a irritação na minha pele continua tão forte como quando eu estava no banheiro do trabalho. Sinto a pele queimar. Percebo certo cinismo nela.

— Entendi…

— Sou extremamente alérgico a limoneno. — Faço gestos enfáticos mostrando meu peito. — É uma fragrância presente em vários tipos de produtos para lavar roupas. Se for usada na máquina, ela acaba contaminando as minhas roupas. Você acha que isso parece agradável?

— Não. — Ela se segura para não rir. — Definitivamente, não. Mas, se não usar um produto com fragrância, como é que eu faço para deixar minhas roupas limpas e cheirosas?

— Estou pouco me lixando para isso — respondo, com raiva. — Você pode lavar suas roupas naquela lavanderiazinha aqui perto. Faça como quiser. Só não use nada com fragrância na minha máquina de lavar roupas. Fui claro?

Ela dá um sorriso irônico.

— Cristalino.

Parece que ela não está me levando a sério. Não entendo. Whitney pareceu ser muito legal quando a gente se conheceu. Como ela conseguiu esconder tão bem esse seu outro lado?

— Olha — digo —, se eu encontrar limoneno na máquina mais uma vez, você vai precisar sair daqui. Nós não assinamos contrato nem nenhum documento. Posso mandar você ir embora a hora que eu quiser.

O sorriso desaparece imediatamente do rosto dela.

— Na verdade, não é bem assim. Aqui em Nova York, mesmo sem contrato, você não tem o direito de me colocar na rua de uma hora para a outra. Vá se informar, babaca.

É claro que ela tem razão. Fui atrás dessa informação e, no estado de Nova York, mesmo sem um contrato de locação, o inquilino tem direitos. Eu teria de dar um aviso prévio de trinta dias, mas não posso forçar Whitney a sair da minha casa se ela não quiser ir embora, mesmo depois do aviso prévio. Nesse caso, a lei está do lado dela. E era só o que me faltava Whitney querer me processar.

Estava torcendo para que *ela* não conhecesse a lei. Mas estou sem sorte.

Whitney bate a porta na minha cara. Eu vacilo e dou um passo para trás. Não sei se ela vai continuar usando produtos com fragância ou não, mas é certo que piorei as coisas para o meu lado. Se tiver de viver com essa mulher por mais alguns meses, melhor aprender a lidar com ela. E a verdade é que a gente ainda precisa do dinheiro do aluguel. Meu salário de temporário é risível.

Eu me viro, com a camisa embolada na mão, e me dou conta de que Krista está parada no meio da escada, olhando para mim. Não parece estar ali há muito tempo, o que é ruim porque, provavelmente, ela não ouviu nossa discussão. Mas, baseado na expressão em seu rosto, ela viu Whitney batendo a porta do quarto e eu, sem camisa.

Merda.

— Krista — digo, descendo as escadas atrás dela. — Não é nada do que você está pensando.

— Ah, não?

A expressão triste em seu rosto quase acaba comigo. Como ela pode pensar que eu a trairia com Whitney? Ela sabe o que eu penso de Whitney.

— A gente estava só conversando — explico. — Discutindo, na verdade. Ela bateu a porta na minha cara.

— E você está sem camisa porque…

Olho para a camisa embolada na minha mão. A situação não poderia ser pior.

— Tirei a camisa quando entrei em casa porque alguma coisa está irritando a minha pele. Krista, *olha* como estou.

O corredor está mal iluminado porque, por algum motivo, as lâmpadas não funcionam direito nos soquetes do teto — deve ser algum problema elétrico —, mas a luz é suficiente para que ela veja a irritação que tomou conta do meu peito e dos meus braços. Krista arregala os olhos, surpresa.

— Meu Deus, Blake — suspira ela. — Que horror. O que aconteceu?

Faço uma careta.

— Whitney deve estar usando alguma coisa com limoneno para lavar as roupas. Só pode ser isso. Ela não admitiu, mas é a única coisa que me dá essa alergia. — Olho na direção das máquinas de lavar e secar. — Vou ter que limpar a máquina e lavar todas as minhas roupas de novo.

A expressão dela fica mais leve.

— Você precisa de ajuda?

— Não, eu me viro. — Uso as unhas para coçar meu peito. Com esse drama todo, acabei me esquecendo da coceira, mas, agora que as coisas se acalmaram, ela voltou com tudo. — Mas preciso de ajuda para passar a pomada com corticoide nas minhas costas.

Ela dá uma piscadela para mim.

— Deixa comigo.

Ainda bem que Krista acredita em mim. Se, além de todas as coisas que deram errado na minha vida, eu a perdesse, não sei o que faria. Acho que perderia a cabeça.

CAPÍTULO 16

TUM!

Acordo de repente com um barulho que ecoa pelo meu quarto. Um minuto atrás, eu estava num sono profundo, mas acordei no susto e sem entender o que estava acontecendo. Será que ouvi mesmo alguma coisa? Talvez tenha sido lá fora. Viro a cabeça para conferir o relógio ao lado da cama. Uma e dezoito da manhã.

Tum! Tum!

Olho para cima e resmungo. Seja o que for esse barulho, está vindo lá de cima. Encaro o teto, esperando que o som pare e eu consiga voltar a dormir.

Tum! Tum, tum, tum!

Eu me sento na cama, cerrando os dentes. Ao meu lado, Krista continua dormindo, mas ela sempre usa tampões de ouvido, porque diz que eu ronco. Então está tranquilamente alheia ao som que me atormenta.

Tum!

Faz uma semana que confrontei Whitney com a história do produto de lavar roupas e, apesar de continuar convivendo com ela, não posso dizer que a gente se dá bem. Toda vez que passamos um pelo outro na sala de estar ou no caminho para o banheiro, ela olha para mim com raiva. Krista diz que eu deveria pedir desculpas, mas pedir desculpas pelo quê? Por ter reagido à falta de educação dela?

Pelo menos a irritação na minha pele diminuiu. Mas estou tendo de limpar a máquina de lavar todas as vezes antes de usá-la, porque não confio que Whitney vá ter o cuidado de usar produtos sem limoneno.

Tum! Tum!

E agora tudo indica que ela arranjou um novo jeito de me atormentar.

Mas o que diabos ela está fazendo lá em cima? Ginástica aeróbica? Jogando handebol? Sapateado irlandês? E por que fazer isso à uma hora da manhã?

Tum!

Já chega. Não aguento mais.

Eu me levanto da cama, quase espumando de raiva. Estava dormindo só de cueca boxer, então visto uma camiseta. Na esperança de me dar bem, gosto de dormir com o mínimo de roupa possível, mas as coisas têm andado meio devagar nesse quesito desde que Whitney veio morar com a gente. Alugar o quarto deveria aliviar o estresse das contas a pagar, porém me sinto mais irritado do que nunca.

Saio do quarto e vou até o terceiro andar. Mas, no meio do caminho, as batidas param de repente. Pelo menos não consigo ouvir mais nada. Mas não volto direto para o meu quarto. Seja lá o que Whitney esteja fazendo à uma hora da manhã, ela precisa saber que está *me* incomodando.

Paro diante do quarto de Whitney e consigo ver por baixo da porta que a luz ainda está acesa. Bato na porta repetidas vezes com a mão fechada até que ela finalmente abre. Whitney está com seu shortinho minúsculo e uma regata e não está usando sutiã, mas eu não fico nem um pouco excitado.

— Blake. — Ela esboça um sorriso. — A que devo o prazer dessa visita no meio da noite?

— Você está fazendo barulho demais — exclamo. — É uma da manhã e estou tentando dormir.

Ela se faz de inocente.

— Odeio ter que dizer isso, mas eu estava na minha cama, lendo bem tranquila.

Estico o pescoço para olhar dentro do quarto, mesmo sem saber o que estou tentando avistar. Sapatos de sapateado? Algum animal selvagem que ela está escondendo no quarto? Não sei o que Whitney estava fazendo, mas não importa. Só quero que pare.

Cerro os dentes.

— Não faça barulho depois das onze da noite, ok?

— Blake, não é culpa minha se você anda ouvindo coisas.

Ouvindo coisas? Mas do que ela está falando? Deu para ouvir claramente o barulho lá do meu quarto. Isso não é coisa da minha cabeça.

Não é mesmo.

Whitney inclina a cabeça para o lado.

— Você não parece muito bem. Melhor tentar dormir mais um pouco.

— Obrigado pela dica. — Eu me seguro para não dizer tudo o que estou pensando. Quero voar no pescoço dela. — Como eu disse... pare sabe-se lá o que estava fazendo.

Ela parece estar se divertindo.

— Pode deixar, chefe. Mais alguma coisa?

— Não.

— Maravilha.

Então ela fecha a porta na minha cara.

Desço as escadas me arrastando e volto para a cama. Ainda estou com os batimentos acelerados por ter acordado de repente e por ter sido obrigado a falar com Whitney. Quero voltar a dormir. Só sei que, se ouvir o barulho de novo, não respondo por mim.

CAPÍTULO 17

Sinto cheiro de algo apodrecendo na cozinha.

Percebi isso há mais ou menos um mês, e o fedor só piora. Porém, hoje vim atrás de uma cerveja para relaxar depois de mais um dia péssimo de trabalho — quase tive de declarar guerra contra a xerox emperrada —, e o cheiro está insuportável. Sou obrigado a tapar o nariz.

Meu primeiro impulso é pensar que *deve ser culpa de Whitney*.

Faz duas semanas que a confrontei sobre o barulho no meio da noite. Ouvi barulho mais uma vez na semana seguinte, mas de novo ele parou no instante em que comecei a subir as escadas, e, em vez de ter mais uma conversa frustrante com Whitney e engolir aquele sorrisinho irônico dela, desci até o primeiro andar e apaguei no sofá enquanto assistia à televisão.

Infelizmente, não posso dizer que foi minha pior noite de sono no último mês. Não sei o que está acontecendo comigo, mas tenho dormido muito mal. As olheiras que não somem do meu rosto são prova disso.

Então não estou com saco para lidar com esse cheiro misterioso na minha cozinha. Dou uma olhada nos balcões para ver se encontro a origem do fedor. Um enxame de moscas-das-frutas voa ao redor da minha cabeça. Como se não bastasse todo o restante. Essa situação com as moscas na cozinha se tornou quase insuportável. Dias atrás, pedi à Krista que assasse cookies e ela disse que não queria fazer porque a cozinha estava cheia de moscas.

Abro a porta da geladeira, tentando encontrar a origem do fedor. E, sem dúvida, sinto um cheiro ruim. Eu me agacho para olhar as prateleiras mais baixas. Vejo apenas as coisas de sempre: condimentos, pão, alguns frios, iogurte desnatado e uma dúzia de ovos. Mas aí, no fundo da prateleira, vejo algumas daquelas embalagens de isopor — do tipo que Whitney traz do restaurante.

Tiro as embalagens da geladeira e, na mesma hora, percebo que o mau cheiro vem delas. O fedor é *horrível*. Igual ao de carniça.

Fico encarando as embalagens, porque não quero nem tocar nelas sem luvas. Ainda assim, não consigo conter minha curiosidade mórbida. Preciso ter certeza de que o cheiro vem dali.

Então abro a primeira embalagem.

E me arrependo imediatamente. O conteúdo faz meu estômago revirar. Aquilo foi, um dia, um sanduíche de frango e uma porção de batata frita, mas o pão está verde, todo mofado. As batatas também estão verdes e o molho que veio com elas está passado. O mau cheiro é insuportável.

Que merda, Whitney.

Nem me dou ao trabalho de abrir as outras duas embalagens, porque tenho certeza de que está tudo podre. Jogo todas elas no lixo, já fecho o saco e levo lá para fora. Quero me livrar dessas porcarias o mais rápido possível.

Ao voltar para a cozinha, sinto que ela continua com cheiro ruim. Vejo umas dez mosquinhas na bancada e mato o máximo delas que consigo, usando apenas uma das mãos. Mas acho que não vai ser fácil me livrar de todas.

— O que você está fazendo, Blake?

Krista surge na cozinha de repente usando o uniforme de trabalho. Ela me flagrou esmagando uma mosca-das-frutas na porta da geladeira, batendo no inseto com muito mais força do que realmente precisava.

Eu me viro, respirando fundo para me acalmar.

— Whitney deixou um monte de comida estragar na geladeira.

Ela franze o nariz.

— Nossa, sim. Que cheiro horrível.

— Nem me fale.

Ela se anima.

— Eu tenho aquele aromatizador de ambientes lá no quarto. Posso colocar um pouco aqui na cozinha.

Sei do que ela está falando, porque ela borrifa no banheiro às vezes. Tem um cheiro forte de flores e faz meus olhos coçarem. Em geral, detesto esse negócio, mas é melhor do que ficar sentindo esse fedor na cozinha. Qualquer coisa é melhor do que o cheiro de comida podre. Porém, temos um problema mais urgente no momento.

— Não quero que Whitney continue morando com a gente — digo.

— Porque ela se esqueceu de jogar comida fora? Você faz isso o tempo todo, Blake. Tem certeza de que a comida não era sua?

— Não era minha. Com certeza. — Cerro os dentes. — Como você não fica incomodada com isso? Parece que alguém morreu aqui.

— Não está tão ruim assim. — Ela dá de ombros. — É só abrir as janelas e borrifar um pouco do aromatizador de ambientes aqui. Daqui a pouco o cheiro passa.

— Não é tão simples assim, ok? Ela é… tóxica. Ela me acordou duas vezes no meio da noite fazendo sabe-se lá o quê…

— Eu não ouvi nada.

— Porque você dorme com tampões de ouvido! — Ergo as mãos. — Escuta o que estou falando, ela tem feito essas coisas para me atormentar. E fica me olhando como se quisesse cortar a minha garganta enquanto durmo. Não me sinto confortável quando ela está em casa.

— Eu acho que ela é muito legal. — Krista me encara. — Não entendi. Você está incomodado com o jeito como Whitney *olha* para você?

Cerro os dentes.

— Ela me odeia. Você não sabe como é ser odiado por alguém que vive debaixo do mesmo teto que você.

— Ela não odeia você.

— Odeia, sim! — Uma mosca-das-frutas dança na frente do meu rosto e eu tento espantá-la, frustrado. — Tenho *certeza* de que ela me odeia. É sério, eu não ficaria surpreso se descobrisse que ela deixou a comida apodrecer na geladeira de propósito, só para me provocar!

Finalmente a mosquinha desiste de mim e pousa na bancada da cozinha. Eu a esmago com um tapa. Sinto um lampejo de satisfação.

Krista dá um passo para trás, piscando várias vezes.

— Você está bem, Blake?

— Não! Eu não estou bem! — respondo. — Tem uma psicopata morando na minha casa e quero que ela vá embora!

E agora meu olho não para de tremer, que coisa mais irritante.

— Os últimos meses foram difíceis para você — diz Krista gentilmente. — Sei que foi complicado perder o emprego daquele jeito e também sei que você odeia o trabalho novo. Além disso, você não está dormindo bem. Mas a Whitney não é responsável por todos os seus problemas. Acredite em mim. — Começo a argumentar, mas ela ergue a mão. — E você precisa lembrar que o dinheiro que a Whitney paga de aluguel é a única coisa que está impedindo a gente de ficar endividado.

Ela tem razão. Precisamos do dinheiro. E não temos uma fila de pessoas incríveis esperando para alugar nosso quarto.

— Tá bom — resmungo. — Pelo menos joguei fora a comida podre. Mas ela precisa saber que esse tipo de coisa é inaceitável.

— Deixa que eu falo com a Whitney sobre a comida — diz Krista. — Você não precisa falar nada. Você só vai piorar a situação.

Não tenho nenhuma dúvida disso.

— E tem um jeito de acabar com essas mosquinhas — continua ela. — Eu estava pesquisando e descobri que dá para fazer uma armadilha usando detergente e vinagre de maçã!

— Que maravilha.

Fico na expectativa de que Krista me abrace. Agora, um abraço apertado me faria bem. Um nível sete, pelo menos, ou mais forte. Em vez disso, ela vai até o quarto para pegar o aromatizador de ambientes. Acho difícil que ele consiga melhorar o fedor de comida podre, mas vale a pena tentar. Escancaro a única janela da cozinha e sigo para a sala de estar para abrir o restante da casa porque o mau cheiro está se espalhando. Até a coitada da Goldy está meio esverdeada no aquário. Graças a Deus o tempo está bom e podemos deixar as janelas abertas.

Fico com pena da nossa peixinha e dou um pouco de comida para ela. Ela deve estar com fome porque, na mesma hora, sobe até a superfície para se alimentar. Comer é, sem dúvida, a coisa mais interessante que ela faz. É bonitinho de ver. Sinto uma estranha onda de afeto por Goldy. É legal ser responsável por um pequeno ser vivo.

Sem nem notar, estou coçando meu peito, que de uma hora para outra voltou a ficar irritado, quando escuto passos na escada. Desvio o olhar do aquário. Alguém está no topo da escada e, a princípio, penso que deve ser Krista com o aromatizador de ambientes. Mas não. É Whitney.

Não digo nada e ela também não. Ela continua parada, usando seu jeans com moletom de capuz, olhando para mim. E me pergunto há quanto tempo está ali. Se ela ouviu a nossa conversa.

Ela arruma o cabelo atrás das orelhas e dá um sorrisinho. Ela ouviu tudo.

CAPÍTULO 18

Um dos meus trabalhos megaimportantes como temporário é buscar café na Starbucks todas as manhãs.

Sou obrigado a rodar o escritório, anotando pedidos como se fosse um garçom, e Kenny me dá o cartão de crédito da empresa. Dou uma corridinha até a Starbucks, que fica a três quadras do escritório, e entro na fila que é sempre longa, não importa a hora que eu chegue. Quando consigo voltar em menos de meia hora, é um milagre.

Hoje tenho impressionantes nove pedidos e isso significa que vou ter de carregar duas bandejas de bebidas até o escritório. Equilibrar todos esses cafés enquanto atravesso duas ruas não é uma tarefa fácil, mas é triste admitir que, ao longo de dois meses de trabalho, acabei ficando muito bom nisso.

Entro na fila atrás de outras quatro pessoas e sinto o aroma intenso do café sendo preparado, enquanto coço meu braço despreocupadamente. Depois que comecei a limpar a máquina de lavar roupas antes de usá-la, minha alergia diminuiu. Porém, nos últimos dias, parece que ela voltou. Parece mais leve, porém é o suficiente para me irritar.

Como se não bastasse, a cozinha continua fedendo. O fedor não é tão intenso como antes, mas ainda dá para sentir o cheiro de comida podre misturado ao aromatizador de ambientes usado por Krista. E, apesar de termos montado uma armadilha impressionante usando dicas que encontramos na internet, as moscas-das-frutas ainda tomam conta do ambiente. E a armadilha funciona, o copo parece um cemitério de moscas, mas elas ainda voam por toda parte.

— Blake? Meu Deus, é você mesmo?

Estremeço ao ouvir meu nome. A última coisa que quero é ser reconhecido na fila da Starbucks, pegando café para o pessoal do escritório. Mas eu me viro, todo educado.

Que ótimo. É Stacie, a secretária do cara que me demitiu. E ela está fantástica, com aquelas pernas longuíssimas despontando de uma saia curta. Ela segura um *macchiato* com a mão direita.

— Oi, Stacie. — Consigo esboçar um sorriso e espero que ele pareça minimamente sincero. — Tudo bem?

— Tudo! — Ela sorri, exibindo dentes perfeitos. — E você...

Endireito a postura ao notar como ela olha para minha roupa e lamento não poder fazer nada para diminuir minhas olheiras.

— Você está ótimo! Conseguiu um emprego novo, hein?

— Consegui. — Nem digo que o trabalho é temporário. Não quero que ela volte para o escritório e conte da minha humilhação para todo mundo. — Está tudo ótimo.

— E a Krista? — Ela ergue a sobrancelha de maneira sugestiva. — Vocês ainda estão...

— Estamos — respondo rápido. — Estamos noivos. Ainda.

— Ã-hã. — Ela inclina a cabeça para o lado. — Eu lembro. Estava na dúvida se alguma coisa tinha mudado.

— Tudo na mesma.

Stacie levanta a mão e toca meu bíceps. Dou um passo para trás. Ela vai aumentar minha coceira.

— Enfim — diz Stacie —, foi bom ver você, Blake. Para ser sincera, fiquei superpreocupada depois que o Wayne mandou você embora. Mas parece que as coisas se ajeitaram.

— Com certeza — minto. — Nem me preocupei tanto. Sempre consigo dar a volta por cima.

— Consegue mesmo — concorda ela.

Prendo a respiração até Stacie sair da Starbucks com seu café. Existem muitas outras pessoas da minha antiga empresa que eu gostaria de não encontrar, mas ela está no topo da lista.

Cerca de meia hora depois, volto para o escritório equilibrando nove copos de café nos braços. Duas pessoas na rua fazem comentários sarcásticos sobre a quantidade de café que estou carregando ("Você vai beber tudo sozinho?"), e, quando um táxi por pouco não me atropela na faixa de pedestres, chego a desejar que ele tivesse me acertado e acabado com meu sofrimento.

Por um milagre, e graças a um bocado de prática, chego ao escritório sem derrubar nada. Coloco as bandejas de café na bancada da recepção e aviso todo mundo que o café chegou. Eu poderia entregar os cafés um por um, mas hoje não estou a fim.

No entanto, faço questão de pegar o *mocha latte* com leite de aveia que Kenny pediu e levar até sua sala. Achei que tinha acabado com qualquer chance de ser efetivado na empresa, mas, numa reunião ontem, eu impulsivamente fiz uma sugestão relacionada a uma das contas mais importantes. Eu interrompi a reunião, mas parece que minha ideia e minhas referências o impressionaram. Depois que a reunião terminou, ele me fez mais perguntas e parecia estar pedindo minha opinião. Se eu mostrar que posso ser útil, talvez tenha chance de conseguir um cargo de verdade dentro da empresa.

Quando chego à sala de Kenny, ele está vendo alguma coisa no computador. Eu entro e ele olha para mim, mas não sorri.

— Trouxe o café — digo, colocando o copo em cima da mesa. A sala dele não é tão bonita quanto a minha um dia foi, mas é bem melhor do que o cubículo onde trabalho hoje.

— Obrigado. — Estranhamente, ele olha para o café com o rabo do olho. — Quantos cafés você trouxe?

— Nove. Usei todas as minhas habilidades para conseguir equilibrar tudo.

Kenny não sorri.

— Ei, Porter. Quantos sanduíches você comprou para a reunião de ontem?

— Foram vinte sanduíches. Como você me pediu.

— Se você comprou vinte, como os sanduíches acabaram?

Dou de ombros.

— Acho que as pessoas estavam com fome.

Kenny ainda está me encarando com uma expressão indecifrável no rosto. O que me deixa muito incomodado. Troco a perna em que estou apoiando o peso e tento não coçar meu braço. Por que ele está me perguntando quantos sanduíches e cafés eu comprei? Eu não sou garçom.

— Algum problema? — pergunto, enfim.

Ele me encara por um instante e, em seguida, faz que sim com a cabeça.

— Na verdade, sim. Fiquei muito impressionado com as sugestões que você deu na reunião de ontem e me lembrei de ter visto o nome da Coble & Roy no seu currículo. Então decidi fazer algumas ligações…

Que merda. Saquei qual é o problema. A chance de ser efetivado na empresa já era.

— Não acredito que você roubou da empresa. — Kenny balança a cabeça. — Agora entendo por que, na sua idade, ainda está trabalhando como temporário.

— Eu não roubei nada — digo, com firmeza. — Foi um mal-entendido.

— Não foi isso que o Wayne Vincent me contou. E aposto que você ganhou uma grana com esse esquema.

Hesito. Sinto uma coceira terrível no peito, mas não posso começar a coçar. Não agora.

— O que rolou com "todo mundo é inocente até que se prove o contrário"?

— Isso funciona no tribunal, Porter. — Kenny tira a tampa do café e toma um golinho. — Que café horrível. Você pegou o *mocha* com leite de aveia?

— Não fui eu que preparei o café.

— Não banque o espertinho para cima de mim. — Ele empurra o café sobre a mesa. — Leve de volta e troque por outro.

Não quero passar mais meia hora na Starbucks só para fazer a vontade de um gerentezinho de 20 e poucos anos que se acha grande coisa. Mas não posso pedir demissão. Não sei quais são as consequências de se demitir de um emprego temporário, mas tenho receio de ficar marcado e não conseguir outra vaga. Ou, se conseguir, talvez seja fritando batatas em um fast food.

— Estou de olho em você, Porter. — Ele semicerra os olhos. — Se tentar roubar qualquer coisa da *minha* empresa, você nunca mais vai conseguir trabalhar nesta cidade. Nem com a ajuda de uma agência de empregos.

Não sei se esse cara tem poder suficiente para fazer uma ameaça dessas, mas a verdade é que não quero pagar para ver. Então pego o café para voltar à Starbucks. Mas antes passo no banheiro e coço meu peito por cinco minutos ininterruptos. Coço até arrancar sangue.

CAPÍTULO 19

Não sei o que está acontecendo com as minhas roupas.

Tenho medo de lavar qualquer coisa. Antes de usar a máquina, limpo tudo da melhor forma possível e só coloco uma tampinha do detergente hipoalergênico e, mesmo assim, estou tendo reações alérgicas a tudo o que sai da lavadora. Estou perdendo a cabeça.

— O que você está usando para limpar a máquina? — pergunta Krista, enquanto conversamos sobre o assunto antes de nos deitar. Infelizmente, esse se tornou um dos meus tópicos favoritos de conversa. Ela deve estar morrendo de tédio, mas não consigo evitar.

— Um spray de limpeza feito de ingredientes naturais e hipoalergênicos — respondo, e me sinto tão másculo quanto uma menininha de 8 anos. — Não consigo entender, porque limpar a máquina funcionou por um tempo, mas agora parece que não faz diferença nenhuma.

— Quer que eu leve suas roupas para o trabalho? — pergunta ela. — Posso lavar tudo lá.

— Não quero arrumar problema para você. — Krista não pode perder o emprego de jeito nenhum. — Acho que vou a uma dessas lavanderias por aí.

Fico indignado de ter que levar minhas roupas a uma lavanderia sendo que tenho uma máquina de lavar roupas e uma secadora em casa que funcionam perfeitamente bem. Cheguei até a comprar os modelos mais caros disponíveis, do tipo que você pode pôr uma em cima da outra. E agora não consigo usar nenhuma das duas.

— Não tem problema — diz Krista. — Ninguém tem nem como saber. Mesmo. Eu posso lavar suas roupas. Não gosto de ver você sofrendo desse jeito.

Começo a argumentar de novo, mas Krista já está pegando as roupas sujas no cesto. Ela coloca tudo numa sacola de tecido que pegou no nosso closet.

— Krista, não se preocupe — digo. — Você não precisa fazer isso.

Ela não me responde. Está segurando uma das minhas camisas sociais, com uma expressão estranha no rosto.

— Krista?

— Blake — diz ela —, o que é isso na gola da camisa?

Não sei do que ela está falando. Dou a volta na cama para ver o que foi que chamou a atenção dela. Não entendo por que está tão incomodada, mas então vejo: uma mancha vermelha chamativa na gola da minha camisa branca.

Ela esfrega o dedo nela e parte da mancha sai.

— É batom — diz ela, de maneira incisiva.

Dou de ombros.

— Acho que você manchou um pouco a gola. Qual é o problema? Se lavar, sai.

Krista se vira bruscamente para me encarar.

— Eu *não* tenho nenhum batom dessa cor.

Olho para a mancha chamativa na gola da camisa e para os lábios de Krista, que não têm nem vestígios do batom que ela usou hoje. Olho para ela sem saber o que dizer, porque não faço ideia das cores de batom que ela tem.

— Eu só uso batom cor-de-rosa — diz ela. — Por causa do meu tom de pele.

Deve ser verdade. Não me lembro de tê-la visto com batom vermelho desde que começamos a sair.

Como essa mancha de batom vermelho foi parar na gola da minha camisa?

Não faço a menor ideia, mas, pela expressão de Krista, a imaginação dela é mais fértil do que a minha.

— Krista. — Tento encostar em seu ombro e ela se afasta. — Acha mesmo que eu seria capaz de trair você?

— Se você não me traiu, como é que essa mancha de batom foi parar na gola da sua camisa? — Ela arregala os olhos. — É por isso que você não queria que eu lavasse as suas roupas?

— Não! — Tiro a camisa das mãos dela e analiso a marca de batom na gola, me esforçando para pensar no que pode ter acontecido. — Sinceramente, eu não sei. Talvez eu tenha largado minha camisa pela casa e Whitney tenha sujado a gola de batom.

— Whitney nunca usa batom.

É verdade. Parece que ela nunca usa maquiagem. Mas minha intuição diz que Whitney tem algo a ver com essa história.

— E se Whitney entrou no nosso quarto quando a gente não estava em casa só para sujar minha camisa de batom? — argumento. — Talvez ela tenha feito isso *justamente* para você ver. Ela quer que a gente brigue.

— Você está falando sério? — Krista coloca as mãos na cintura e me fulmina com o olhar. — Whitney entrou no nosso quarto e esfregou batom nas suas roupas. É sério? Você espera que eu acredite numa coisa dessas?

Sim, espero. Mas consigo ver, pela maneira como Krista fala, que a resposta certa é não.

— Olha — digo. — Eu realmente não sei como foi que minha camisa ficou suja de batom. Mas juro que eu não estava te traindo. Jamais faria isso com você.

— Ã-hã.

— Krista. — Tento conter a sensação de pânico. — Não é possível que você realmente ache que estou te traindo. Você tem que acreditar em mim.

Krista se senta na cama, com os ombros encolhidos.

— Não sei mais o que pensar. Para falar a verdade, Blake, você anda meio estranho.

— Estranho como?

— Você sabe como — sussurra ela. — Você mal consegue dormir. Implica com tudo, reclama de qualquer coisa, inclusive de barulhos que só você escuta. E você tem uma paranoia muito estranha com a Whitney. Ela é tão simpática.

Tá bom. É claro que ela é simpática com Krista. A vingança inexplicável de Whitney é contra mim.

— Krista. — Exibo meus braços, ainda marcados pela irritação. — Qualquer um ficaria estranho se tivesse que lidar com isso. Essa alergia está me deixando maluco. Meu Deus, você acha mesmo que estou em condições de ter *um caso*? — Eu me inclino, tentando fazer contato visual com minha noiva. — Quem é que iria ficar comigo? Desse jeito, parece que eu devia estar numa colônia de leprosos.

Consigo arrancar um sorriso minúsculo de Krista. Eu me sento na cama e ela me deixa até segurar sua mão, mas não tento abraçá-la. Um beijo então está fora de cogitação.

— Desculpa. É essa irritação na pele que está me deixando louco — digo. — Sei que esse batom na minha camisa parece suspeito, mas juro que não tenho ideia de como essa mancha foi parar aí. Juro pela minha vida. — Mordo o lábio inferior. — Você acredita em mim?

Prendo a respiração, esperando a resposta dela.

— Eu… acho que sim — diz Krista finalmente. — Admito que é difícil imaginar você tendo um caso enquanto se coça como um louco a cada cinco segundos.

Aperto a mão dela.

— Exato. Não quero mulher nenhuma. Só quero pomadas com corticoide.

Meu comentário faz Krista rir.

— Sei que você está sofrendo e que está fazendo o melhor possível para lidar com a situação. É por isso que me ofereci para lavar suas roupas.

— Eu aceito a ajuda — concordo. — Mas só por um tempo. Não quero que faça isso sempre.

Só até a gente se livrar de Whitney.

O problema é que estou começando a achar que isso vai demorar para acontecer.

CAPÍTULO 20

Quando recebo uma ligação de Malcolm — o marido de Becky —, consigo perceber que Krista mexeu seus pauzinhos.

Faz duas semanas que ela encontrou a mancha de batom na minha camisa. Eu não cheguei a confrontar Whitney, mas, um dia depois do episódio, ela me olhou com um ar de quem sabe das coisas e não tive dúvida de que a culpa foi dela. Também tenho certeza de que ela fez alguma coisa com a máquina de lavar ou com a secadora para que minha alergia atacasse porque, a partir do momento em que Krista passou a levar minhas roupas para a lavanderia a seco, não tive mais problema. A irritação desapareceu.

No que diz respeito à minha relação com Krista, a situação melhorou, pouco mas melhorou. Ela acredita que não estou pulando a cerca? Acho que sim. Mas também acho que ela não quer admitir o quanto está preocupada comigo. Hoje ela saiu para jantar com Becky, o que faz a ligação do marido da amiga ser estranhamente suspeita, como se ele quisesse evitar que eu ficasse livre, leve e solto.

Acabei de sair do trabalho e estou a duas quadras de casa quando o celular começa a vibrar no meu bolso. Estava andando pelas ruas sem pressa, aproveitando o tempo agradável. Decido atender a ligação de Malcolm e apressar o passo, porque vou ter uma desculpa para desligar quando entrar em casa. Ao atender, ouço a voz simpática de Malcolm:

— Oi, Blake! Tudo bem?

— Tudo — minto. — E você?

— Tudo, tudo, tudo. — O costume que ele tem de repetir as palavras me incomoda mais do que o normal, mas tento não deixar isso transparecer. — E a Krista?

— Não sei. Pergunte para a Becky.

Malcolm ri com gosto, apesar de eu não ter feito uma piada.

— Blake, é o seguinte. Queria saber se você toparia tomar um drinque comigo qualquer hora dessas. Faz tempo que a gente não sai.

Acho que nunca chegamos a sair. Quando trabalhávamos na Coble & Roy, às vezes o pessoal saía para beber depois do trabalho e nós dois íamos com o grupo. Mas só Malcolm e eu? Nunca. E, agora, não estou muito a fim de sair para conversar com o cara que trabalha na empresa da qual fui demitido. O cara que parece, de maneira inexplicável, estar com a vida melhor do que a minha.

— Vamos marcar — digo, mas o que quero mesmo é dizer não.

— Acho que seria divertido — diz ele. — As meninas são tão amigas que seria legal se a gente ficasse mais próximo.

Passo por um restaurante chinês de esquina que serve um *dim sum* maravilhoso o dia inteiro. Apesar de querer chegar logo em casa, avalio a possibilidade de comprar uns *dumplings* de camarão com cebolinha para levar, mas me dou conta de que não posso mais gastar assim com comida.

— Só estou meio atolado de coisas para fazer agora.

— Ah, é? Mas está tudo bem?

— Está, sim. Tudo bem. Com a vida corrida. Mas de um jeito bom.

— Fico feliz de saber. Ótimo, ótimo, ótimo.

— Enfim — digo, cerrando os dentes —, quando as coisas ficarem mais calmas, topo tomar uns drinques. Pode ser?

— Pode, claro — concorda Malcolm. — O que acha de já deixarmos um dia marcado?

— Ã-hã. Pode ser. — Viro a esquina e vejo minha brownstone. — Mas ainda estou na rua, quase em casa. Eu estou voltando do trabalho, chegando em casa nesse minuto… Podemos combinar depois?

Ele ri mais uma vez.

— Você está me enrolando, Porter?

— Claro que não. Vamos marcar alguma coisa, mesmo. É uma ótima ideia. — Subo os degraus da entrada. — Ótima, ótima, ótima mesmo. — Procuro as chaves no meu bolso. — Mas é que agora…

— Que tal na próxima quarta-feira?

Demoro uma fração de segundo a mais do que deveria para pensar numa desculpa.

— Hum…

— Ótimo! — diz ele. — A gente se encontra no Hannigan's às oito. Sabe qual é esse bar, né?

Claro que sei. É perto da Coble & Roy. Se eu tiver que encontrar Malcolm, não vai ser no bar que provavelmente é frequentado pelos meus ex-colegas. Não sou obrigado.

— Prefiro o Cooper's — digo, me referindo ao bar que fica no Upper West Side, entre a minha casa e a dele. Já fomos lá num encontro de casais, então sei que ele conhece o lugar.

— Beleza — concorda ele. — Então a gente se vê!

— Isso — digo.

Encerro a ligação no instante em que coloco a chave na fechadura. Eu não estava mentindo: parece que a jornada de trabalho está cada vez mais longa. Estou cansado de correr para cima e para baixo resolvendo coisas para todo mundo, e tudo que quero agora é descansar. Então sinto um frio na barriga quando abro a porta e vejo Whitney na minha sala de estar. Ela é a última pessoa que eu queria encontrar neste momento.

Whitney está usando seu tradicional jeans de corte reto, mas com um top mais bonito — preto, chique e sexy. Ela está... bom, ela está linda. Será que vai sair com alguém? De certa forma, é difícil imaginar isso. Se ela transasse com um cara, provavelmente teria de devorá-lo no fim do ritual de acasalamento.

— Oi, Blake — diz ela.

— Vai sair? — pergunto.

— Talvez.

Ela pisca para mim e tira um espelhinho e um batom da bolsa. Assim que ela passa o batom, reconheço a cor na mesma hora. É a da mancha que estava na gola da minha camisa.

— Onde você arrumou esse batom? — A pergunta sai sem que eu me dê conta.

Ela faz um biquinho e sorri para mim de um jeito fofo.

— Por que isso seria da sua conta?

Consigo imaginar a cena: Whitney entrando no meu quarto para passar o batom na gola da minha camisa, torcendo para Krista notar e eu me ferrar. Qual é o problema dessa mulher? O que foi que eu fiz para ela me odiar tanto assim? Por que ela quer sabotar meu relacionamento com Krista?

— Você não vale nada — digo, de forma ríspida.

Ela guarda o espelho na bolsa e os lábios vermelho-sangue já não estão mais sorrindo.

— *Como é que é?* Eu não valho nada porque passei batom?

— Não me venha com essa.

Whitney guarda o batom dentro da bolsa e fecha o zíper.

— Acho que você deveria se preocupar menos comigo e mais com não perder o seu novo emprego.

Eu a encaro.

— Meu trabalho vai muito bem, obrigado.

Ela ergue uma sobrancelha.

— Ah, é? Acho difícil de acreditar. Considerando o que aconteceu no seu último emprego...

Considerando o que aconteceu no meu último emprego? O que ela quer dizer com *isso*? Ela não sabe do que está falando.

Whitney olha para o relógio no pulso.

— Enfim, vou indo. Não quero me atrasar.

— Espera. — Tento segurar seu pulso, mas ela puxa o braço com força. — Do que você está falando? O que você está sugerindo?

— Ai, Blake — suspira ela. — Você deveria se preocupar mais com *você* mesmo. Você está com uma cara péssima.

Depois de soltar essa, ela passa por mim e bate a porta, saindo. Como eu queria ter dinheiro suficiente para mandá-la embora daqui. Seria melhor ainda se eu nunca tivesse precisado de um inquilino, para início de conversa.

Esfrego os olhos. Será que estou mesmo com uma cara péssima? Fico tentado a conferir minha aparência no espelho do banheiro, mas tenho a impressão de que não vou gostar do que vou ver. A falta de sono está de fato acabando comigo.

Por que ela comentou aquilo sobre o meu trabalho? Antes de Whitney começar a me odiar, tivemos algumas boas conversas, mas eu nunca contei para ela o motivo de ter sido mandado embora. Será que ela sabe? Ou será que está só me provocando? Não há a menor chance de ela saber o motivo pelo qual fui demitido. A não ser que…

Sinto um frio na barriga. Será que o fato de Whitney ter vindo morar na minha casa é mais do que uma terrível coincidência? Será que ela arquitetou tudo desde o início?

Será que ela está querendo acabar com a minha vida desde o momento em que se mudou para cá?

CAPÍTULO 21

Minha cabeça está girando. Será que Whitney veio morar aqui com o propósito de transformar minha vida em um inferno?

Admito que errei ao ter gritado com ela por causa do sabonete e do Sucrilhos, e me arrependo disso. Mas não fiz nada que justifique a forma como ela está me tratando. É estranho, mas parece que ela vem tentando me sabotar desde que pisou pela primeira vez em minha casa.

Talvez até *antes* disso. Talvez eu só tenha perdido meu emprego e precisado alugar o quarto por causa dela.

Mas como? Será que ela conhece Wayne Vincent? E, mesmo que ela o conheça — considerando que esse cenário seja possível —, por que faria uma coisa dessas? Por que armar para cima de mim? Por que ela iria querer entrar na minha casa?

Qual será o motivo de Whitney Cross querer me sabotar desse jeito?

Não. Não faz sentido. Posso até estar um pouco mais paranoico do que o normal, mas aí já é demais, até para mim. E, de qualquer forma, antes de ela chegar para conhecer a casa, a gente nunca tinha se falado antes.

Ou tinha?

Pego meu celular e digito o nome "Whitney Cross" no Google. Fiz uma pesquisa rápida depois da nossa primeira conversa, mas, como não encontrei nenhum sinal de alerta, não continuei procurando. Mas, desta vez, pesquiso mais a fundo.

O primeiro resultado é de uma historiadora americana chamada Whitney Rogers Cross, que morreu em 1955, então acho que essa pessoa não tem nenhuma ligação com ela. Passo por pelo menos dez páginas de resultados e nenhum deles se refere à Whitney que eu conheço. Confiro as redes sociais e encontro alguns perfis com o nome de Whitney Cross, mas nenhum com foto nem com informações públicas.

Isso é muito estranho. A maioria das pessoas da minha idade é minimamente ativa nas redes sociais. Mas Whitney, não. Não existe nenhum rastro dessa mulher na internet.

É desconcertante.

Por que será que ela não está em nenhuma rede social? Whitney não parece ter nenhuma aversão à tecnologia — não desgruda do celular. Será que ela está tentando esconder alguma coisa do passado?

Ou quem sabe ela só não seja muito ligada em internet, simples assim. Whitney está sempre trabalhando e talvez não tenha tempo para ficar nas redes sociais. Isso não é nenhum crime.

De qualquer forma, não acho que eu vá encontrar alguma coisa interessante no Google.

Como Krista saiu com Becky, vou ter de me virar com o jantar. Não estou a fim de ter muito trabalho; então, como tem pão e peito de peru, vou preparar um sanduíche. Pego os ingredientes na geladeira e coloco sobre a bancada da cozinha.

O impacto desses dois itens sobre o balcão basta para que dezenas de mosquinhas voem por perto. Dou um passo para trás, chocado. Isso já saiu do controle. De onde vieram todas essas moscas?

Krista e eu fizemos mais uma armadilha para as moscas-das-frutas na bancada da cozinha. Confiro a armadilha nova e sinto um profundo desânimo. Deve haver pelo menos umas cem moscas em cada uma delas. Estamos matando dezenas de mosquinhas, mas parece que, para cada mosca que a gente pega, surgem outras duas do nada.

Olho para o pão e o peito de peru, ambos cobertos por uma camada viva de mosquinhas. Fico com ânsia de vômito só de olhar. A cena acaba com meu apetite. Não sei o que estamos fazendo de errado. Krista e eu nos revezamos para limpar a cozinha todos os dias, e eu esfrego tudo até ficar com os dedos em carne viva. Não sobra nenhum farelo, muito menos resquícios de fruta. Essas moscas malditas estão vivendo do quê?

Não existe um exterminador de mosca-das-frutas, existe? Não é o tipo de inseto que precisa de um inseticida barra-pesada. Era para a gente conseguir se livrar delas sem ajuda. É só jogar fora a comida que atrai as moscas.

Mas que comida? A cozinha está um brinco.

Olho para cima e noto que várias moscas voam perto de um dos armários mais altos. Não sei por que elas estão ali. É onde a gente guarda os pratos limpos.

Abro o armário e um pequeno enxame de moscas sai de dentro dele. Como assim? Estico o pescoço, tentando olhar o que tem dentro do armário — só consigo ver pratos e tigelas limpas. De onde vêm todos esses insetos? Eles estão num enxame na prateleira de cima, que não consigo enxergar direito.

Mas que diabos está acontecendo?

Infelizmente, não vou conseguir ver a prateleira de cima sem subir em alguma coisa. Temos um banquinho de uns trinta centímetros de altura no armário do corredor, que deve ser alto o bastante para eu alcançar a prateleira de cima. Infelizmente, o banco não é muito estável. Na verdade, na última vez que o usei para trocar uma lâmpada, Krista disse que parecia que eu ia cair e quebrar o pescoço.

Mas está tudo bem. Isso não vai acontecer.

Levo o banquinho até a cozinha e o posiciono debaixo do armário. Quando subo, o banco range ameaçadoramente, mas não quebra. Tudo bem. Não vou ficar em cima dele por muito tempo.

Deixei o armário aberto, então consigo ver a prateleira de cima, mas ela está mal iluminada. São tantas moscas que a prateleira parece se mexer. Acho que moscas-das-frutas não fazem barulho, mas o enxame parece até estar zumbindo. E sinto um cheiro. É o mesmo fedor que eu vinha sentindo na cozinha, com o qual já tinha até me acostumado. Mas está bem mais forte com o armário aberto. Chega a ser insuportável.

Pisco algumas vezes, tentando enxergar melhor o que está atraindo as moscas. Elas têm se alimentado do quê?

É aí que consigo ver.

Um saco de papel. Pelo volume de insetos em cima do pacote, fica evidente que as moscas estão saindo dali. Por um instante, considero pegar um papel-toalha para não ter de tocar diretamente no embrulho, mas não quero descer do banquinho, pegar o papel-toalha e voltar a essa posição. Não, vou pegar com a mão mesmo. Preciso resolver esse problema *agora*.

Seguro o saco com o dedo indicador e o polegar. As moscas se dispersam um pouco, apesar de continuarem atraídas pelo conteúdo do saco. Respiro pela boca por causa do cheiro, puxando o pacote lentamente na minha direção até que ele chegue à beirada da prateleira. É perto o suficiente para que eu consiga ver o que tem dentro. Viro o saco de papel para melhorar meu ângulo de visão e observo o que está ali dentro.

Sinto um embrulho no estômago. Meu Deus. Meu *Deus*.

O estalo ressoa pela cozinha e as pernas do banquinho cedem repentinamente. Mas, antes de eu me estatelar no chão, só consigo pensar em uma coisa: *Eu odeio Whitney Cross*.

CAPÍTULO 22

Estou bem.

Contra todas as probabilidades, estou vivo, não quebrei o pescoço ao cair de uma altura de menos de meio metro, embora eu tenha perdido o ar por alguns segundos. Fico deitado no chão e enumero mentalmente meus ferimentos. Bati o cotovelo na queda, então estou sentindo uma dor forte, como um choque, no meu antebraço, mas parece que não quebrei nada. Não vou precisar ir para a emergência.

O saco de papel continua no armário, e me sinto grato por isso. Olho para a prateleira, com o pacote equilibrado na beirada. Engulo a bile que sobe pela minha garganta.

O conteúdo do saco vai ficar marcado na minha memória para sempre. Não sei dizer o que aquilo foi um dia. Maçãs? Peras? Acho que eram maçãs. Não faz muita diferença. O que quer que tenha sido, agora está coberto de vermes. O ar fica pesado com um cheiro doce nauseante.

Já foi ruim o bastante encontrar algo assim na minha cozinha, mas o que mais me perturba é imaginar como aquilo foi parar lá. Não tenho nada contra frutas, mas eu jamais colocaria maçãs em um saco de papel e deixaria na prateleira mais alta da cozinha, num lugar que ninguém alcança.

Quem colocou o pacote lá fez isso de propósito. Para que eu demorasse para encontrar as frutas podres e as moscas fossem se multiplicando, me deixando louco.

Notei as moscas um pouco depois de Whitney se mudar para cá. É como se uma das primeiras coisas que ela fez depois de pagar a caução foi garantir que minha casa nunca mais estivesse limpa e segura.

O pior é que, se eu a confrontar, ela certamente vai negar tudo. Considerando experiências anteriores, ela vai ficar com ainda mais raiva de mim.

E Krista não vai acreditar que Whitney fez nada disso. Minha noiva já acha que estou ficando louco. Como nossa relação parece estar por um fio, não quero envolvê-la nessa história.

Olho para o saco de papel, que está perto o suficiente para que eu consiga alcançá-lo sem o banquinho. Isso é bom, já que o único banquinho que tínhamos agora está em pedacinhos no chão da cozinha. Pego uma das panelas grandes que estão em cima do fogão e a coloco no chão com o fundo virado para cima, depois faço um teste para ver se ela aguenta meu peso. Aguenta. Apoio o braço esquerdo na bancada e sinto uma pontada forte de dor no cotovelo que bati ao cair.

Subo na panela e consigo alcançar o saco de papel. Por um milagre, eu o tiro da prateleira sem que o fundo arrebente e o coloco em cima da bancada da cozinha. Só de pensar no que tem dentro dele, sinto um embrulho no estômago, porém estou mais furioso do que enojado.

Mas não posso confrontar Whitney. Não posso expulsá-la de casa. Então, o que eu faço?

E aí me ocorre uma resposta. Vou fazer com que Whitney prove do próprio veneno.

Pego uma sacola plástica na despensa, porque não consigo nem imaginar o saco de papel se desintegrando e o conteúdo caindo no chão sem querer vomitar. Uma vez que o saco de papel com todo o seu conteúdo está bem protegido dentro da sacola, saio da cozinha e subo a escada até o terceiro andar, com meu cotovelo latejando sem parar.

O quarto de Whitney fica perto da escada. Tem uma tranca na porta, que só funciona do lado de dentro. Isso significa que, quando ela sai de casa, a porta fica destrancada. A maçaneta vira com facilidade.

Não entro neste quarto desde a primeira semana de Whitney aqui. Discuti com ela algumas vezes à porta, mas não pisei mais aqui. Seria íntimo demais. Então agora me permito dar uma olhada em como está.

Nada mal. Mas não sei o que eu estava esperando. Aroma de incenso? Evidências de algum tipo de ritual satânico? *Eu odeio Blake* escrito com sangue na parede? Não vejo nada parecido com isso. O quarto está organizado, as roupas cuidadosamente guardadas nas gavetas e até a cama está arrumada. Assim como eu, Whitney é do tipo que arruma a cama — e isso faz com que ela ganhe um pouco do meu respeito, mesmo eu relutando contra isso. Mas fico irritado por ela não ter limpado o cesto de lixo ao lado da cama, que está cheio de Post-its amassados.

Só por curiosidade, abro uma fresta da porta do armário. O que está ali dentro é de uma mediocridade insuportável. Ela tem várias camisetas, calças e vestidos, mais um par de tênis e um sapato de salto alto.

Tá bom, chega de bisbilhotar. Estou aqui para fazer uma coisa.

Paro ao lado da cama de Whitney. Dou uma última olhada dentro da sacola plástica e a viro.

Quando o saco de papel cai na cama, ele rasga, exatamente como eu esperava, e o que estava lá dentro se espalha. Pedaços de fruta podre e vermes derramados sobre o cobertor limpo.

Pronto. Agora estamos quites.

Nunca fiz uma coisa dessas em toda a minha vida. Ao descer a escada e seguir para a cozinha com a intenção de limpar tudo até me livrar das moscas, mudo de ideia e decido sair para tomar uma cerveja e comemorar o que acabei de fazer. Amo minha casa e Whitney a transformou em um inferno. E o que fiz foi dar o troco.

Mas tenho quase certeza de que ela não vai encarar a situação dessa forma. Por melhor que tenha sido sentir o gostinho da vingança, tenho a sensação de que cometi um erro fatal.

CAPÍTULO 23

Como não consegui inventar nenhuma desculpa para desmarcar, hoje vou encontrar Malcolm no Cooper's.

Já se passaram vários dias desde que joguei a fruta podre, cheia de vermes, na cama de Whitney. Fico constrangido ao admitir que, naquela noite, eu me certifiquei de que a porta do nosso quarto estivesse trancada quando fui dormir. Como se houvesse uma chance de Whitney entrar no quarto e cortar minha garganta enquanto eu dormia. Ou de jogar os vermes na *nossa* cama, o que seria quase tão ruim quanto isso.

Mas, estranhamente, Whitney não fez nenhuma tentativa de me matar enquanto eu estava dormindo. Na verdade, ela nem sequer mencionou o que aconteceu. Quando passei por ela no corredor, a caminho do banheiro, foi como se nada tivesse acontecido, o que me pareceu muito estranho. Estou aflito. Não sei se ela está planejando alguma coisa.

Chego ao Cooper's dez minutos depois do horário combinado. É um boteco pequeno e escuro, com cadeiras grandes de madeira e mesas que quase sempre estão grudentas, mesmo depois de alguém passar um pano nelas. Apesar de não ser mais permitido fumar dentro de bares, o lugar cheira a cinzeiro. Desconfio de que seja por causa dos clientes e dos funcionários que saem para fumar e voltam segundos depois de apagar a guimba de cigarro na calçada. O chão do Cooper's é todo manchado de cinzas. Gwen, a mulher que namorei antes de Krista, era fumante e o cheiro faz com que eu me lembre dela de um jeito meio perturbador. Nosso relacionamento durou poucos meses e não acabou *nada* bem.

Chego antes de Malcolm e quase dou meia-volta. Foi ele que insistiu para a gente sair e agora está mais atrasado do que eu? Mas Krista ficou tão animada com a ideia de nos tornarmos amigos que ficaria chateada se eu voltasse para casa sem um relato de como a noite foi boa. Considerando as brigas recentes que tivemos, preciso ter cuidado redobrado para não pisar na bola com ela.

Pego uma mesa para dois e me sento sozinho. Vejo duas garotas de 20 e poucos anos sentadas ao balcão do bar. Elas parecem estar numa noite de amigas, mas suas saias são *muito* curtas. É difícil não olhar, e uma delas me pega no flagra e me dá um sorriso sugestivo. Desvio o olhar rápido. Onde diabos está Malcolm? Vou esperar mais cinco minutos. Se ele não aparecer, vou embora.

Quatro minutos depois, Malcolm entra apressado no bar, os ombros largos fazem com que pareça um armário. Ele está usando terno e gravata, e me arrependo imediatamente de ter tirado meu terno e o trocado por jeans e camiseta com estampa da Universidade de Nova York. Ele exibe uma expressão que conheço bem, de quem está exausto e, ao mesmo tempo, ligado no duzentos e vinte. Era como eu costumava ficar depois de um longo dia de trabalho na Coble & Roy.

— Grande Blake! — diz ele, assim que me vê.

Malcolm levanta a mão, vindo em direção à mesa, e eu tento cumprimentá-lo com um soquinho, mas ele está com a mão espalmada, então, no último segundo, desisto do soquinho para dar um *high-five*. Não vejo a hora de ir embora.

Malcolm puxa a cadeira, que faz um barulho ao ser arrastada.

— Você já pediu?

Não pedi. Tinha esperança de ir embora antes disso.

— Ainda não.

Malcolm faz um gesto para chamar a garçonete. Peço uma Heineken, e ele, um uísque com gelo — e lembro com uma pontada de desgosto que esse era o drinque favorito de Wayne.

— E como está o emprego novo? — pergunta ele.

— Está ótimo.

— Que bom — diz ele. — Bom, bom, bom, bom, bom.

— Ã-hã. E... hum... — pigarreio. — Como vão as coisas na Coble & Roy?

Talvez um dia eu consiga pronunciar essas palavras sem gaguejar, mas esse dia ainda não chegou.

Ele dá de ombros.

— Ah, normal. Você sabe como é.

Tenho vontade de perguntar se Wayne fala de mim, mas não sei se quero saber a resposta. Em vez disso, faço outra pergunta cuja resposta também não quero saber:

— Quem eles escolheram para vice-presidente? Foi o Chad?

— Chad Pickering? — Malcolm bufa. — Na verdade, quase escolheram o Chad. Mas aí ele foi pego cheirando pó no banheiro.

Levanto as sobrancelhas.

— Nossa. É sério?

— Seriíssimo.

Fico surpreso, mas não muito. Chad trabalhava mais do que todo mundo e nunca parecia cansado, era quase sobre-humano. Mas eu conheci caras que usavam cocaína, e Chad não me passava essa *vibe*. Ele era casado, tinha um filho e parecia ser bem careta. Acho que não dá para saber como alguém vai reagir às pressões do trabalho.

— E quem acabou ficando com a vaga, no fim das contas? — pergunto.

— Na verdade — diz Malcolm —, fui eu.

— O *quê?*

Falo tão alto que um cara de boné com estampa de pinguim, sentado a duas mesas da nossa, se vira para me encarar. O constrangimento passa quando a garçonete reaparece, trazendo nossas bebidas. Estou tão chocado que nem consigo agradecer. *Malcolm* é o novo VP da Coble & Roy? Ele mal era competente. Seis meses atrás, ele nem saberia dizer o que era *SEO*. Como isso é possível?

Tomo um gole de cerveja e me seguro para não dizer nada de que possa me arrepender depois.

— É uma escolha... estranha — digo, por fim. Sei que pareço um babaca, mas não me importo. Essa história está muito errada.

— Tenho trabalhado bastante — diz ele, na defensiva. — Wayne diz que eu sou o braço direito dele.

— *Wayne* disse isso?

— Disse. — Ele fica vermelho. — Ei, pelo menos eu não uso drogas e não passo a perna na empresa.

Agora é o meu rosto que começa a esquentar.

— Eu não passei a perna na empresa. *Jamais* faria uma coisa dessas. Você sabe que essa história é balela.

— É mesmo? — Ele levanta uma sobrancelha. — Você não era exatamente um cara querido na Coble & Roy. Um bocado de gente reclamava de você. Eu perdi muito tempo defendendo você. Até o Chad, antes de ser pego no banheiro, tinha me falado que você roubava as ideias dele e as apresentava como se fossem suas.

Pego minha garrafa de cerveja e bebo tudo em dois goles. Bato a garrafa vazia na mesa e me levanto da cadeira.

— Vou nessa.

Malcolm muda de atitude, como costuma fazer sempre que leva uma patada de alguém. Ele é bundão demais para esse cargo, vai ser esfolado vivo em cinco segundos e Wayne vai se arrepender de ter me demitido.

— Ei, desculpa. Não vá embora. Não foi o que eu quis dizer.

— Foi, sim. — Tiro a carteira do bolso e jogo duas notas em cima da mesa para pagar minha cerveja. — Fim de papo.

Ele se levanta na mesma hora e entra na minha frente.

— Mas a Becky e a Krista queriam que a gente conversasse — argumenta ele, confirmando minhas suspeitas.

— E nós conversamos — digo. — Vou dar uma volta antes de ir para casa. Você pode falar para a Becky que a noite foi ótima. E que agora nós somos melhores amigos. — Dou de ombros. — Fale o que você quiser, mas não vou ficar mais um segundo aqui.

Passo por Malcolm e só paro quando já estou fora do bar. Depois da tentativa meia-boca de me parar, parece que ele decidiu ficar para terminar seu drinque. Ainda não consegui processar o que ele falou. Como *Malcolm* foi escolhido para assumir meu cargo? Ele não é nada qualificado para essa posição. Deve ter feito uma lavagem cerebral em Wayne.

Antes de ir embora, olho lá dentro do bar através das janelas parcialmente embaçadas só para conferir se Malcolm não vem atrás de mim. Ou pior, se ele não está contando para Becky que saí do bar num rompante, que por sua vez iria me dedurar para Krista. Mas ele não está vindo atrás de mim nem falando com Becky pelo celular. Ele decidiu conversar com as duas garotas que sorriram para mim quando entrei no bar. Bom, espero que aquele babaca se divirta.

CAPÍTULO 24

— Blake! Blake!

Acordo com os gritos de Krista vindo do andar de baixo. Levo um segundo para entender o que está acontecendo. É sábado, estou deitado na cama, em casa, e Krista não está do meu lado. E são… Nossa, são sete horas da manhã ainda.

— *Blake!*

Ela parece desesperada, e sinto um aperto no peito. O que foi que aconteceu? Tenho medo de descobrir.

O episódio com os vermes ocorreu há pouco mais de uma semana. Whitney ainda não falou nada sobre o que eu fiz. Na verdade, passei a me perguntar se tudo não foi fruto da minha imaginação. A ideia de um saco de papel cheio de fruta podre guardado dentro do armário da cozinha realmente parece meio absurda. Será que eu estava sonhando acordado?

Mas não. Um saco de papel cheio de vermes não é o tipo de coisa que você inventa do nada.

Além disso, o problema das moscas-das-frutas melhorou consideravelmente. Nós fizemos mais um monte de armadilhas que já pegaram uns noventa por cento dos insetos. Ao somar com as que esmago com a mão mesmo, as mosquinhas que antes eram uma praga tornaram-se um incômodo menor.

— Blake!

Esfrego os olhos, fazendo um esforço para me sentar na cama.

— Estou indo! — respondo.

Eu me levanto da cama, visto uma camiseta, mas não me dou ao trabalho de trocar a cueca boxer. Não vou trocar de roupa só por causa de Whitney. Ela que lide com isso.

Desço metade do lance de escadas e consigo ver Krista de pé na sala de estar. Ela está com o rosto vermelho e, quando chego mais perto, percebo que lágrimas escorrem por suas bochechas. Ela está chorando de soluçar.

Ai, não. O que aconteceu?

— A Goldy! — lamenta ela. — A Goldy morreu!

Descalço, desço correndo os últimos degraus da escada. Quando me aproximo do aquário, vejo Goldy boiando de barriga para cima na superfície da água. Nunca tinha visto um peixe morto, a não ser aqueles vendidos no mercado, mas não é muito difícil reconhecer que ela partiu desta para uma melhor.

— Eu sinto muito. — Dou um abraço apertado em Krista. — É... muito triste.

Por mais estranho que pareça, *realmente* é meio triste. Apesar de não interagirmos muito com Goldy, eu tinha me acostumado com sua presença. E conversava com ela mais do que uma pessoa normal faria. Sei que ela era só um peixe, mas tinha personalidade. Um pouquinho de personalidade. Pelo menos para um peixe.

No entanto, Krista está bem abalada. Ela está agarrada em mim, chorando com o rosto enterrado no meu peito. Dou um abraço nível dez nela e deixo que chore. Depois de alguns minutos, ela levanta a cabeça com os olhos vermelhos e inchados.

— Sei que é estranho ficar abalada assim por causa de um peixe — comenta Krista —, mas me apeguei a ela. E foi o primeiro bicho de estimação que a gente teve como casal, sabe? É como se... como se a morte dela fosse um *sinal*.

— Não é um sinal. — Preciso cortar logo esse tipo de raciocínio, antes que ganhe fôlego. — O pessoal do pet shop chegou a dizer que peixes-dourados não vivem muito tempo.

— Mas ela parecia tão saudável — lamenta Krista. — Não consigo entender. Dei comida para ela ontem e parecia tudo bem! Ela comeu tudo!

— Hum — digo.

Ela enxuga o rosto com o dorso das mãos.

— Você trocou a água na semana passada quando eu pedi, né?

— Claro que troquei.

— Mas você não trocou a água toda, né? Só vinte por cento, não foi?

— Isso. Foi exatamente o que eu fiz. — Mais ou menos.

— E você usou a pastilha anticloro, né?

— Claro que usei.

Quando Krista me questiona sobre o processo da troca da água do aquário da semana passada, eu me sinto um pouco aliviado por não ter mais de fazer isso. Aquilo era uma aporrinhação. Embora eu tenha o mau pressentimento de que a gente vai acabar indo ao pet shop para comprar outro peixe. Quem sabe eu não consigo convencê-la do contrário. Pelo menos até as coisas entrarem nos trilhos.

Vou ter de pesquisar animais que sejam fáceis de cuidar. Um lagarto seria legal.

— A gente… a gente precisa enterrar a Goldy — diz Krista.

— Enterrar? Quero dizer, a gente não pode só… jogar na privada?

Krista olha para mim com uma expressão horrorizada. Talvez esse comentário tenha sido um pouco insensível. Sinto um pequeno aperto no peito ao ver o corpo inerte de Goldy.

— Desculpa — digo na mesma hora. — Claro que a gente vai enterrar a Goldy. Podemos fazer um funeral e tudo o mais.

Acho que essa ideia deixa Krista um pouco mais calma. Ótimo. Agora vou ter de fazer um funeral para um peixinho--dourado. Não acredito que vou perder minha manhã de sábado com isso.

— Vou pegar um saquinho Ziploc para colocar a Goldy — diz Krista. — Você pode tirá-la do aquário?

— Claro.

Sinto um pouco de nojo por ter de manusear um peixe morto, mas acho que não é muito diferente de quando estou comendo sashimi. Pelo menos é o que digo para mim mesmo.

Ao me inclinar sobre o aquário com a peneirinha na mão, percebo que a água está com um cheiro estranho. A princípio, acho que devo estar imaginando coisas. Mas não. Sinto um cheiro muito específico no aquário.

Cheiro de água sanitária.

Krista volta para a sala de estar com um saquinho plástico mais ou menos do tamanho de Goldy. Seus olhos ainda estão bem inchados, e me pergunto se não seria cruel contar que a peixinho-dourado não morreu de causas naturais. Mas ela precisa saber a verdade. Krista precisa saber com o que estamos lidando, porque ela não parece estar me levando a sério.

— Krista — digo, com toda a calma. — Alguém colocou água sanitária no aquário.

Ela arregala os olhos.

— O *quê?*

— Consigo sentir o cheiro. — Agora que o notei, parece que ele tomou conta do ambiente inteiro. Não acredito que demorei tanto para perceber. — É um cheiro muito característico.

Krista vai até o aquário. Ela coloca o nariz bem perto da água, mais perto do que eu seria capaz de fazer, considerando que o peixe morto continua lá dentro. E levanta a cabeça.

— Não sinto cheiro nenhum.

— Sério? — Dá para sentir de longe. — Krista, é água sanitária, com certeza.

Ela dá mais uma fungada no conteúdo do aquário.

— Será? Não conheço muito bem o cheiro de água sanitária.

— Tem cheiro de algo químico! É água sanitária!

Só me dou conta do volume da minha voz porque ela dá um passo para trás.

— Tá bom, então por que o aquário está com cheiro de água sanitária?

Estava me perguntando a mesma coisa.

— Deve ter sido a Whitney.

— Whitney? — Ela arregala os olhos. — Mas por que a *Whitney* faria uma coisa dessas?

— Porque ela é uma psicopata — rebato, pois para mim isso está mais do que *óbvio*. — Sei que precisamos do dinheiro, mas acho que deveríamos tirar essa mulher daqui. É sério.

Krista franze a testa.

— E como nós vamos pagar as parcelas do financiamento?

A essa altura, quase prefiro ser despejado a viver aqui com Whitney. Não confio nela. Se essa mulher está disposta a envenenar um peixinho, o que mais ela é capaz de fazer?

— Você quer mesmo continuar morando com uma pessoa que teve a capacidade de matar um peixinho indefeso?

— Eu realmente não sinto cheiro de nada...

— Confia em mim, Krista.

Ela olha para mim, cética. É frustrante. Como ela pode não sentir um cheiro tão forte? Será que ela é *desprovida de olfato*?

— A gente precisa dar um jeito de tirar Whitney daqui — digo, de maneira mais enfática. — Nós vamos encontrar outra pessoa.

— Mas todas as outras pessoas com quem falamos eram péssimas — relembra ela. — Gosto da Whitney. Ela sempre foi uma querida.

— É, com *você*.

Krista faz a mesma expressão que fez quando aquela mulher, Quillizabeth, disse que teve uma visão em que ela morria porque eu a esfaqueava.

— Blake, será que você está...

— Que estou o quê?

E agora ela desvia o olhar.

— Que você está *imaginando* as coisas que você diz que Whitney está fazendo?

— Que absurdo. — Mas não admito que aquela acusação me deixa incomodado. — Não estou imaginando nada. Whitney me odeia.

— Ela não me falou nada sobre não gostar de você quando nós almoçamos juntas.

Essa informação me atingiu como um soco no estômago.

— Vocês *almoçaram* juntas?

— E o que é que tem? — Krista coloca as mãos na cintura. — Ela não é nossa inimiga, Blake. Ela mora com a gente.

— Ela *é* nossa inimiga — retruco, mas, quando ouço o que estou dizendo, percebo que pareço meio descontrolado. A água transborda um pouco do aquário. Pigarreio.

— Ela provavelmente fez isso para se vingar de mim.

— Por que ela ia querer se vingar de você? Se vingar do quê?

— Do que eu fiz com a cama dela.

Krista respira fundo.

— O que você fez com a cama dela?

Droga. Eu não deveria ter falado nada. Foi sem pensar.

— O que você fez, Blake? — Ela me encara com os olhos semicerrados. — Fale a verdade.

Fico sem saber o que fazer. Quando joguei aquela nojeira na cama de Whitney, estava furioso. Agora sinto vergonha do que fiz. Mas foi culpa *dela*. Foi ela que escondeu comida podre no armário da nossa cozinha. *Ela* é perversa.

— Você se lembra de todas aquelas moscas-das-frutas que estavam na cozinha? — começo a falar. — Bem, eu descobri que Whitney tinha guardado umas frutas na prateleira mais alta do armário e estava tudo lá, apodrecendo desde que ela veio morar aqui. Tinha até vermes. — Sinto um arrepio só de pensar. — Então... ela colheu o que plantou.

— Ela colheu o que plantou? O que você quer dizer com isso?

— Deixei tudo na cama dela.

— Ai, meu Deus. — Krista começa a andar de um lado para o outro na sala de estar. — É sério isso? Você jogou frutas podres com vermes na cama da Whitney? Qual é o seu problema? Você ficou *louco*?

— Foi ela que deixou as frutas na cozinha...

— Como é que você sabe disso? — rebate ela. — É você que vive comendo maçã. Talvez *você* tenha esquecido as maçãs no armário!

— Se eu tivesse colocado maçãs dentro de um saco de papel e guardado na prateleira mais alta do armário, acho que eu lembraria. Eu nem alcanço a prateleira sem subir num banquinho!

Krista balança a cabeça.

— Você subiu naquele banquinho horroroso que fica no armário do corredor e que você se recusa a jogar fora? Quero ver quando ele quebrar e você se estatelar no chão.

— A questão não é essa — digo, falando sério. — Olha, sei que foi a Whitney que colocou as frutas no armário. E agora, para se vingar de mim, ela jogou água sanitária no aquário.

— Como assim se vingar *de você*? — argumenta ela. — Era *eu* que amava a Goldy. Você nem se importava com ela! Você ia jogar nossa peixinha na privada e dar descarga!

Eu *gostava* da Goldy, mas dizer que *amava* uma peixinho-dourado seria demais. Porém, se Krista me desse a opção, sim, jogaria o peixe na privada e não faria um funeral ridículo nenhum. Mas agora tenho de interpretar o papel do noivo sensível. Porque está cada vez mais evidente que corro o risco de perder Krista se as coisas não melhorarem. Ela está agindo como se eu tivesse enlouquecido, e não estou maluco. Considerando que perdi meu emprego e que tenho dormido mal (grande parte graças a mais um episódio da barulhada de madrugada), acho que estou segurando as pontas muito bem.

Respiro fundo algumas vezes para controlar minhas emoções. Gritar com Krista só vai piorar as coisas.

— Krista — digo, com toda paciência. — Desculpa. Eu realmente gostava da Goldy. Quero dizer, ainda gosto. E quero mesmo fazer um funeral para ela. Ela era um bom peixe.

— Ela *era* — lamenta Krista.

Ela não fala mais nada sobre a água sanitária, o que me faz pensar que não acredita que foi isso que matou Goldy. O mais estranho é que, ao me aproximar de novo do aquário, percebo que o cheiro já não está mais tão forte. Mas eu não imaginei situação nenhuma.

Whitney matou Goldy. Nunca tive tanta certeza de alguma coisa na vida.

E tenho um mau pressentimento de que isso é só o começo.

CAPÍTULO 25

Nós temos um jardinzinho, que está mais para um pedacinho de terra com grama que fica nos fundos da nossa casa, embora isso seja considerado um paraíso em Manhattan, onde *ninguém* tem quintal. Imaginei que eu e Krista poderíamos, um dia, colocar uma mesa e duas cadeiras ali para comer ao ar livre no outono, mas ainda não conseguimos fazer isso. O primeiro uso que faremos do espaço será para oferecer um lugar de descanso eterno para Goldy.

Eu a tirei do aquário, a coloquei no Ziploc e subi para vestir uma roupa, porque camiseta e cueca boxer não me parecem ser um "traje apropriado" para o funeral de um peixinho-dourado. Considero colocar uma calça jeans, mas não quero que Krista pense que não estou levando essa história a sério. Então pego uma camisa social e uma calça cáqui elegante. Não coloco gravata porque aí também já seria demais. Uma coisa boa é que minha alergia de pele parece ter passado desde que Krista começou a lavar minhas roupas na lavanderia onde trabalha.

Quando volto para a sala de estar, Whitney já está em casa, depois de ter trabalhado meio turno no restaurante. Sinto um aperto no peito ao ver as duas conversando baixinho, enquanto Krista enxuga as próprias lágrimas. Eu me pergunto o que Whitney está falando de mim — tenho certeza de que não é nada de bom. Fico ainda mais incomodado quando parece que ela aponta enfaticamente na minha direção. Fico só pensando na conversa que vão ter na próxima vez que saírem para *almoçar*. Então Krista acena para mim e ela não parece brava, só triste.

— Whitney quer participar do funeral da Goldy — diz ela.

Pensei que nada poderia tornar esse funeral pior do que já é, mas eu estava enganado.

— Maravilha — digo.

Whitney me encara com seus olhos castanho-claros.

— Que triste isso que aconteceu com a Goldy. Ela era mesmo parte da família.

— Ela era — concorda Krista.

Encaro Whitney. *Você matou a Goldy, sua cretina.*

Whitney olha na direção do aquário.

— Vou guardar o aquário para vocês. Deve ser muito difícil olhar para ele vazio.

— É difícil mesmo — diz Krista. — Você tem razão. Obrigada.

Não quero que Whitney mexa no aquário e jogue fora a água que está lá dentro. Quero provar que tem água sanitária nele — deve haver um teste que prove isso. Mas, se Whitney se livrar da prova, Krista nunca vai acreditar em mim.

Antes que Whitney pegue o aquário, toco no braço de Krista.

— Talvez fosse melhor não mexer nisso agora. A gente não quer se livrar das memórias da Goldy, né? Devíamos preservá-las, sabe, pelo máximo de tempo possível.

Krista olha para mim como se eu tivesse ficado louco.

— É água suja de peixe. Acho que podemos jogar fora.

Tento argumentar mais uma vez, porém Whitney já pegou o aquário e foi para a cozinha, e não há nada que eu possa fazer. Escuto o barulho de água correndo e a prova do envenenamento de nossa peixinha foi, literalmente, pelo ralo.

Whitney volta da cozinha sem o aquário. Não sei onde o colocou, mas ela parece muito orgulhosa de si. Dá até uma piscadinha para mim, tão rápido que Krista nem percebe.

Então nós três vamos até o quintal para o funeral de Goldy. Krista arranjou uma pedra que vai servir de lápide e eu peguei uma das colheres grandes de metal na cozinha para cavar o túmulo.

— Quão fundo precisa ser? — pergunto.

— Bom — diz Krista, pensativa —, para uma pessoa com mais ou menos um metro e oitenta de altura, você tem que cavar um túmulo com um metro e oitenta de profundidade. Para um peixe de cinco centímetros de comprimento… Não sei? Não precisa ser muito mais do que isso.

Ótimo, porque não estou nem um pouco a fim de abrir um buraco com uma colher.

Depois de cavar alguns centímetros de terra, Krista deposita Goldy na cova com delicadeza. Ela beija os dedos e depois toca no peixe envolto em plástico. Uso a colher para cobrir o corpo de Goldy com terra e Krista coloca a pedra em cima do túmulo. Enquanto Krista está ajoelhada ao lado do túmulo com os olhos marejados, percebo que Whitney tem um sorrisinho no rosto. Quero esganar essa mulher.

— A gente devia falar alguma coisa em memória da Goldy — propõe Whitney.

Krista se levanta, enxugando as lágrimas.

— Isso seria muito legal — diz ela.

— Blake — diz Whitney —, você gostaria de começar?

Como eu odeio essa mulher. Mas não posso pisar na bola. Se eu quiser que Krista continue considerando a possibilidade de se casar comigo, tenho de me fazer presente nos momentos difíceis.

— Estamos reunidos aqui hoje para nos despedirmos da Goldy. — Abaixo a cabeça. — Nós a encontramos num pet shop e… ela era a peixinho-dourado mais veloz do mundo. Ela gostava de comer ração e de nadar em círculos, e… — Dou uma olhadinha para Krista, que me observa ansiosa. — E ela era um bom peixinho.

Será que foi o suficiente? Não sei dizer. Krista parece um pouco frustrada. Mas *fala sério*. O que dizer de um bicho que passava o tempo todo dentro de um aquário?

— Goldy vai fazer falta — diz Whitney. — Sempre que estava na sala de estar, eu tinha a sensação de que ela me fazia companhia. Em algumas vezes tive a impressão de que ela até sorria para mim. Quando eu chegava em casa depois do trabalho, não importava o quão cansada eu estivesse, ela sempre estava ali para me distrair, nadando de um lado para o outro. E nas noites em que não conseguia dormir, ela estava comigo. Goldy pode ter morrido, mas sinto que seu espírito continua aqui, com a gente. — Ela respira fundo, emocionada. — E nós jamais vamos esquecê-la.

Os olhos de Krista se enchem de lágrimas.

— Foi lindo isso que você falou, Whitney. Eu concordo, também sinto que o espírito dela continua aqui.

Ela está de brincadeira, né? Nós jamais vamos esquecê-la? Eu gostava da Goldy, é claro, mas ela era um *peixe*. Fico furioso por Whitney ter roubado a cena no funeral. Ainda mais porque foi ela que matou o peixe. Krista pode não acreditar nisso, mas eu sei que foi exatamente o que aconteceu.

— Eu precisava mesmo ouvir palavras reconfortantes — continua Krista, olhando para Whitney. — Obrigada pelo carinho. Você é uma ótima amiga. Sei que isso tudo pode parecer meio bobo… — Ela olha para mim. — Mas me ajuda de verdade.

Whitney estende a mão e Krista aceita. Sinto uma veia pulsando na minha têmpora — estou ficando com dor de cabeça. A dor piora quando Krista volta a chorar e, em vez de vir até mim, ela se vira para *Whitney*, que lhe dá um abraço. Não aguento mais essa situação. Já deu.

— Tá bom, chega dessa baboseira — digo, sem pensar. — Whitney, eu sei que foi você que matou a Goldy.

Whitney e Krista se viram ao mesmo tempo para mim. Whitney parece estar se divertindo, mas minha noiva está furiosa.

— Blake! — exclama ela. — Qual é o seu *problema*?

— É sério — rebato. — Ela matou a Goldy e agora está fingindo que ficou triste. Olhe para ela. É óbvio que é encenação!

Krista se vira para Whitney, cujos olhos ficam milagrosamente marejados, como se ela estivesse mesmo triste com a morte da porcaria do peixe. Ah, me poupe.

— Blake só está abalado com a morte da Goldy — diz Whitney delicadamente. — Ele não sabe o que está falando.

— Ele não está abalado! — exclama Krista. — Ele queria jogar a Goldy na privada!

— Blake! — arfa Whitney, chocada. — Como você pôde sugerir isso?

Mais uma vez, consigo ver nos olhos de Whitney que ela está se divertindo. Ela adora o fato de Krista acreditar mais nela do que em mim.

Era exatamente isso que ela queria que acontecesse. E eu caí na armadilha direitinho.

— Tá bom, admito que pensei em jogar o peixe na privada. — Ao pronunciar essas palavras, recuo quando vejo a expressão no rosto da minha noiva. — Mas não fui eu que matei a Goldy! Não sou um psicopata que envenenou nossa peixinha com *água sanitária*! Não seja tão ingênua, Krista!

Krista parece ofendida com meus comentários e é evidente que Whitney tenta conter o riso. Como ela não percebe isso?

Krista parece magoada comigo.

— Eu... eu preciso ficar sozinha. Vou dar uma volta.

Era para nós assistirmos a um filme hoje à tarde, mas presumo que não vai rolar mais, porque estamos todos de luto. Whitney e Krista voltam para dentro de casa juntas, enquanto eu fico para trás, no recém-criado cemitério de peixinhos-dourados. Mas, ao entrar em casa, Whitney se vira para mim, e o sorriso em seu rosto me dá vontade de fazer com ela o mesmo que fez com Goldy. Queria poder enterrá-la no quintal de casa.

CAPÍTULO 26

Faz uma semana que Goldy morreu.

As coisas ficaram tensas entre mim e Krista durante os dois dias seguintes ao funeral. Ela se recusou a acreditar que Whitney poderia estar por trás da morte do peixinho-dourado. E toda vez que eu tentava tocar no assunto, ela se recusava a conversar.

Mas Krista já está mais calma. Na noite passada, enquanto Whitney estava no trabalho, nós vimos um filme na TV e estávamos rindo juntos, e, quando acabou, ela até quis assar uma fornada de cookies, algo que não fazia havia semanas. Como Whitney não estava em casa, nós transamos no sofá, algo que não fazíamos havia *meses*. Então acho que está tudo bem com a gente.

É sábado à noite e, quando Krista voltar do trabalho, vou levá-la para jantar em um restaurante chique, um programa que não fazemos desde que fui demitido do cargo de VP. Ela terá a oportunidade de usar um vestido bonito e eu vou usar meu melhor perfume, ou qualquer coisa do gênero. Vou jogar todo o meu charme para reconquistá-la.

Se eu não fizer isso, ela vai embora. E não quero perdê-la.

Depois do almoço, fui correr no Central Park, o que não fazia havia algumas semanas. Dei o meu máximo, corri até sentir as pernas doerem e minha camiseta ficar ensopada de suor, apesar da temperatura de 4°C, então voltei para casa e tomei um banho frio. Sei que vou ficar dolorido amanhã, mas hoje estou me sentindo *bem*.

Enquanto espero Krista voltar do trabalho, ligo a TV e pego uns cookies para dar uma beliscada. A adrenalina da corrida já baixou e acabo cochilando um pouco. Só acordo quando escuto o barulho da chave de Krista na porta. Eu me levanto rapidamente do sofá, tirando as migalhas dos cookies da camisa social que tinha colocado especialmente para o nosso encontro.

O *noivo perfeito. Você consegue.*

Krista entra na brownstone com seu cabelo loiro acobreado preso no alto da cabeça e ainda com um leve cheiro dos produtos químicos da lavanderia. Mas está linda. Ela abre um sorriso ao me ver que me deixa otimista em relação ao nosso futuro. Whitney não vai nos separar.

— Não precisa se levantar por minha causa — provoca Krista.

— Claro que preciso. — Cruzo a sala para dar um abraço em seu corpo quentinho. — Estava com saudade.

Ela ri.

— Nem faz tanto tempo assim.

— Mesmo assim, fiquei com saudade.

Ela inclina a cabeça e sorri para mim. Adoro quando ela olha para mim assim.

— Desculpa pelo atraso. Você viu minha mensagem?

Não vi. Normalmente, a notificação do meu celular bastaria para me acordar. Dou batidinhas nos bolsos, tentando encontrar o aparelho, mas ele não está comigo. Procuro na mesa de centro, onde costumo deixá-lo quando estou vendo TV, mas também não está lá.

— Merda. — Enfio as mãos nos bolsos. — Cadê meu celular?

— No quarto?

— Provavelmente. — Mas eu tinha certeza de que estava com ele na sala. Eu me lembro de ter pesquisado alguns restaurantes para hoje à noite. — Vou dar uma olhada. Mas depois que eu o encontrar, podemos sair para jantar.

Os olhos dela brilham.

— Estava torcendo para você dizer isso. Algum lugar em especial?

Dou um sorriso para ela.

— Pode caprichar no visual.

Ela adora se vestir bem. Vai ficar tudo bem entre mim e Krista. O drama com o peixe foi só um contratempo.

Subo até o quarto para procurar o celular e Krista me acompanha para trocar de roupa (com sorte, ela vai escolher algo bem transparente e sexy). Quando entro no quarto, não vejo de cara o celular. Costumo deixá-lo na mesa de cabeceira, que é onde fica o carregador, mas não está lá. Também não está em cima da cômoda. Chego a procurar debaixo dos cobertores da cama, mas não o encontro.

— Mas que coisa — resmungo. — Cadê meu celular?

Krista pega o celular dela.

— Quer que eu ligue para você?

— Quero, por favor.

Sou o primeiro na lista de contatos de Krista. Ela liga para o meu número e, um segundo depois, escuto o aparelho tocar. Pelo menos meu telefone está em algum lugar da casa.

Mas ele parece distante. Será que está no andar de baixo? Talvez eu tenha deixado na cozinha, o que faz sentido porque tenho certeza de que o usei lá embaixo.

Porém, quando saio do quarto, seguindo o toque, fica claro que o celular não está no andar de baixo. Ergo a cabeça na direção do teto.

O som vem lá de cima. Do terceiro andar.

CAPÍTULO 27

O celular continua tocando mais um segundo e então cai na caixa postal. Mas fica óbvio para nós dois de onde o som veio.

Krista me encara.

— Por que o seu celular está lá *em cima*?

— Eu... eu não sei.

Percorro o corredor e subo o lance estreito de escadas até o terceiro andar. Pelo vão da porta, vejo que a luz não está acesa no quarto de Whitney, e isso significa que ela não está em casa, mas tenho certeza de que ela estava aqui enquanto eu estava na sala de estar. Toco a maçaneta.

— Nós não devíamos entrar no quarto dela sem permissão — diz Krista, preocupada.

— Que se dane — digo. — Quero saber por que meu celular está no quarto dela.

Antes que Krista fale mais alguma coisa, giro a maçaneta e abro a porta com ímpeto, o que faz com que ela bata na parede. O quarto parece estar exatamente como na última vez que entrei aqui, quando agi por impulso e joguei fruta podre na cama de Whitney. A única diferença é que, desta vez, a cama não está arrumada.

Olho ao redor do quarto. O celular não está tocando mais.

— Talvez a gente tenha se enganado — diz Krista. É óbvio que ela não queria invadir o espaço de Whitney enquanto nossa inquilina não está em casa, mas não estou nem aí. — Quem sabe você não esqueceu o celular no banheiro? Isso faz mais sentido.

— Ligue para mim de novo — peço.

Krista liga mais uma vez para o meu celular, que começa a tocar e, desta vez, fica óbvio de onde vem o som. Jogo o cobertor embolado para o lado e lá está ele, no meio dos lençóis.

Pego o celular. Ele tem duas ligações perdidas de Krista e uma mensagem de texto em que ela me avisa que vai se atrasar. Mas nada disso explica como o aparelho veio parar no quarto de Whitney.

— Blake? — diz Krista atrás de mim, soando confusa. — O que é isso?

Eu me viro para ver. O que será desta vez? Por um momento, chego a desejar que seja algo terrível como um mural de fotos minhas com os olhos recortados para que Krista passe a ver Whitney como eu a vejo. Mas ela só está segurando um tubo branco pequenininho. Só entendo o que é quando ela abre a tampa.

É um batom.

— É da mesma cor da mancha na gola da sua camisa — diz Krista, com a voz embargada.

— O quê? — digo, sem dar muita bola. — Claro que não é.

Mas isso é uma mentira. É exatamente a mesma cor. É o mesmo batom que Whitney passou na minha frente um tempo atrás, pouco antes de eu encontrar as frutas podres na cozinha.

— É por isso que você tem agido tão estranho em relação à Whitney? — pergunta Krista, sua voz exalando mágoa. — Você está dormindo com ela?

— Não! — exclamo. — Isso é um *absurdo*! Eu *odeio* a Whitney!

O lábio inferior de Krista começa a tremer.

— Então como o batom dela foi parar na gola da sua camisa? Por que o seu celular está na *cama* dela?

— Ela armou para mim! — Levanto as mãos. — Não está vendo? Whitney está fazendo de tudo para parecer que estou traindo você. Mas eu não estou.

— Por que ela faria uma coisa dessas?

Sei lá. Bem que eu queria saber. Queria saber por que Whitney está fazendo isso comigo. Se eu soubesse, poderia fazê-la parar.

— Krista — digo. — Eu amo você. Quero que você seja minha esposa. Eu *jamais* trairia você. Juro.

O olhar de Krista se reveza entre o celular na minha mão direita e o batom na sua mão esquerda.

— Eu não sei o que pensar.

— Por favor. — Dentro de cinco segundos, vou ficar de joelhos e começar a implorar. — Você precisa acreditar em mim. Você me *conhece*, Krista. Eu não seria capaz de fazer uma coisa dessas.

Ela coloca o batom em cima da cômoda e começa a roer a unha do polegar. Está tensa.

— Não é só isso. Blake, você está estranho há meses.

— Não estou, não.

Ela levanta uma sobrancelha.

— Tá bom — admito. — Os últimos meses têm sido difíceis para mim, depois que perdi o emprego e tudo o mais. Mas estou dando a volta por cima. Juro.

Ela passa a mão numa mecha de cabelo que se soltou do coque.

— Não sei. Eu... eu acho que talvez seja melhor a gente dar um tempo.

Não. *Não.* Ela não pode estar falando sério.

Mas está. Krista desce as escadas e segue para o nosso quarto, então vou atrás dela, meio atordoado. Fico chocado ao vê-la pegar a mala no armário.

— Krista, não faça isso — suplico.

Não posso perder Krista. *Não posso*. Ela é a única coisa boa que resta na minha vida.

Mas parece que é exatamente isso que vai acontecer. Com agilidade, Krista começa a pegar as roupas nas gavetas e a colocá-las na mala. Quero tirar a mala de perto dela antes que minha noiva consiga enchê-la de roupas.

— Não faça isso. — Minha voz falha. — Por favor, Krista.

— Só preciso de alguns dias. — Ela mexe no anel de noivado, que continua no dedo anelar. Se ela tirar a aliança, não sei se vou aguentar. — Vou passar um tempo com a Becky e o Malcolm.

Ótimo. Ela vai ficar com Becky, que me odeia, e com Malcolm, que também não é muito meu fã depois daquela tentativa frustrada de tomar uns drinques. Tenho certeza de que eles vão ficar falando mal de mim o tempo todo.

Mas tudo bem. Se ela precisa de um tempo, não tenho o que fazer. Talvez seja bom. E, se eu ficar sozinho com Whitney, quem sabe ela não abre o jogo e me diz qual é o problema e a gente resolve tudo.

Isso vai ser bom. Eu sempre dou um jeito, não importa o que aconteça.

Ainda não consegui descobrir como Whitney pegou meu celular. Ela deve ter pegado na mesa de centro, enquanto eu cochilava. Não posso fechar os olhos nem por um segundo com aquela mulher por perto.

— Blake, o que é isso? — pergunta Krista.

O que foi desta vez?

Krista está agachada na frente do armário, supostamente escolhendo o que vai levar em meio aos cinco bilhões de sapatos que tem. Porém, ela parou de fazer a mala e está olhando para alguma coisa dentro do armário. Não faço ideia do que seja.

— O quê? — pergunto.

Krista se levanta, segurando um frasco branco. Demoro um segundo para me dar conta do que é.

— Água sanitária? — Estou em estado de choque e não consigo dizer mais nada.

— O que isso está fazendo dentro do nosso armário?

— Não faço ideia.

— Não faz ideia? — repete ela. — Não foi você que cismou que a Goldy morreu porque alguém jogou água sanitária no aquário? E agora encontro *isto* aqui!

— Calma aí — digo, sem reação. — Você acha que *eu* matei a Goldy? Você está de sacanagem, né? Você não sentiu nem o cheiro da água sanitária!

Ela hesita por um segundo.

— Eu não tinha certeza. Acho que a Whitney não faria uma coisa dessas. Mas... quero dizer, *dava* para sentir um leve cheiro da água sanitária. — Ela lança um olhar de acusação para mim. — Você matou a Goldy para incriminar a Whitney?

— Não! Meu Deus, claro que não. Não é possível que você...

— Não *sei* mais o que eu acho. — Ela bate a água sanitária em cima da cômoda, fazendo barulho. — Você tem agido de uma forma muito estranha ultimamente. E agora encontro o seu celular na cama da Whitney. E água sanitária no nosso armário. Isso depois de você ficar dias falando que Whitney tinha envenenado o peixe.

— Meu Deus, você acha mesmo que eu seria capaz de matar o nosso peixe?

— Não sei. Talvez. — Ela abaixa a cabeça. — Sendo bem sincera, a esta altura, acho que você seria capaz de qualquer coisa. Afinal, você passou a perna na empresa.

Sinto uma pontada no peito. Não acredito que ela falou isso. Quando aconteceu toda aquela merda na Coble & Roy, Krista me deu apoio incondicional. Como ela mudou de opinião assim?

Será que foi alguma coisa que Whitney disse para ela?

— Eu não passei a perna na empresa! — O volume da minha voz é alto demais, mas não consigo me controlar. — Como você pode pensar isso de mim?

— Sinto que não conheço mais você. — Ela franze a testa. — Você só fala de teorias da conspiração envolvendo nossa inquilina. Fica vagando pela casa no meio da noite em vez de dormir. Quando você finalmente apaga, começa a falar enquanto dorme…

— Eu falo dormindo? — Essa revelação me deixa chocado. — O que… o que eu falo?

— Na maior parte do tempo, você não fala coisa com coisa. — Ela balança a cabeça. — Às vezes, você fala o nome da Whitney, o que é superestranho.

Meu Deus. Isso é… perturbador.

— Estou começando a achar que aquela vidente estava certa — diz ela. — Se eu continuar aqui, só Deus sabe o que você é capaz de fazer.

— Krista, *não*. — Estou entrando em pânico. Ela está indo embora de verdade, e talvez nunca mais volte. — Eu jamais seria capaz de trair você e nunca levantaria um dedo para te machucar.

Krista fecha o zíper da mala, apesar de ter enchido só metade. Ela nem sequer pegou sapatos, está com pressa de ir embora daqui.

— Acho melhor eu ir.

— Krista. — Paro em frente à porta, bloqueando a saída. — Você precisa acreditar em mim. Isso tudo é armação da Whitney. Ela fica fazendo barulhos estranhos a noite inteira para atrapalhar meu sono. Ela colocou as frutas podres no armário. E foi ela que envenenou a Goldy e plantou a água sanitária no armário para me incriminar.

— Blake, você está prestando atenção no que está dizendo?

Nossos olhares se cruzam. Ela não acredita em nada do que eu falei. Acha que enlouqueci, ou coisa pior.

— Vou embora — diz Krista. — Como eu disse, preciso de um tempo para organizar as ideias.

Não quero que ela vá embora. Por um segundo, uma ideia me ocorre: sou muito maior e mais forte do que Krista. E ela não está armada nem nada. Talvez ela não queira ficar, mas eu posso *fazê-la* ficar. Fazê-la *entender* o que está acontecendo.

— Blake — diz ela, e noto um pouquinho de medo em seu olhar.

Saio do caminho na mesma hora, horrorizado com meus próprios pensamentos. O que estou *fazendo*? Eu *jamais* forçaria uma mulher a ficar comigo. Como posso ter pensado numa coisa dessas? Não sou esse tipo de cara. Minha mãe me ensinou a *respeitar* as mulheres.

O que foi que Whitney fez comigo?

Então sigo Krista escada abaixo. Ela pega sua jaqueta e calça os tênis. Ela realmente vai embora. E não faço ideia de quando vai voltar. Se vai voltar.

— Amo você, Krista — declaro. Minha voz falha ao pronunciar as palavras.

Ela se vira para mim, e a expressão em seu rosto quase acaba comigo. Ela não parece estar com raiva. Só parece desolada.

— Desculpa — diz Krista, com a voz embargada. — Não queria que as coisas chegassem a esse ponto.

Mesmo sabendo que não deveria fazer isso, vou atrás de Krista porta afora. Na verdade, não sei o que espero que aconteça. Mesmo assim, não consigo me conter.

— Krista — digo mais uma vez. — Podemos conversar um pouco mais? Por favor?

Desta vez, ela não responde. Em vez disso, ela ergue o braço direito para chamar um táxi.

No melhor dos dias, conseguir um táxi no nosso bairro demora uns bons minutos e, normalmente, a gente tem de apelar para o Uber. Mas, hoje, é claro que, um segundo depois, um táxi freia bruscamente em frente à nossa casa, espirrando água suja de uma poça em cima de mim e deixando Krista relativamente intacta. Ela não hesita em entrar no carro nem por um instante.

— Krista! — grito.

Ela nem se vira para olhar para mim através do vidro do carro.

O táxi arranca rápido no segundo seguinte, antes mesmo que eu possa me despedir. Observo o carro se afastar e me pergunto se esta terá sido a última vez que vejo Krista. Quando ela voltar para casa, vai ser para pegar suas coisas em algum horário em que eu não esteja aqui para incomodá-la.

Não vou deixar isso acontecer. Não vou perder Krista.

Vou fazer o que for preciso.

— Porter!

A voz senil que ouço atrás de mim me deixa com os nervos à flor da pele. Isso não. Agora não. Eu me viro, já com os punhos fechados. Não estou a fim de lidar com o Sr. Zimmerly.

— Quantas vezes tenho que dizer para você tirar as latas de lixo da calçada? — esbraveja o Sr. Zimmerly.

Ao dizer essas palavras, algumas gotas de saliva dele atingem meu rosto.

— Desculpa — resmungo. — Foi um dia difícil e não tive tempo de cuidar do lixo.

— Faz *dois dias* — observa ele.

É? Droga.

— O lixeiro passou *ontem*. Faz dois dias que suas latas de lixo estão na calçada. — Ele pigarreia e cospe o catarro. — Você acha que a calçada é sua lixeira particular, Porter?

— Vou tirar as latas da calçada agora mesmo — digo, entre os dentes.

— Que maravilha — resmunga ele. — Você tira as latas no dia seguinte e só depois de eu reclamar. Como é que pode você ser o único no quarteirão inteiro que não consegue seguir as regras? Acho que não te ensinaram nada naquela universidade chique onde você estudou, hein?

Quer saber? Cansei do Sr. Zimmerly. Desde que me mudei para cá, tenho de lidar com ele quase toda semana. Mas agora cansei.

Cansei.

— Você quer que eu tire as latas de lixo da calçada? — Levanto uma das latas de metal. — Então, pegue!

Digo isso e arremesso a lata na direção do Sr. Zimmerly com toda a força. Ele deve ter quase 90 anos, e a lata poderia matá-lo, mas ela cai longe dele e rola pela calçada. Ele arregala os olhos, que estão lacrimejando.

— Qual é o seu problema? Seu lunático! — grita ele. — Você podia ter me matado!

Vou atrás da lata de lixo e a pego.

— Quem sabe eu não deva tentar mais uma vez?

Dessa vez, Zimmerly entende a mensagem. Ele volta para dentro de casa na mesma hora, arrastando as pantufas no chão. Ele foi tão rápido que quase tropeçou no degrau quebrado que eu tinha oferecido arrumar. Na idade dele, uma queda seria complicada. Algumas pessoas ouviram a confusão e se aglomeraram por ali, parecendo incomodadas. Gente intrometida é o que não falta neste bairro. Talvez seja melhor eu ir embora daqui.

Aceno para os vizinhos enxeridos e volto para dentro de casa. Não estava tentando acertar o Sr. Zimmerly com a lata de lixo. Errei de propósito. Não queria machucá-lo. Não sou tão louco assim.

Mas não posso dizer que também erraria se fosse Whitney na minha frente.

CAPÍTULO 28

Acabo decidindo sair para dar uma caminhada no bairro.

Normalmente, sou daqueles nova-iorquinos que têm sempre um destino certo, andam rápido e evitam contato visual com outras pessoas. Porém, hoje, estou sem destino. Ando sem rumo, enquanto o sol se põe e a garoa vira uma chuva pesada.

E, mesmo assim, continuo andando. Estou sem casaco, embora faça frio. Minhas pernas doem por causa da corrida que fiz mais cedo, mas não dou a mínima.

O tempo inteiro, só consigo pensar em Krista e lembrar que pisei na bola. Nem sei dizer como isso aconteceu. Não deixei meu celular no quarto de Whitney. Não fui eu que guardei aquela água sanitária no armário. Eu jamais faria mal a Goldy, muito menos a Krista.

Whitney queria que eu e Krista terminássemos. Esse era o objetivo dela desde o início.

O que me preocupa é que esse pode não ser seu único objetivo.

Que isso seja só o começo.

Ando por mais ou menos duas horas. Volto para casa depois das oito da noite com a camiseta molhada, as pernas queimando e o cabelo grudado na cabeça. Mas a sensação é boa. Quero sentir algo além da dor intensa que sinto no estômago toda vez que penso em Krista.

Vejo uma luz acesa no segundo andar e, por um segundo, tenho esperança. Será que Krista voltou? Será que ela mudou de ideia?

Mas não. Vejo os tênis de Whitney perto da porta da frente. Ela está lá em cima.

Olho para o segundo andar da minha casa e ouço meu estômago roncar. Não tinha me dado conta do quanto estou com fome. Minha intenção era levar Krista para jantar hoje à noite, mas isso não vai acontecer. Melhor procurar algo na geladeira para comer. Pelo menos as moscas desapareceram.

Abro a geladeira e vejo a embalagem de comida chinesa de ontem à noite. Eu e Krista comemos toda a carne com brócolis, mas ainda sobrou *lo mein*. Melhor comer antes que estrague.

E tenho cerveja. Um monte de cerveja.

Não me dou ao trabalho de esquentar o macarrão. Prefiro comer frio, direto da caixa. Abro a cerveja, tomo metade da garrafa em um gole e, em seguida, vou para a sala de estar levando a comida e a cerveja.

Como não vou sair com Krista hoje à noite, vou ficar bêbado.

Ligo a televisão, coloco em um *reality show* aleatório e me ajeito no sofá para comer o *lo mein*. Abro a embalagem e sinto o aroma de comida chinesa do dia anterior. Enfio o garfo no macarrão, girando o talher duas vezes. Abocanho a garfada torcendo para que a comida diminua a dor no meu estômago. Começo a mastigar e…

De repente, eu me engasgo. Estou praticamente *sufocando*.

Sabe quando você come alguma coisa e se dá conta de que tem um fio de cabelo na comida e ele enrosca no fundo da garganta? Sabe como isso é nojento?

Bom, a sensação que tenho nesse momento é a de que coloquei um *punhado* de cabelo na boca. É como se eu estivesse comendo *cabelo*… misturado com um fio ou outro de macarrão. E parece que os fios de cabelo estão ficando mais compridos dentro da minha boca.

Largo a embalagem ao meu lado, no sofá, ainda engasgado, e cuspo a comida nas mãos. Sinto meu estômago embrulhar quando vejo o que foi que cuspi. Lá está o cabelo. Mas não era só um fio.

Pego a embalagem de comida chinesa de cima do sofá e a analiso. Eu não tinha observado o conteúdo antes de começar a comer — por que eu faria isso? —, mas agora vejo que ele está cheio de fios de cabelo longo e castanho. A quantidade de cabelo equivale à de macarrão. Talvez seja até maior.

Encontrei cabelo na minha comida. *Muito* cabelo.

Meu Deus, acho que vou vomitar.

Corro até a pia da cozinha, tossindo. Entre tentativas desesperadas de respirar, consigo puxar cinco fios de cabelo intactos da minha garganta; a sensação é de que tem mais e que aquilo vai me estrangular. Uso meus dedos, quase vomitando, para tentar tirar um fio que ficou preso na garganta. Ele é do tamanho de uma régua e arranha minhas cordas vocais ao ser puxado. Felizmente, não tinha engolido nada, senão passaria mal de verdade. Mas encontrei *cabelo* na minha comida. E pela aparência dos fios, tenho quase certeza de onde eles saíram.

Uma onda de raiva como nunca experimentei antes surge no meu peito. Abro a torneira da pia e tomo alguns goles de água. Minha cabeça está zunindo. Se Whitney estivesse na minha frente, eu pegaria uma das facas no porta-facas e…

Não. Pare. Controle-se, Blake.

Respiro fundo, mas não consigo me acalmar. Whitney encheu minha casa de moscas, me causou uma terrível irritação de pele, matou meu peixe e destruiu minha relação com a única mulher que amei na vida. E *por quê*? Não suporto nem mais um segundo disso.

Acabou. Chega. Não aguento *mais*.

Subo os dois lances de escada e minha raiva aumenta a cada degrau. Quando chego ao terceiro andar, pela fresta da porta vejo a luz acesa no quarto de Whitney. E fico muito, muito feliz que ela esteja em casa.

Bato na porta de mão aberta. Várias vezes. E, a cada batida, o som fica mais alto.

Whitney leva pelo menos um minuto para abrir a porta, sem nenhuma pressa. Ao que tudo indica, ela vai ficar em casa esta noite, porque está de regata, short de pijama e maria-chiquinha no cabelo. A regata é quase transparente e isso me distrai por um instante. Mas aí me lembro de que quero esganá-la.

Preciso de todo o meu autocontrole para não fazer isso de fato.

— Quero você fora daqui — disparo.

— Eu vou bem e você, Blake? — Ela faz um biquinho. — Ué, cadê a *Krista*?

Fecho os punhos.

— Quero você fora daqui *agora*.

Ela olha para mim sem reação, apenas pisca.

— Oi?

— Você me ouviu. Quero você fora da minha casa imediatamente.

— Assim, no meio da noite? — argumenta ela. — Você não pode achar razoável que eu pegue minhas coisas e saia de casa agora.

— Não estou nem aí — falo firme, na cara dela. — Esta casa é ***minha*** e eu quero você ***fora*** daqui. Já chega. *Chega*. Está me ouvindo?

O olhar dela fica frio.

— Que pena para você, Blake. Porque você não pode me expulsar no meio da noite sem aviso prévio só porque quer. Eu *moro* aqui. E tenho os meus direitos.

— É, pode ser... — Lanço um olhar tão venenoso que é difícil não imaginar sua pele queimando até os ossos. Falo devagar. E ponderadamente. — Talvez você queira sair daqui pela sua própria segurança.

Ela ergue uma sobrancelha.

— Ah, é? E o que você vai fazer se eu não sair?

Ela só pode estar de brincadeira. Sou uns bons quinze centímetros mais alto do que ela e muito mais forte. Eu poderia fazer *um estrago*. Poderia *acabar* com ela.

Eu me imagino dando um soco na cara arrogante de Whitney. Esganando seu pescoço fino até seus lábios ficarem azuis. Seria bom demais.

Dou um passo ameaçador na direção dela, ainda com os punhos fechados. Mas Whitney não vacila.

Ela sabe que estou blefando. Mesmo com toda a raiva que sinto, não vou machucá-la. Em minha vida toda, nunca encostei um dedo em uma mulher e não é agora que vou fazer isso. Mesmo se eu quisesse, não conseguiria.

Cerro os dentes.

— Você tem trinta dias para sair daqui, considere esse o seu aviso prévio.

Se ela não sair, vou pegar todas as suas coisas e jogar na rua. Ela pode me processar se quiser. Não me importo. Estou falido mesmo.

— Ah, não se preocupe — diz Whitney, sorrindo. — Vou embora muito antes disso.

Então bate a porta na minha cara. Escuto o clique da trava.

Eu devia ficar feliz com o que ela disse. Afinal de contas, *quero* que ela vá embora. Porém, algo no jeito como ela falou me deixa muito incomodado.

Como se estivesse me ameaçando.

CAPÍTULO 29

Ao sair da estação de trem, a caminho de casa, meu celular vibra no bolso.

Faz uma semana que Krista saiu de casa. Nos dias que se seguiram, mandei um milhão de mensagens e deixei vários recados na caixa postal. Ela me respondeu só uma vez, me pedindo um tempo, e eu mandei mais um bilhão de mensagens e recados. Não consigo fingir que estou tranquilo. Quero que ela volte para mim.

Toda vez que meu telefone toca, tenho esperança de que seja ela. Então fico decepcionado quando vejo "Pai" na tela do celular. Mas faz semanas que não falo com meu pai, talvez mais até, e me dou conta de que quero muito vê-lo e ouvir sua voz. Não tenho amigos no meu emprego novo, porque Kenny contou para todo mundo o que aconteceu, e ninguém do meu trabalho antigo fala comigo. Isso significa que não tenho mais ninguém com quem conversar sobre o que aconteceu entre mim e Krista. Não tenho nem a Goldy.

Atendo a ligação e sinto um aperto no peito ao ouvir a voz familiar de meu pai:

— Blake! Você atendeu!

O aperto fica ainda mais forte.

— Eu sempre atendo. Quando posso.

— Claro — diz ele. — Tudo bem. Sei que você vive ocupado.

Ótimo, ele sabe que evito atender suas ligações. Bom, não vou mais fazer isso. Não vou mais ser um péssimo filho. Sempre que meu pai me ligar, vou atender. Ou quase sempre.

— E como estão as coisas? — pergunta ele. — E o emprego novo?

— Tudo ótimo — minto.

— Que maravilha — diz meu pai. É incrível como ele consegue dizer isso de maneira sincera. — E como vai a Krista?

— Ela… — quase minto de novo, mas aí me dou conta de que estou falando com meu pai. Por que fingir? Quem eu quero enganar? — Ela saiu de casa.

— Ah, Blake. — Sua voz fica mais baixa. — Fico muito triste por saber disso. Ela parecia ser uma ótima pessoa, e sei que você gostava muito dela.

Gostava muito dela? Ela era *a mulher da minha vida*. E Whitney *acabou* com tudo.

— É — digo.

— O que aconteceu?

Sinto um nó na garganta toda vez que penso em Krista.

— Ela acha que dormi com outra pessoa.

E também acha que matei o peixe dela. Mas vou deixar essa parte de fora.

— E você dormiu? — pergunta ele.

— Não! — Não acredito que ele está me perguntando isso. — Ela enfiou essa ideia na cabeça. Não faz o menor sentido, mas ela não acredita em mim.

— Bom — diz ele —, se você não fez o que ela acusou você de ter feito, por que não tenta reconquistá-la?

— Acredite em mim, estou tentando. — Krista ainda não me bloqueou, mas, se eu continuar mandando esse tanto de mensagens, não vai demorar para isso acontecer. — Ela me falou que precisa de um tempo.

Meu pai está quieto, pensando. Estou esperando para ver o que vai dizer. O mais engraçado é que, apesar de não falar muito com meu pai, ele me dá ótimos conselhos. Ele é um cara esperto. Foi casado com minha mãe por quase trinta anos, até o dia da morte dela, e, apesar de terem enfrentado problemas financeiros e de meu pai não ter conseguido dar à esposa tudo que ela merecia, os dois sempre foram muito felizes juntos.

Minha mãe pode não ter tido a casa dos seus sonhos e ter ficado sem energia elétrica por falta de pagamento algumas vezes, mas ela era feliz. Ela me proporcionou uma infância maravilhosa, viajamos muito para acampar, tínhamos comida caseira e fizemos inúmeras caças ao tesouro em busca de vaga-lumes. E ela morreu na nossa casa quando perdeu a batalha para o câncer, com meu pai segurando sua mão. Talvez eu deva rever meus valores.

— Se ela pediu um tempo — diz meu pai —, você deve respeitar esse desejo. Ela sabe que você a ama. Acho que, no fim, vai voltar para você.

Acabo me lembrando do conselho que ele me deu quando perdi o emprego. Ele disse que eu deveria voltar para Cleveland e levar Krista comigo. Se eu tivesse ouvido esse conselho, nada disso estaria acontecendo. Eu estaria morando na cidade onde nasci, com minha futura esposa, e, hoje, estaríamos procurando uma casa para comprar.

E me pergunto se é tarde demais para esse sonho se tornar realidade.

— Também queria saber — diz meu pai — se você estava pensando em vir para casa no Dia de Ação de Graças?

Ah, é. O Dia de Ação de Graças é daqui a duas semanas, mas eu nem tinha pensado nisso. Normalmente, trabalho no feriado e faz... nossa, faz muito tempo que não vou para Cleveland no Dia de Ação de Graças. Porém, do nada, sinto um desejo incontrolável de ver meu pai e estar em minha cidade natal.

De bônus, vou ganhar uma folga de Whitney.

— Estou — respondo. — Vou passar o feriado aí.

— Que bom! — Não consigo ver seu rosto, mas sinto que ele está sorrindo. — Vou começar a pensar no cardápio agora mesmo.

Meu pai está falando sobre batata-doce e rechear o peru com pão de milho quando viro a esquina da minha rua e paro de repente. Vejo algo que me abala profundamente. Pisco várias vezes, pois tenho certeza de que isso é uma espécie de miragem. Não pode ser verdade. Fico ainda mais chocado do que quando encontrei frutas podres no armário da cozinha. Por um instante, sinto meu coração parar.

Já é fim de tarde e hoje foi dia de coleta de lixo, mas as latas do Sr. Zimmerly *ainda estão na calçada*.

— Pai — digo —, preciso desligar.

— Claro — diz ele. — Fique bem, Blake. Sei que você vai fazer as pazes com a Krista.

— Obrigado, pai.

Desligo o celular no instante em que paro na frente da minha casa. Achei que tivesse sido alguma miragem, mas, agora que estou mais perto, consigo ver perfeitamente as latas de lixo comum e de lixo reciclável do Sr. Zimmerly, apesar de elas estarem vazias e de que são quase cinco e meia da tarde.

Ah, como vai ser bom esfregar isso na cara dele.

Levo um minuto para recolher as minhas latas de lixo, para que eu possa demonstrar minha superioridade moral nessa situação. Como o Sr. Zimmerly ainda não veio recolher as dele, vou lá tirar satisfação.

Toco a campainha e escuto o som ecoar pela casa. Aguardo meu vizinho se aproximar da porta para atendê-la, arrastando os pés, mas não escuto nada, então toco a campainha pela segunda vez. E, por via das dúvidas, também bato à porta.

Um minuto se passa e nada do Sr. Zimmerly. Silêncio absoluto na casa. Será que ele viajou? Acho que é possível, mas foi ele que colocou as latas de lixo na calçada ontem à noite. Seria estranho que ele deixasse as lixeiras na calçada e depois viajasse.

Talvez esteja cochilando. Pessoas de idade cochilam o tempo inteiro, não? E o Sr. Zimmerly é uma pessoa de idade.

Meu Deus, espero que não tenha acontecido nada com ele.

Quase dou meia-volta e vou para casa, mas, por impulso, tento girar a maçaneta. E a porta abre.

Não é uma boa ideia entrar na casa dele. Eu e o Sr. Zimmerly não somos muito amigos, para dizer o mínimo. Mas, para ser sincero, estou preocupado com ele. Esquecer de tirar as latas da calçada depois que o caminhão de lixo já passou é algo muito incomum para o Sr. Zimmerly. Eu poderia ligar para a polícia e explicar por que estou preocupado, mas, considerando que o vi ontem, os policiais não abririam uma investigação com base em duas latas de lixo vazias deixadas na calçada. E, quando eles resolverem investigar, talvez seja tarde demais.

E se ele estiver caído ao lado da cama porque fraturou o quadril? Ele não é uma das pessoas de quem eu mais gosto no mundo, mas pensar que pode estar machucado e precisando de ajuda me dá um aperto no peito. Apesar do que Krista e Whitney pensam de mim, sou uma pessoa decente. Se o Sr. Zimmerly precisa de ajuda, devo tentar ajudá-lo.

Vou entrar.

Abro a porta e espero para ver se surge um cachorro ou algum outro animal. Apesar de nunca ter ouvido um latido vindo daqui, nada me surpreenderia a essa altura. Porém, ao entrar na casa, não escuto barulho nenhum.

— Sr. Zimmerly? — chamo.

Nenhuma resposta.

Moro aqui há quase um ano e nunca tinha entrado na casa do Sr. Zimmerly. Ele nunca me convidou e nunca me esforcei para ficarmos próximos. Mas, quando entro na casa, percebo que ele não recebe muitas visitas. Os móveis da sala de estar me parecem antigos e empoeirados, como se ninguém usasse o cômodo há anos, apesar de o Sr. Zimmerly morar aqui. Passo pela cornija da lareira, cheia de porta-retratos com fotografias em preto e branco também cobertas de poeira. Minha atenção se volta brevemente ao que parece ser uma foto de casamento, feita muito antes das câmeras digitais. Há também um relógio antigo muito parecido com o relógio que temos na nossa cozinha, mas parece que ele parou de funcionar e continua marcando onze e oito.

— Sr. Zimmerly? — chamo mais uma vez.

Ao atravessar a sala de estar, pisando em um tapete marrom, uma voz em minha cabeça diz que eu deveria dar meia-volta e ir embora. Estou, basicamente, invadindo a casa do meu vizinho. E, a julgar pelo ambiente ao meu redor, tenho a impressão de que a casa está vazia. Se ele saiu para ir ao mercado e me encontrar aqui ao voltar para casa, vai ficar furioso. É possível que chame a polícia.

No entanto, não dou meia-volta.

Minha próxima parada é a cozinha, que é menor do que a lá de casa. Diferente da minha cozinha, a do Sr. Zimmerly não foi reformada, e o fogão está coberto por uma crosta marrom que indica que não é usado faz muito tempo. Mas o que mais me incomoda na cozinha é o que vejo em cima da bancada.

Um copo de água, cheio até a boca. E um sanduíche de pão integral, cuidadosamente dividido ao meio.

É esquisito que alguém tenha preparado um sanduíche, deixado em cima da bancada e saído para fazer compras. Ou largado tudo para tirar uma soneca. Não, meu vizinho fez um sanduíche com a intenção de comê-lo. Mas, por algum motivo, ele não fez isso.

— Sr. Zimmerly? — chamo de novo.

Merda.

Saio da cozinha meio zonzo, sem saber o que fazer. Agora seria um bom momento para chamar a polícia. Afinal de contas, é evidente que tem alguma coisa de errado. Terei de explicar aos policiais o que estou fazendo aqui, que não entrei nesta casa para roubar meu vizinho, e sim porque estava preocupado.

Quando enfio a mão no bolso para pegar o celular, noto uma luz acesa. O Sr. Zimmerly não é o tipo de pessoa que sai de um cômodo sem apagar a luz. Se a luz do banheiro está acesa, é porque ele ainda está lá dentro.

Sigo devagar na direção do banheiro. Ao me aproximar da porta, hesito e tento ouvir algum barulho lá dentro.

Não. Nada.

Talvez ele esteja sentado na privada.

— Sr. Zimmerly? — chamo pela última vez.

Estico o braço para bater à porta, mas, como está entreaberta, ela abre um pouco. As dobradiças rangem à medida que a porta se abre por completo, revelando o interior do banheiro pequeno, e tudo treme quando dou o grito mais alto que esta casa ouviu em anos.

CAPÍTULO 30

A imagem não sai da minha cabeça.

Mesmo depois de sair correndo do banheiro e ligar para a emergência. Mesmo depois que os paramédicos chegaram e disseram que não havia mais nada a fazer. Mesmo depois que eles levaram a maca para fora da casa do Sr. Zimmerly com um lençol cobrindo seu rosto.

— Sr. Porter, o senhor está bem? — pergunta um policial jovem, de farda azul.

Levo um susto quando batem as portas da ambulância. É claro que, ao sair, eles não ligam as sirenes. Não se trata de uma emergência. Eu soube no instante em que vi meu vizinho caído no chão do banheiro, com uma poça de sangue ao redor da cabeça.

— Ã-hã — resmungo, embora eu não esteja. Gostaria de que alguém me desse um cobertor ou algo assim, porque não paro de tremer. É vergonhoso.

— Essas coisas acontecem — diz o policial com um ar de autoridade, embora ele não pareça ter muito mais do que 20 anos. — Ele tinha 93 anos. Deve ter escorregado no banheiro e batido a cabeça. É muito comum.

Meu Deus, 93 anos. Eu não sabia que ele era tão velho assim.

— Ã-hã — digo de novo.

Ele me encara com os olhos semicerrados.

— O senhor tem alguém que possa lhe fazer companhia?

Não tenho ninguém, mas não preciso contar a história da minha vida para esse policial.

— Tenho uma colega de quarto — é tudo que digo.

O policial assente com a cabeça e parece satisfeito com a resposta. Tenho certeza de que ele tem uma noite de muito trabalho pela frente e a última coisa que quer é bancar a babá de um homem com 32 anos nas costas. Além disso, vai ficar tudo bem. Sim, fiquei chocado quando vi o corpo do meu vizinho. E vou ter pesadelos à noite. Mas vai ficar tudo bem.

Mas não para o Sr. Zimmerly.

— Só preciso confirmar mais uma vez… — O policial tira da jaqueta o que parece ser um pequeno iPad. — Por que o senhor estava na casa do Sr. Zimmerly?

— Fiquei preocupado — digo. — Ele esqueceu de recolher as latas de lixo e isso é uma coisa que ele nunca deixa de fazer. Sabia que tinha alguma coisa errada.

Não preciso contar que bati à porta com a intenção de dar um esporro no meu vizinho.

O policial assente com a cabeça.

— Entendi. Eu tenho um vizinho que é assim também. E o senhor tem a chave da casa dele?

— Não. A porta estava aberta.

— Aberta?

— Quero dizer, destrancada.

— Ele costumava deixar a porta destrancada?

— Não faço ideia.

— Então, quando percebeu que a porta não estava trancada, o senhor decidiu entrar na casa?

Faço que sim com a cabeça.

— Só queria ver se ele estava bem, mas aí percebi que ele tinha deixado comida em cima da bancada da cozinha. E, quando vi a luz do banheiro acesa, eu…

De repente, sinto um nó na garganta. Não sei por quê. Eu nem gostava daquele filho da mãe.

— Certo. — O policial clica na tela do iPad e o guarda no bolso da jaqueta. — Acho que isso é tudo.

Como não consigo falar, faço que sim com a cabeça.

— Vou ligar para a filha dele — diz o policial. — Vou informá-la sobre o que aconteceu.

— O Sr. Zimmerly tem uma filha?

— Parece que sim — confirma ele. — Ela mora na Califórnia. Acho que eles não se viam muito.

Nunca vi ninguém entrar na casa do meu vizinho nem sair dela. Muito menos uma mulher jovem o bastante para ser sua filha. (Apesar de que, considerando a idade dele, a filha deve estar pelo menos na casa dos 60 anos.) Ele tinha uma família da qual nunca ouvi falar, mas parecia que ninguém se importava com ele.

Por algum motivo, me lembro de Krista. E de que pensei em construir uma vida com ela. Sem ela, não tenho ninguém. Assim como o Sr. Zimmerly não tinha ninguém.

Ótimo. Vou terminar minha vida amargurado e sozinho, implicando com latas de lixo na calçada, até o dia em que cair morto no chão do banheiro.

Assim que a polícia e os paramédicos vão embora, pego meu celular e escrevo uma mensagem para Krista:

O Sr. Zimmerly morreu.

Fico animado quando surge o balão com os três pontinhos na tela, indicando que ela está escrevendo uma mensagem. Embora eu tenha sido enganado por esses balões antes.

Mas chega uma resposta:

Sinto muito. Você está bem?

> Um pouco abalado. Pelo menos não preciso mais me preocupar com as latas de lixo.

Ela me responde:

> É o lado bom.

Ela está falando comigo. É um bom sinal. Quem sabe ela esteja cansada de dar um tempo e queira voltar para casa. Aproveitando que Krista está me dando atenção, escrevo:

> Sinto sua falta.

O balão aparece de novo. Os três pontinhos ficam piscando e piscando enquanto espero, prendendo a respiração, por uma resposta.

Mas ela nunca chega.

CAPÍTULO 31

Estou na lavanderia aqui do bairro.

Não é meu lugar favorito no mundo, ainda mais depois de ter tido uma noite agitada, cheia de pesadelos nos quais encontrava o corpo do Sr. Zimmerly. Mas não tenho escolha. Não tenho mais Krista para lavar minhas roupas na lavanderia a seco onde ela trabalha e não posso confiar nas minhas próprias máquinas de lavar e secar.

Tive de me rebaixar, comecei a ir a essa lavanderia que fica a duas quadras da minha casa. É fim de semana, e não tenho mais nada para fazer, então coloco minhas roupas para lavar e fico sentado num canto com meu celular; aos meus pés estão o cesto de roupa e um frasco nada másculo de detergente com bichinhos de pelúcia no rótulo. Preciso esperar mais vinte minutos até poder colocar as roupas na máquina de secar.

Minha vida é bem animada.

Krista não me respondeu mais depois que escrevi dizendo que sentia sua falta. Mas o fato de ela ter falado comigo já é um bom sinal. Talvez eu *não* vá morrer sozinho no chão do banheiro.

Apesar de que, a essa altura, eu faria qualquer coisa para voltar a morar sozinho na minha casa.

Não vi Whitney ontem à noite. Suponho que ela tenha voltado para casa em algum momento, só não havia chegado ainda quando fui dormir. Achei que seria acordado por aquele barulho que vem do andar de cima — estava esperando por ele —, mas a noite inteira foi silenciosa. Nem sei dizer se ela estava em casa hoje de manhã. É óbvio que não estamos nos falando, então acho que ela não faria questão de mostrar que estava em casa.

Enquanto espero o fim do ciclo da máquina de lavar, digito o nome de Whitney no Google. A primeira busca que fiz não me deu muita informação. Porém, estou mais determinado desta vez. E mais entediado.

Mais uma vez, surgem poucos resultados. Olho todas as redes sociais, uma por uma, mas não encontro nenhum perfil com o nome dela. É como se Whitney fosse um fantasma.

É aí que uma ideia me ocorre.

Quando Whitney demonstrou interesse em alugar o quarto, ela me deixou tirar uma foto de sua carteira de motorista. Encontro a imagem salva no meu celular e recorto a foto do seu rosto. Depois pego a foto e jogo em um site de reconhecimento facial. Aguardo enquanto a ferramenta de busca trabalha.

Aparentemente, Whitney tem um rosto muito comum, porque surgem várias páginas com resultados semelhantes. Percorro as dezenas de imagens de mulheres que se parecem com Whitney, mas que não são ela. Uma fotógrafa chamada Cherilynn. Uma analista de software chamada Alexandra. Uma doutoranda chamada Amanda.

Nenhuma delas me parece familiar. Não me lembro de ter ofendido nenhuma delas. Não que eu tenha ofendido muitas mulheres na minha vida. Se for preciso, posso ser bem babaca no trabalho, mas sempre fui gentil com as mulheres com quem me envolvi. É claro que existem algumas exceções. Como naquela festa no meu último ano de faculdade, quando fiquei com uma *cheerleader* no banheiro, enquanto minha namorada estava tomando *shots* na cozinha. Houve um alarme falso de gravidez no meu segundo ano de faculdade, e admito que poderia ter agido melhor. Ainda assim, por fim, acabei dizendo as coisas certas, mas ela, por um milagre, ficou menstruada e a gente terminou.

De qualquer forma, Whitney não é nenhuma dessas garotas. Nós nunca tivemos nada. A primeira vez que a vi foi quando ela demonstrou interesse em morar com a gente. Apostaria minha vida nisso.

Essa situação está me deixando louco. Quem é essa mulher que deixei entrar na minha casa? E, mais importante, o que ela quer de mim?

Frustrado, desisto de pesquisar no celular e estico as pernas, chutando sem querer o lava-roupas. O frasco vira e é claro que eu não tinha fechado a tampa direito, então o produto se espalha por todo lado. Hoje não é o meu dia. Na verdade, acho que não é o meu *ano*.

Vou ao banheiro da lavanderia e pego um monte de papel-toalha para limpar a bagunça. Volto ao lugar onde derramei o lava-roupas e me agacho. Bom, pelo menos vou ter o que fazer até terminar o ciclo da máquina de lavar. A que ponto chegamos.

Mas, ao me agachar para limpar o chão, um aroma cítrico me atinge em cheio. Não tinha percebido antes, mas, agora que o frasco virou, é óbvio.

Limoneno.

A porcaria do ***meu*** detergente tem limoneno.

Pego o frasco, que agora está quase vazio. É o mesmo lava-roupas para peles sensíveis que uso desde sempre, sem qualquer fragrância ou aditivos químicos. Confiro os ingredientes para ver se limoneno aparece na lista. Não aparece.

Isso significa que alguém colocou um produto com limoneno no meu lava-roupas sem que eu soubesse.

Faz sentido. Até que enfim descobri por que estava tendo reação alérgica às roupas que eu lavava, mesmo limpando a máquina de lavar obsessivamente antes de cada uso. Porque *tinha limoneno no meu lava-roupas*.

Estou tão furioso que sinto vontade de arremessar o frasco do produto na parede. Por impulso, pego meu celular e escrevo uma mensagem para Krista:

> Whitney estava colocando limoneno no meu lava-roupas! É por isso que eu estava com alergia! Eu disse que ela estava por trás disso tudo!

Assim que envio a mensagem, fico arrependido. Krista já acha que tem alguma coisa estranha rolando entre mim e Whitney. Minha mensagem só vai piorar as coisas.

Tento apagar a mensagem, mas ela já está marcada como "lida". Tarde demais. Krista leu o que escrevi. E, mais uma vez, não me responde.

É, reconquistar Krista não vai ser tão fácil quanto eu esperava que fosse. Mas primeiro preciso dar um jeito de me livrar de Whitney. Minha vida só vai melhorar se aquela mulher for embora da minha casa.

Porém, antes de qualquer coisa, preciso comprar mais do meu produto hipoalergênico e lavar minhas roupas. De novo.

Chegou a hora de limpar essa bagunça.

CAPÍTULO 32

Como estou sozinho e sem dinheiro, depois de lavar minhas roupas, vou atrás de um carrinho de comida árabe *halal* para jantar.

Não me julgue. Na verdade, adoro essas comidas de rua e acho irresistível o aroma da carne grelhada e alho assado. Fico até admirado quando eles não colocam os preços dos pratos no carrinho e falam um valor aleatório depois que já prepararam seu pedido. Infelizmente, depois que Krista teve uma intoxicação alimentar séria ao comer num desses ambulantes na entrada do Central Park, ela não quis mais comprar de qualquer um. Mas ela não está aqui agora, e esse episódio foi num *food truck* completamente diferente. Não é justo discriminar todos os ambulantes por causa de um que fez Krista vomitar por duas horas seguidas.

Estou na fila esperando para comprar meu *wrap* de falafel quando, de repente, tenho a sensação de estar sendo observado. Tento ignorar essa sensação o máximo que posso, porque, sabe como é, a cidade é cheia de gente e tem sempre um esquisitão que fica encarando as pessoas na fila de carrinhos de ambulantes.

Mas a sensação não passa e me incomoda tanto que dou uma olhada ao redor, tentando provar para mim mesmo que é paranoia. E preciso olhar de novo para ter certeza do que vi.

Porque, numa banca próxima ao carrinho, um homem está me encarando.

O homem é magro e baixinho, com roupas amarrotadas e um cavanhaque desgrenhado. Assim que vê que eu estou olhando, ele desvia o olhar, como se estivesse muito interessado nos chicletes à venda na banca. Será que ele estava olhando para mim ou só pensando no que comer? Com certeza, é a segunda opção. Eu poderia deixar toda essa história para lá se não fosse por um detalhe…

Ele me parece extremamente familiar.

Olho para o boné em sua cabeça, tentando puxar alguma coisa pela memória. É um boné de beisebol branco com um pinguim. Não é o tipo de boné que um homem adulto usa e tenho certeza de que já o vi antes.

Então finalmente lembro. Ele era um dos candidatos a inquilino. O cara que queria furar a parede e que eu precisei mandar embora. E, como se não bastasse, tenho certeza de que vi esse sujeito pelo menos mais uma vez desde então.

Ele levanta a cabeça e, desta vez, quando nossos olhares se cruzam, ele não desvia.

Saio da fila — o que me tira do sério, porque já estava esperando havia dez minutos — e sigo em direção à banca de revistas. O homem ajeita o boné e, mais uma vez, abaixa a cabeça.

— Qual é o problema? — questiono.

Ele não me responde, apenas pega um pacote de Mentos e analisa a embalagem.

Pigarreio para chamar atenção.

— Eu perguntei *qual é o problema*.

A princípio, tenho certeza de que ele vai me ignorar, mas então o cara ajeita o boné mais uma vez e levanta a cabeça para me encarar.

— O que você fez com a Whitney — diz ele, entre os dentes — foi *horrível*.

Fico boquiaberto. Como assim? Como esse cara aleatório conhece Whitney? Não pode ser coincidência, pode? E o que eu fiz de tão horrível?

— O que foi que você disse? — rebato.

— Você me ouviu.

Mais uma vez, ele não desvia o olhar. Está me encarando, me desafiando.

Nesse momento, percebo que sou pelo menos meia cabeça mais alto que esse esquisitinho e devo ser uns bons vinte quilos mais pesado. Não tenho ido à academia com a mesma frequência de quando estava desempregado, mas ainda estou forte. Nunca dei um soco em ninguém na vida, mas, se resolvesse fazer isso agora, seria capaz de nocautear esse cara. E acho que eu me sentiria tão *bem* fazendo isso.

Dou um passo na direção dele, sentindo a raiva aumentar.

— O que *foi* que você disse?

O magrelo arregala os olhos, porque sabe que não estou para brincadeira e que poderia acabar com ele se quisesse. Ele sai correndo pela rua, o que me faz pensar nos ratos que vejo quando pego o metrô.

Pelo menos não estou tão paranoico assim. Aquele cara estava mesmo me observando, não era uma coisa da minha cabeça. Mas esse fato não faz com que eu me sinta nem um pouquinho melhor. Porque não faço ideia do motivo.

CAPÍTULO 33

Já estou bem animado.

Estou terminando a quarta cerveja. Ou será a quinta? Já perdi a conta.

Quando eu trabalhava na Coble & Roy, cinco cervejas não faziam nem cócegas. Mas, desde que saí da empresa, não tenho mais bebido tanto. Normalmente, uma ou duas vezes por semana, tomo uma cerveja no fim do dia. Então estou *sentindo* o efeito dessas cervejas. Mas hoje preciso de alguma coisa para me anestesiar. Não estou bêbado ainda, mas vou ficar.

Minha vida acabou. Perdi meu cargo de VP. Não sei como vou pagar a parcela do financiamento da casa no mês que vem, porque já usei todas as minhas economias e o aluguel que Whitney paga não é suficiente para fazer com que a conta feche. Krista foi embora.

E minha inquilina tem uma vendeta, que eu não entendo, contra mim.

Depois que termino minha cerveja, vou cambaleando até a cozinha para pegar mais uma. Noto que as moscas-das-frutas reapareceram nos últimos dias. Não quero nem pensar que coisa podre Whitney escondeu na cozinha desta vez. Não tenho forças para ir atrás disso agora.

Abro mais uma garrafa e jogo a tampa no lixo. Tomo um bom gole enquanto estou voltando para o sofá. Mas, ao entrar na sala de estar, tropeço no tapete, embolando um dos cantos, e caio de joelhos.

Resmungo um palavrão. Talvez eu esteja mais bêbado do que pensava. Tapete idiota. Não sei como consegui tropeçar nele, e, quando tento ajeitar a ponta que ficou embolada, me dou conta de que o tapete está fora do lugar. Esse canto deveria estar debaixo do sofá, mas não está, por isso tropecei.

Não sei como não percebi antes, mas, em algum momento nas últimas semanas, alguém mexeu no tapete. Uma boa parte dele ficava debaixo da mesinha de centro. Agora, mais da metade dele está *ao lado* da mesinha, no caminho entre o sofá e a cozinha. Eu me lembro de ter pensado que havia algo estranho na sala de estar, mas até então não sabia dizer o que era.

Por que alguém mexeria no tapete?

Apesar da minha embriaguez (ou talvez por causa dela), decido colocar o tapete no lugar certo. Movo a mesinha de centro para poder puxar o tapete. Porém, ao fazer esse movimento, percebo que no piso de madeira, debaixo de onde o tapete estava, há uma grande mancha marrom.

O que é *isso*?

Por que o chão da minha sala está manchado? Pisco algumas vezes, tentando entender o que é aquela mancha. Não havia nenhuma mancha no chão quando me mudei para cá, mas isso está aqui há tempo suficiente para ter penetrado nas tábuas de madeira. Como uma mancha surgiu do nada *debaixo* do tapete se ele continua limpo?

Será que alguém puxou o tapete para cobri-la?

Analiso a mancha, que tem mais ou menos quinze centímetros de diâmetro. Não sei dizer o que é. Parece que alguém derramou uma taça de vinho ali.

Eu me agacho para olhar de perto a mancha marrom arredondada e passo o dedo na madeira do piso. Está bem seco. Será que consigo limpar?

Volto para a cozinha e pego várias folhas de papel-toalha, molho todas elas e pego também um produto de limpeza no armário debaixo da pia. Se Whitney derramou alguma coisa no meu piso que não sai mais, não vou perdoar. Vou descontar do depósito caução.

Espirro uma quantidade generosa do produto de limpeza no piso e espero sessenta segundos para que ele faça efeito. Talvez não seja o suficiente, mas, como não quero perder a noite inteira limpando o chão, dou uma primeira limpada com o papel-toalha. Fico aliviado ao ver que a mancha está saindo. Mas…

Não tinha percebido isso quando a mancha estava seca, mas, agora que passei o papel-toalha, fica evidente que não vi direito a cor. A mancha não é marrom.

É vermelho-escura.

Deve ser vinho. Pela cor, só pode ser. Quero dizer, mais ou menos: não se trata daquele tom púrpura que me faz pensar em vinho. Mas deve ser. O que mais poderia ser? Que outro líquido vermelho-escuro poderia manchar o piso da minha sala?

Tá bom, tem mais uma opção.

Sim, é cor de sangue. Parece mais com sangue do que vinho. E tem um aroma metálico estranho. Mas não pode ser. Por que haveria uma mancha de sangue no meu piso?

Enquanto observo o papel-toalha, tentando raciocinar com meu cérebro embotado de cerveja, a campainha toca. Levo um susto e meu coração acelera. Alguma chance de ser Krista? Ela não deu mais notícias, mas talvez tenha decidido aparecer sem avisar

Mesmo que tenha vindo só para pegar mais roupas, espero mesmo que seja ela.

Depois de hesitar por um instante, volto a cobrir a mancha no chão com o tapete. Apesar de ter saído um pouco no papel-toalha, a mancha ainda é bem visível. E não quero, de maneira nenhuma, que Krista a veja.

Mas não é Krista que vejo pelo olho mágico. É um homem usando um terno escuro, parado à minha porta. Eu não o reconheço e, por um segundo, fico ali parado, tentando entender o que esse estranho está fazendo na minha casa às oito horas da noite.

Então ele toca a campainha mais uma vez.

— Quem é? — pergunto, sem abrir a porta.

— É o detetive Garrison, do Departamento de Polícia de Nova York — diz ele, alto o suficiente para ser ouvido do outro lado da porta. — O senhor teria um minuto para falar comigo, Sr. Porter?

O que um detetive quer falar comigo? Olho para trás, na direção do tapete que agora cobre o que pode muito bem ser uma mancha de sangue no chão da minha casa. Mas ele não deve ter vindo por causa disso.

Merda. Não queria ter de lidar com a polícia agora — nem nunca, para falar a verdade. Mas o que vou fazer? Dizer para ele, por favor, voltar outra hora? Essa não é uma opção.

Por fim, abro uma fresta na porta. É só quando sinto o ar frio de novembro que me dou conta de que estou só de cueca e camiseta. Não é a roupa ideal para receber um detetive. Mas tenho certeza de que ele já viu coisa pior.

O policial tem uma aparência despretensiosa. Aparenta uns 40 anos, tem cabelo castanho-escuro e olhos castanhos. Nenhuma característica marcante, a não ser por alguns vincos nas bochechas que o fazem parecer mais velho do que provavelmente é. Sua característica mais marcante é a voz, que é mais grave do que se espera de alguém de seu tamanho e sua constituição física.

— Blake Porter? — pergunta ele.

— Ã-hã.

— Sou o detetive Garrison — diz ele, apesar de ter me falado seu nome quando a porta ainda estava fechada. — Eu gostaria de fazer algumas perguntas. É sobre o seu vizinho.

Não fico muito feliz de deixar um policial entrar na minha casa quando há algo suspeito sob meu tapete. De qualquer forma, a mancha está coberta. E o detetive não está investigando um homicídio. Não sei por que ele quer falar comigo sobre o Sr. Zimmerly, mas não parece grave. Não há nada de muito emocionante no fato de um velho ter escorregado e batido a cabeça no banheiro de casa.

— Claro. — Dou um passo para trás, amassando o papel-toalha que estou segurando na mão direita. — Entre.

O policial entra na minha casa e rapidamente fecho a porta, impedindo o ar frio de entrar. Alterno o peso do corpo entre uma perna e outra, desejando que estivesse pelo menos de calça. Por que não vesti uma calça antes de atender à porta? Qual é o meu problema?

— Bela casa — comenta o policial.

— Obrigado. — Tento sorrir, mas não dá muito certo. — Então… o que aconteceu? Algum problema? O Sr. Zimmerly continua morto, não?

Faço uma careta. Nossa, que piada de mau gosto. Pela expressão do policial, ele também não achou nada engraçado. Mas eles não podem me prender por ter um péssimo senso de humor.

— Ele continua morto — confirma o detetive Garrison.

— Fico triste com isso — digo, tentando parecer uma pessoa mais sensível.

— Fica? — Ele levanta uma sobrancelha. — Por que o senhor fica triste?

— Ah, porque ele caiu e bateu a cabeça. — Coço meu antebraço com a mão que não segura o papel-toalha, apesar de não estar sentindo coceira nenhuma. Resolvi de uma vez por todas o problema da irritação de pele quando troquei o produto que uso para lavar roupas e passei a guardá-lo no meu quarto. — Quem sabe, se eu tivesse chegado antes, antes de ser tarde demais, digo, ele não poderia estar vivo?

— Acho que não.

— Bom, pode ser. Mas não temos como ter certeza.

O policial me encara.

— Na verdade, o médico-legista acha que a morte do seu vizinho não foi causada pela queda.

O *quê?*

— Não entendi. — Balanço a cabeça. — Por que fizeram uma autópsia em um senhor de mais de 90 anos? Me parece um desperdício de tempo e de dinheiro.

— Porque foi uma morte acidental. E foi bom terem feito a autópsia, porque o médico-legista acha que a lesão não é compatível com uma queda na qual o seu vizinho bateu a cabeça na pia ou na banheira. Ele acha que a lesão foi causada por objeto contundente.

Fico olhando para o policial.

— O quê? O que isso significa?

— Significa que alguém acertou a cabeça do seu vizinho. — O policial franze a testa. — Significa que ele foi assassinado.

CAPÍTULO 34

Sinto uma tontura repentina. Tenho de me apoiar na parede para não cair. As quatro ou cinco cervejas que tomei estão pesando no meu estômago.

— O senhor estava bebendo, Sr. Porter? — pergunta o detetive Garrison.

Não gosto do tom que ele usa comigo. Está de noite e estou na minha casa. A Vigésima Primeira Emenda me dá o direito de tomar umas cervejas, é um direito constitucional até.

— Um pouco. Fiquei... fiquei um pouco surpreso. Vocês têm certeza disso?

— Certeza absoluta — responde Garrison. — Nós encontramos vestígios de sangue em um relógio antigo que estava na cornija da lareira.

O *relógio*.

Vi o relógio na sala do Sr. Zimmerly. Lembro-me de tê-lo achado parecido com o relógio da nossa cozinha, quase idêntico. Então me dou conta...

Quando foi a última vez que vi o relógio da nossa cozinha?

— Estou conversando com os vizinhos — acrescenta Garrison —, para ver se alguém viu alguma coisa.

— Não vi nada — digo, rápido. — Passei o dia inteiro no trabalho.

— Certo — diz ele —, mas o médico-legista disse que ele morreu na noite anterior. O senhor viu alguém entrar ou sair da casa dele por volta desse horário?

— Não — sussurro. — Eu... eu não vi nada.

Na noite anterior? Isso quer dizer que o sanduíche na bancada da cozinha não era um almoço, mas sim um pequeno e triste jantar. Ele estava prestes a comer quando alguém entrou na sua casa e o matou usando o relógio antigo.

De repente, fico desesperado para conferir se nosso relógio está na cozinha. Deve ser coincidência. Só *pode* ser.

— ... que não gostava do Sr. Zimmerly? — questiona Garrison.

Acabei me desligando da conversa com o policial. Estou muito confuso. Meu Deus, preciso de um café ou algo forte.

— O quê? — digo finalmente.

Garrison não parece ver muita graça nisso.

— O senhor conhece alguém que não gostava do Sr. Zimmerly?

— Não que eu lembre — respondo. — Ele era muito reservado.

— Ã-hã. — Ele assente com a cabeça lentamente. — E o senhor se dava bem com o Sr. Zimmerly?

Não gosto do rumo que as coisas estão tomando, mas faço minha parte.

— Nós não éramos amigos nem nada. Mas a gente se dava bem.

— Então por que vocês brigaram na semana passada?

De repente, eu me arrependo de várias decisões que tomei na vida recentemente.

— Foi por um motivo bobo. Tinha a ver com as latas de lixo. Picuinha de vizinho.

— Picuinha de vizinho — repete ele.

— Isso.

Ele inclina a cabeça sem tirar os olhos de mim.

— E aí o senhor jogou uma lata de lixo nele?

Merda.

— Eu não tinha intenção de acertar o Sr. Zimmerly. — Abaixo a cabeça. — Olha, o que aconteceu não teve nada a ver com ele. Minha noiva tinha terminado comigo e...

— Sua noiva terminou com você?

Por que ele fica repetindo tudo que eu falo? Passo uma mão trêmula pelo cabelo, que parece bem oleoso. Quando foi a última vez que tomei banho?

— A gente está passando por um momento conturbado. E resolvemos dar um tempo.

— Ã-hã.

A sala está girando. Preciso me sentar antes que eu caia. Será que esse policial acha que matei meu vizinho? É possível que ele pense isso?

Mas alguém o matou. Alguém acertou a cabeça do Sr. Zimmerly com um relógio de metal pesado. Não consigo nem processar uma coisa dessas.

— Sr. Porter — continua Garrison —, o senhor poderia me acompanhar até a delegacia para formalizarmos o seu depoimento? Eu providencio um café, podemos bater um papo e aí acabamos logo com isso.

— Eu... eu não...

— Além disso, seria ótimo coletar suas digitais — diz ele. — Só para podermos descartar sua participação no ocorrido e evitar qualquer dor de cabeça para o senhor.

Ele quer coletar minhas digitais.

Isso não é bom.

Ainda me sinto meio zonzo por causa das cervejas, mas estou bem o suficiente para saber que não devo ir até a delegacia sem um advogado e não devo dar informações que mais tarde esse policial possa usar contra mim.

Além disso, preciso me livrar do que tenho quase certeza ser uma mancha de sangue no chão da minha sala de estar e também do papel-toalha cheio de sangue em minha mão direita.

— Na verdade — digo —, não estou me sentindo muito bem. Acho que não consigo ir agora. Acho... que preciso me deitar um pouco.

— Eu posso te dar uma carona — diz ele. — Estacionei meu carro bem perto daqui.

Estou com uma sensação péssima e acho que, se for para a delegacia agora, talvez eu nunca mais saia de lá.

— Desculpa — digo. — Agora não consigo. A não ser que... eu não sou obrigado a ir, sou?

O detetive Garrison fica em silêncio por um instante, e tenho medo de que saque um par de algemas, me prenda e *me obrigue* a ir até a delegacia. Mas ele não faz isso. Só balança a cabeça.

— Não — responde ele —, o senhor não é obrigado. Pelo menos por enquanto.

Por enquanto. Isso não me parece nada bom. Mas é melhor do que ser algemado.

— Tudo bem — diz ele. — Vou embora. Obrigado pela atenção.

Suspiro aliviado quando ele dá meia-volta e segue na direção do hall de entrada. Ele vai embora. Graças a Deus. Eu me apresso para abrir a porta.

— É possível que eu precise voltar para fazer mais perguntas, Sr. Porter — diz ele, enquanto tento, com dificuldade, girar a chave na fechadura. Meus dedos não estão se movimentando direito. — Peço que fique à disposição.

— Claro — digo. — Fico feliz em ajudar no que for preciso.

Não fico feliz. Espero que ele nunca mais volte.

Fico olhando pela janela até o policial sumir de vista. Como pode? Será que o Sr. Zimmerly foi mesmo assassinado? Que absurdo! Quem mataria um homem velho assim? Quero dizer, mais um pouco e ele acabaria morrendo de causas naturais.

A não ser que...

Seria coincidência o fato de o Sr. Zimmerly ter sido morto pouco depois da discussão que tivemos na rua? O que o policial teria descoberto se ele tivesse registro das minhas digitais?

Quase tropeço em minhas próprias pernas ao voltar rápido para a cozinha. A primeira coisa que faço é jogar fora o papel-toalha sujo de sangue. Então olho para a bancada da cozinha, onde Krista havia colocado o relógio que compramos em um antiquário, quando a vida ainda era boa.

O espaço onde antes ficava o relógio está vazio.

Merda.

Será que faz tempo que o relógio não está mais ali? Não sei dizer. A última semana foi uma confusão. Mas está claro que alguém usou o relógio da nossa cozinha para matar o Sr. Zimmerly. E esse alguém o deixou na cornija da lareira da casa dele, sabendo que identificariam o objeto como arma do crime. Além disso, tenho certeza de que ele deve estar cheio das minhas digitais.

Talvez a situação não seja tão ruim assim. É bem possível que… sei lá… Krista tenha dado o relógio de presente para o Sr. Zimmerly. E o relógio, por acaso, acabou se tornando a arma que um ladrão assustado usou para reagir.

Mas não acho que seja isso.

Sinto meu coração acelerado quando volto para a sala de estar. Levanto o tapete mais uma vez para ver a mancha no piso. Agora que ela está úmida, dá para ver que é mais vermelha do que marrom. E, quando aproximo meu nariz do piso, o cheiro não tem nada a ver com vinho.

Ouço a chave girar na porta da frente e ergo a cabeça. Consigo me levantar a tempo de ver Whitney entrar na sala, usando um casaco leve. Ela parece surpresa ao me ver.

— Olá, Blake — diz ela. — Atrapalhei o momento especial que você estava tendo com o chão da sala?

Seria possível *Whitney* ser a responsável pelo que aconteceu com o Sr. Zimmerly? Será que ela pegou o relógio da cozinha e deu na cabeça dele para tentar armar para mim? Apesar de tudo, é muito difícil imaginá-la fazendo algo tão frio e calculista. Mas não é impossível. Você nunca sabe do que uma pessoa é capaz.

Aponto para o piso de madeira, feliz de estar meio bêbado e desinibido.

— Que mancha é essa, Whitney?

Ela entra no jogo e vem na minha direção. Então olha a mancha e esboça um sorriso.

— Vai dar trabalho para limpar.

— Foi você que fez isso?

Ela faz cara de inocente.

— Meu Deus, como você está paranoico, hein? Talvez você devesse parar de beber.

— Eu tomei *três* cervejas — digo, entre os dentes. Tá bom, quatro. Cinco, no máximo. — Talvez você devesse parar de agir como uma filha da mãe manipuladora.

— E o que você vai fazer? — Ela cruza os braços, com um olhar desafiador. — A mesma coisa que você fez com o Sr. Zimmerly?

Fico boquiaberto. Ela está falando sério?

— Um policial veio falar comigo hoje de manhã, quando eu estava saindo para o trabalho. — Ela está curtindo minha expressão de surpresa. — Fiz questão de dizer para ele que você não ia com a cara do Herb.

A fúria que sinto é quase incontrolável. Como ela teve a *coragem* de falar de mim para a polícia? Sim, o Sr. Zimmerly me irritava às vezes, mas eu não seria capaz de ir até a casa dele para matá-lo, pelo amor de Deus.

— Eu *jamais* seria capaz de machucar o Sr. Zimmerly. Não é possível que você ache que eu poderia fazer uma coisa dessas!

— Eu não sei do que você é capaz. Você vive tendo acessos de fúria por qualquer besteira. Você é extremamente paranoico. Você praticamente *me ameaçou*. E quando chego do trabalho à noite encontro você vagando pela casa como se estivesse em transe. Só Deus sabe o que você anda fazendo.

Isso tudo é verdade? Não fico vagando pela casa a noite inteira. Sim, tenho tido problemas para dormir. Mas não chega a *tanto*.

Chega?

Não, não chega. Whitney está tentando mexer com a minha cabeça. Ela quer fazer com que eu pense que estou pirando. Ela está até me fazendo achar que eu poderia ser responsável pelo que aconteceu com o meu vizinho, mesmo sabendo que não tive nada a ver com isso. Ela é uma pessoa do mal.

De repente, sinto um desejo incontrolável de agarrar o pescoço magro de Whitney. Sou muito mais forte do que ela. Bastaria apertar por tempo suficiente e eu nunca mais teria de olhar para esse sorriso debochado outra vez.

Seria tão fácil...

Não paro de pensar naquela vidente que esteve aqui antes de conhecermos Whitney. Ela parecia ter muita certeza de que eu esfaquearia alguém nesta sala de estar. Ela disse que me viu ao lado do cadáver de Krista. O medo nos olhos dela era real a ponto de dizer para Krista fugir. Na época, achei aquilo tudo uma besteira.

Mas e se ela estiver certa? Pelo menos em parte da história? E se ela estiver certa sobre o que acontece, mas errada em relação à mulher que ela viu?

Dou um passo para trás, chocado com meus próprios pensamentos. Eu jamais esfaquearia alguém. Isso está fora de cogitação. O que Whitney está fazendo comigo?

— Eu... eu vou para a cama — resmungo para mim mesmo.

Não estou cansado, mas tenho de sair daqui. Preciso me afastar de Whitney antes que eu faça algo de que depois me arrependa.

Subo as escadas o mais rápido possível, sentindo o olhar de Whitney às minhas costas o tempo inteiro.

CAPÍTULO 35

Na manhã seguinte, acordo com uma ressaca horrível.

Estou com uma dor de cabeça daquelas que costumava ter quando tomava todas aos 20 e poucos anos. Fazia anos que não tinha uma ressaca tão forte, e olha que eu costumava beber muito mais naquela época. Desde que conheci Krista, não tive mais vontade de encher a cara com meus amigos.

Espero que ela volte para mim.

Estou deitado na cama quando escuto a campainha tocar. Agarro o travesseiro ao meu lado e cubro a cabeça com ele, torcendo para que a pessoa à porta vá embora, ou, quem sabe, Whitney possa atender. Mas, quando a campainha toca uma segunda vez, me dou conta de que isso não vai acontecer. Além disso, não posso faltar ao trabalho. Kenny já não vai muito com a minha cara.

Por fim, eu me levanto da cama, o que faz a dor de cabeça piorar. Estou com a sensação de que minha boca está colada, de tão seca. Nem sei como vou chegar ao trabalho hoje. Talvez tenha de ligar e dizer que estou doente, algo que detesto fazer. Eu costumava ter tanto orgulho da minha ética profissional.

Ao sair do quarto, escuto vozes no andar de baixo. No fim das contas, Whitney já abriu a porta e parece que é algum conhecido. Agora que não preciso mais atender à porta, vou ao banheiro e mijo sem parar pelo que parece durar uns cinco minutos.

Desta vez, visto uma calça de moletom antes de descer. Se Whitney está com alguém, é melhor que eu não apareça só de cueca. Embora isso seja estranho, porque ela *nunca* recebe ninguém. Ela saiu algumas vezes desde que se mudou para cá, mas nunca trouxe ninguém para casa. Nem uma vez sequer. Não acho que ela tenha amigos — não que eu conheça, pelo menos. Isso não é um sinal de sociopatia?

Já desci metade do lance de escadas quando consigo ver que Whitney está conversando baixinho com alguém na sala de estar. Ela põe a mão no braço da pessoa. Levo um segundo para reconhecer quem é e pisco algumas vezes, porque não sei se estou enxergando direito.

É Malcolm.

Ele está de terno e gravata, provavelmente a caminho da Coble & Roy para exercer o cargo que deveria ser meu. Desço mais alguns degraus, ignorando a dor de cabeça. O que ele está fazendo aqui? Será que veio conversar comigo sobre Krista? Ou será que tem alguma coisa a ver com a Coble & Roy? E por que ele está conversando com Whitney como se os dois fossem velhos amigos?

Fico parado na escada tentando ouvir a conversa sem que eles me vejam, mas não consigo. Dou mais um passo e prendo a respiração para não fazer nenhum barulho.

— Blake! — exclama Malcolm. — Olá, olá, olá!

Fui flagrado.

— Oi. — Termino de descer o lance de escadas sem ser capaz de dar nem um sorriso falso. — O que está rolando?

Malcolm e Whitney trocam olhares, o que acho muito estranho. Whitney coloca as mãos nos bolsos do casaco, sorri para Malcolm e segue em direção à porta.

— É melhor eu ir trabalhar — diz ela. — Vou deixar você conversar com o Blake.

Mas o que está acontecendo?

— De onde você conhece a Whitney? — pergunto, da maneira mais casual que consigo.

Ele hesita por uma fração de segundo.

— Ela trabalha no Cosmo's. Eu adoro aquele lugar.

Acho que faz sentido. Mas sobre o que eles conversaram por tanto tempo? Não posso perguntar.

— A que devo a visita?

— Olha, Blake. — Ele coloca as mãos nos bolsos do casaco que está usando sobre o terno. — Quero pedir desculpa pelo modo como agi quando nos encontramos no Cooper's. Sei que está passando um mau bocado e fui babaca com você.

— Tá bom... — O pedido de desculpa parece sincero, mas é estranho que tenha demorado tanto. — E foi por isso que você veio até aqui? Para pedir desculpa?

Malcolm está mexendo no bolso. A princípio, parece que ele está pensando no que dizer, mas então me dou conta de que está procurando alguma coisa. Alguns segundos depois, ele me mostra uma caixinha de veludo azul e sinto um aperto no peito.

— Não — sussurro. — Não.

— Sinto muito, Blake — diz ele.

— Não. — Dou um passo para trás, como se a caixinha de veludo fosse capaz de me envenenar. — Não aceito que você faça isso. Ela *não* vai terminar o nosso noivado assim.

— Ela não terminou. — Ele tenta colocar a mão no meu ombro, mas eu me esquivo. — Krista disse que só precisa de um tempo e queria que você ficasse com a aliança. Ela disse... ela acha que o dinheiro pode ajudar você a pagar as contas.

Odeio o fato de que ela tem razão. Se eu vender a aliança, posso segurar as pontas por mais um mês ou dois. Mas e depois? De qualquer forma, vou acabar perdendo tudo.

— Blake... — A expressão de Malcolm é de dó. — Ela ainda gosta de você. Você só precisa dar um tempo para ela.

Engulo em seco.

— É melhor você ir embora.

— Blake…

— Só… vai embora. *Agora*.

Nos últimos dez anos, só chorei uma vez, e foi quando minha mãe morreu. Mas estou muito perto de fazer isso agora. E não quero chorar na frente de Malcolm.

Com delicadeza, ele deixa a caixinha de veludo na mesa de centro. Então olha para mim uma última vez e vai embora.

Assim que ele fecha a porta, desabo no sofá e enterro o rosto nas mãos. Não. *Não*. Isso não pode acabar assim. Tenho de ver Krista. Tenho de falar com ela.

Pego o celular no meu bolso. Sem pensar duas vezes, escrevo uma mensagem:

Krista, preciso encontrar com você.

O balão com os três pontinhos surge na tela, e prendo a respiração, torcendo para que ela me responda. Espero que Krista aceite falar comigo.

Acho que não é uma boa ideia.

Que absurdo. Se Krista acha que pode terminar comigo usando Malcolm, vai ver só. Confiro o relógio no meu pulso: a lavanderia onde ela trabalha só abre daqui a três horas. Ela deve estar em casa. Minhas mãos tremem ao escrever a mensagem seguinte:

Estou indo aí agora.
Preciso encontrar com você.

Olho para a tela do celular, esperando que ela diga que vai chamar a polícia. Não sei o que vou fazer se ela disser isso.

Não quero ser preso, ainda mais agora que o policial com quem conversei ontem deu a entender que suspeita de mim. Então escrevo:

Por favor.

Aperto o celular, esperando pela resposta, que vem alguns segundos depois:

Tá bom. Pode vir daqui a uma hora.

Tenho tempo suficiente para tomar um banho.

CAPÍTULO 36

Dá para ir a pé até o prédio de Becky e Malcolm. Então, depois do banho, calço meus tênis e vou andando.

Chego ao prédio uns cinco minutos antes do horário combinado. Espero do lado de fora e fico andando de um lado para o outro na calçada. As pessoas começam a me olhar estranho. Pego o celular e uso a câmera para conferir se minha aparência está ok e, na verdade, pareço meio descabelado. Apesar de ter tomado banho há pouco tempo, meu cabelo está molhado e ficou bagunçado por causa do vento durante a caminhada, e também me dou conta de que minha camiseta está do avesso.

Preciso fazer uma manobra para tirar a camiseta, porque estou de casaco. Mas acabo dando um jeito de tirar a camiseta, desvirá-la e vesti-la de novo. Ao colocar o casaco por cima, percebo que uma mulher com o cabelo loiro platinado a alguns passos de distância me encara.

— *Blake?* — pergunta ela.

Naquela situação inesperada, e levando em conta que ela está com o cabelo diferente desde a última vez que a vi — mais curto ou mais longo? —, demoro alguns segundos para reconhecer minha ex-namorada.

— Gwen?

— É você *mesmo*. — Gwen parece surpresa, apesar de eu ter mudado pouco nos últimos dois anos. — O que está *fazendo*?

— Minha camiseta estava... — Gesticulo, sem jeito, mostrando a camiseta. — Enfim... ãh... e... tudo bem com você?

Ela estufa o peito e fica evidente que sua camiseta não está do avesso. E Gwen não cheira mais a cigarro. Será que ela parou de fumar?

— Estou ótima — responde ela, com uma voz animada, o que me surpreende. — Fui promovida no trabalho e fiquei noiva na semana passada.

Então ela exibe o anel com um diamante enorme.

Não sei por que ela está esfregando essas coisas na minha cara, porque foi *ela* que terminou *comigo* sem motivo algum. Na verdade, ela começou uma discussão besta que acabou com a gente terminando. Não sei se ela achou que o fim do nosso relacionamento foi culpa minha, mas, pela expressão em seu rosto, consigo ver que ela não tem nenhuma simpatia por mim.

— Fico feliz por você, Gwen — digo, sendo mais ou menos sincero. Não vou começar a listar minhas conquistas, com destaque para ter sido demitido e abandonado pela minha noiva. — Você parece estar ótima.

Ela me olha de cima a baixo.

— E você...

Ela não termina a frase. Ainda bem.

Olho para o relógio no pulso, está na hora.

— Enfim, foi bom te ver, mas tenho que ir.

Ela olha para mim de um jeito estranho que não me esforço muito para interpretar.

— Sim, eu também. Então... hum... a gente se vê por aí, Blake.

Sou capaz de apostar mil pratas, que eu não tenho, que a gente nunca mais vai se ver.

Rever minha ex-namorada não me deixou num clima muito bom para encontrar com Krista. Eu já estava ansioso, agora fiquei ainda mais. E se daqui a dois anos eu cruzar com Krista na rua e mal reconhecê-la? Só de pensar nisso sinto um aperto no peito.

Eu tinha me esquecido de que o prédio de Becky e Malcolm tem porteiro, e isso significa que, se eu tivesse tentado forçar minha entrada, não teria conseguido. Então me sinto grato ao ver o porteiro autorizar minha entrada quando lhe digo meu nome. No percurso de elevador até o andar deles, fico batendo o pé direito no chão, resistindo ao impulso de andar de um lado para o outro.

Quando me aproximo da porta do apartamento, sinto cheiro de canela. Sem dúvida, minha vinda estressou Krista, porque ela está assando cookies de canela. O aroma me atinge com uma onda de nostalgia — sinto tanto a falta dela. Mais do que nunca, estou determinado a reconquistá-la. Ajeito minha postura e bato à porta com confiança.

Estava certo de que Becky iria atender, então fico um pouco surpreso ao ver Krista. Seu cabelo loiro acobreado está preso em um coque bagunçado, que é sua marca registrada; os lábios, pintados de um rosa meio algodão-doce. E, para ser sincero, ela também parece um pouco cansada e descabelada. Mas isso só a deixa mais bonita.

Faz pouco mais de uma semana que não vejo Krista, mas parece que já tem um ano. O que eu mais quero é dar um abraço nível dez nela.

— Oi, Krista — digo, sufocado.

Mal posso acreditar quando ela fica com os olhos marejados de lágrimas.

— Oi, Blake.

O anel de diamante está no bolso do meu casaco. Estou pronto para devolvê-lo.

— Posso entrar? — pergunto.

Ela respira fundo.

— Pode. Mas tem que ser rapidinho.

Sinto o aroma de canela mais forte quando entro no apartamento. Acompanho Krista até a cozinha, ela pega uma luva e retira os cookies do forno. Coloca a fôrma ao lado de outra fornada que já estava esfriando. Ela assou *muitos* cookies. É a prova de que está muito mal.

— O cheiro está ótimo — digo. — Como sempre.

Ela dá um sorriso discreto, mas não me oferece um cookie.

— Obrigada.

— Sinto saudades dos seus cookies.

— Obrigada.

— Sinto saudades *de você*, Krista.

Ela desvia o olhar, e suas bochechas ficam rosadas.

— Blake...

— Por favor, me dá mais uma chance. — Tento segurar sua mão, mas ela se afasta. — Não aconteceu nada entre mim e a Whitney. Juro pela minha vida.

— Acredito em você — suspira ela —, mas a questão é que você está obcecado por aquela mulher de um jeito muito tóxico. Você não fala de outra coisa, Blake!

— Isso não é verdade.

— Claro que é verdade! Você fala como se ela fosse a encarnação do mal, mas ela é uma pessoa como qualquer outra. Uma pessoa *legal*.

Cerro os dentes.

— Whitney pode ser várias coisas, mas legal *não* é uma delas. Na verdade...

Na verdade, acho que Whitney pode ter matado o Sr. Zimmerly.

Acho que alguma coisa terrível aconteceu na nossa sala de estar.

Acho que Whitney está tentando me incriminar por assassinato.

Ao pensar nisso tudo, me dou conta de como soa absurdo. Whitney tentando me incriminar? Que coisa mais ridícula. Não posso dizer uma coisa dessas em voz alta. Se Krista acha que estou obcecado por Whitney, dizer o que penso só vai piorar as coisas. Muito embora seja tudo verdade.

— Estou preocupada com você, Blake. — Ela franze as sobrancelhas. — Estou preocupada que... você esteja se desconectando da realidade. Estou com medo. Você anda tão paranoico que não me escuta mais.

Tá bom, não posso contar para ela de jeito nenhum que acho que Whitney matou o Sr. Zimmerly.

— Eu estou bem, Krista — insisto. — De verdade. A única coisa que me deixa mal é o fato de você ter ido embora.

— Eu precisava fazer isso. — Ela franze a testa. — Sinto muito, mas você perdeu o controle. Eu não estava mais conseguindo lidar com essa situação.

— Com que situação? — pergunto.

— Blake...

— Estou falando sério! De que situação você está falando?

Nem me dei conta de que ergui a voz até que Becky aparece atrás de mim com os braços cruzados. Ela pigarreia.

— Acho que está na hora de você ir embora, Blake — diz ela.

Olho para as duas. Becky me encara com raiva, enquanto Krista só parece triste. Não é justo. Não fiz nada de errado. Nunca traí Krista e não estou imaginando coisas com Whitney. Krista pode não acreditar em mim, mas sei que aquela mulher tem algo contra mim. Ela está tramando alguma coisa desde o instante em que se mudou para minha casa.

— Por favor, podemos conversar só mais um pouquinho? — peço à Krista.

— Não. — A voz de Becky é firme.

Não entendo por que ela age como se pudesse me barrar.

— Hora de ir embora. E só para você saber... — Becky me olha de cima a baixo. — Sua camiseta está do lado errado.

Abaixo a cabeça e não é que a etiqueta está mesmo para fora na parte da frente? Droga. Acho que vesti errado quando a desvirei. Como pode ser tão difícil vestir a porcaria de uma camiseta?

— Tá bom — digo. — Vou embora.

Olho para os cookies que estão esfriando sobre a bancada da cozinha. Será que um dia vou voltar a comer alguma coisa que Krista faz?

— Espere. — Krista deve ter visto a expressão no meu rosto, porque pega a espátula sobre a bancada. — Vou te dar uns cookies. Para você levar.

Tenho certeza de que jamais vou conseguir comer esses cookies, porque eles são tudo que me resta de Krista, mas deixo que ela embale alguns para mim. Guardo este momento na memória, enquanto observo seus dedos finos tirando os cookies da fôrma — as unhas pintadas de um tom claro de cor-de-rosa que deixa suas mãos parecendo ainda mais frágeis. Ela coloca seis cookies em um saco plástico Ziploc e o lacra para manter os biscoitos frescos. Ela se aproxima de mim e coloca o saco no bolso do meu casaco.

É um gesto estranhamente íntimo e me faz pensar que, apesar de tudo, existe uma chance de nós ficarmos juntos no futuro.

Se ao menos eu conseguir me livrar de Whitney.

— Tchau, Blake — diz ela.

— Tchau, Krista — respondo.

Ela me dá um abraço nível sete, que é forte o suficiente para me dar um pouco mais de esperança. Eu a seguro por tanto tempo que Becky olha para mim com reprovação. Mas que se dane a Becky.

De um jeito ou de outro, Krista vai voltar a ser minha.

CAPÍTULO 37

Quando volto para a brownstone, a primeira coisa que faço é verificar se Whitney está em casa. Quando tenho certeza de que estou sozinho, pego meu notebook e me sento no sofá. Espero o computador ligar e, em seguida, abro a certidão de antecedentes criminais de Whitney que tinha baixado antes de ela vir morar com a gente, quase cinco meses atrás.

O documento não revela muito. Ele certifica que ela nunca foi detida nem presa. Não há nenhum mandado de prisão contra ela. Basicamente, comprova que, se Whitney cometeu algum crime na vida, ela nunca foi pega.

Mas não é essa a informação que estou procurando.

A certidão indica também a cidade onde ela nasceu. Um lugar do qual nunca ouvi falar, chamado Telmont, em Nova Jersey. Dou uma olhada na Wikipédia e vejo que a cidade fica no condado de Sussex e tem uma população de quinze mil habitantes. De carro, fica a mais ou menos duas horas de Manhattan.

Nunca estive nesse lugar. Tenho certeza. Mas algo no nome da cidade não me é tão estranho.

Investigo mais um pouco e descubro que a cidade é tão pequena que só tem uma escola de ensino médio. Abro a página da escola e encontro um número de telefone.

Encaro o número de telefone na tela do meu notebook. Não sei muito bem o que estou fazendo. Só porque Whitney nasceu em Telmont, Nova Jersey, não quer dizer que ela cursou o ensino médio na cidade. Na casa de Becky, percebi que ela e Krista estavam olhando para mim como se eu tivesse enlouquecido — como se estivessem *com medo* de mim — e, agora que estou aqui, pesquisando escolas de ensino médio em Nova Jersey, uma parte de mim pensa que talvez elas estejam certas.

No entanto, minha intuição me diz que tem alguma coisa errada.

Deixei meu celular em cima da mesinha de centro e, agora, ele começa a vibrar. Pego o celular e sinto um frio na barriga quando vejo quem está me ligando. Droga, é o Kenny. Esqueci completamente de avisar que não ia trabalhar hoje. Atendo a ligação.

— Porter — diz ele, de maneira agressiva. — Onde você está? Você sabe que temos uma reunião com Haywood daqui a vinte minutos.

No meu antigo emprego, eu conduziria uma reunião dessas. Agora, sou o cara que tira xérox das planilhas e serve café. Além, é claro, de redigir as atas.

— Desculpa. Estou passando muito mal. Nem consegui sair da cama.

Há um longo silêncio do outro lado da linha.

— Você está doente?

— Estou. Acordei me sentindo mal. Com febre, calafrios. O negócio está feio.

— Entendi — diz ele. — Mas o Davidson me disse que viu você na rua hoje de manhã. Falou que foi no West Side, quando ele estava a caminho do metrô.

Será possível? Eu *estava* no West Side, em frente ao prédio de Becky e de Malcolm. Mas Davidson é um babaca, então não duvido de que seja capaz de inventar alguma coisa só para me prejudicar.

— Ele disse que você estava tirando a camiseta — diz Kenny.

Tá bom, era eu mesmo.

— Ah! — É tudo que consigo dizer.

— Então você não está doente.

— Eu só… — A última coisa que quero fazer é falar dos meus problemas com meu chefe, que já não vai muito com a minha cara. — Estou num momento difícil. Preciso de um dia para resolver umas coisas.

— O problema é a mentira. — Sua voz é firme. — Você poderia ter pedido um dia de folga. E você devia ter me avisado *no início* do dia. Mas, em vez disso, eu tive que ligar para você, porque você não se deu nem ao trabalho de aparecer na empresa e ainda mente para mim na caradura. Mas, depois de tudo que ouvi a seu respeito, acho que eu não devia me surpreender.

— Me… me desculpa — gaguejo.

— Você não quer trabalhar hoje? Tudo bem. Mas não precisa vir amanhã.

— Kenny…

— Pode deixar que mando entregar suas coisas. Tchau, Porter.

Então ele desliga na minha cara.

Ele me demitiu. Não consigo acreditar. Na verdade, *consigo, sim*, porque, nos últimos tempos, eu não estava mais me esforçando, mesmo quando ia para a empresa. Não consigo manter nem um emprego temporário.

Ele vai avisar à agência que fui demitido. E aí? Não sei. Acho que eles vão me arrumar outro emprego degradante. Vou precisar vender a casa, com certeza.

De alguma forma, Whitney está por trás disso tudo. Só não sei como nem por quê.

Volto minha atenção à tela do computador. Colégio Telmont. Como ainda é de manhã, eles devem estar abertos. Eu poderia ligar para o colégio.

Digito o número do telefone no meu celular. Começa a chamar imediatamente. Seguro firme o aparelho e, de repente, a palma da minha mão começa a suar. Não sei muito bem o que estou fazendo, mas preciso partir de algum lugar. Preciso de mais informações sobre Whitney Cross, e essa escola me parece um bom lugar para começar minha pesquisa.

Depois de tocar algumas vezes, uma mulher de voz simpática atende.

— Colégio Telmont — diz ela, animada.

Pigarreio.

— Olá, tudo bem? Meu nome é… John Sanders. Estou realizando um processo seletivo para uma vaga na minha empresa e gostaria de saber se é possível ter acesso ao histórico escolar de uma pessoa. A candidata disse que talvez vocês pudessem me enviar.

— Sim, podemos enviar sem problemas — diz a mulher, prestativa —, mas precisamos de uma autorização por escrito da estudante.

Droga, imaginei que ela pudesse dizer isso.

— Na verdade, enviamos a autorização por fax hoje de manhã. Vocês não receberam?

Para o meu alívio, ela ri.

— Ah, provavelmente. Recebemos uma pilha de faxes hoje de manhã e eu ainda não tive tempo de conferir todos. Mas tenho certeza de que está aqui.

— Com certeza — confirmo.

Ao fundo, consigo ouvir o barulho da mulher digitando no computador.

— Qual é o nome da pessoa?

— Whitney Cross.

Ela para de digitar de repente.

— Whitney Cross?

— Isso mesmo.

— Whitney Cross está concorrendo a uma vaga de emprego?

— Está, sim. Algum problema?

Do outro lado da linha, escuto a mulher inspirar com força.

— Talvez eu não devesse dizer nada, mas…

— Dizer o quê?

— Se Whitney está se candidatando a uma vaga na sua empresa, recomendo que você escolha qualquer outro candidato.

Aperto o celular na minha mão.

— Por quê?

Ela baixa o tom de voz.

— Whitney Cross… é uma pessoa muito perigosa. Se eu fosse você, ficaria bem longe dela.

CAPÍTULO 38

Whitney Cross é uma pessoa muito perigosa.

Teria sido útil receber essa informação *antes* de ela se mudar para a minha casa.

— Perigosa? — digo, com a voz fraca.

— Me desculpe, senhor…

Levo um segundo para me lembrar do nome que inventei.

— Sanders.

— Sr. Sanders — continua ela. — Eu não quero espalhar boatos. E isso foi há muito tempo.

— Ela tem referências excelentes. — Não estou mentindo. Falei com o chefe de Whitney no restaurante e com uma menina que tinha dividido um apartamento com ela, e os dois só disseram coisas boas sobre ela. *É a pessoa mais simpática e responsável que eu conheço*, o chefe dela me disse.

— Ah, não duvido — diz a mulher. — Whitney sempre foi muito boa em manipular as pessoas.

— Como é que você ainda se lembra dela? Faz muito tempo.

— É *impossível* esquecer o que Whitney fez. Pode ter certeza disso.

— Então… hum… — Estou me contorcendo no sofá. — O que foi que ela fez? Pergunto porque ela não tem nenhum antecedente criminal.

— Bom, isso faz sentido — admite a mulher. — Porque Whitney sempre conseguiu se manter longe de problemas. Se eu lhe enviar o histórico escolar dela, o senhor vai ver que as notas eram excelentes. Ela era muito esperta.

— Mas...

— Ela era manipuladora — diz ela, numa voz baixa. — Ela era daquelas garotas que viviam cercadas de amigos, mas dava para ver que nenhum deles era amigo *de verdade*. E, se alguém fazia algo de que ela não gostava, ela fazia questão de acabar com a vida da pessoa.

— Acabar com a vida da pessoa?

— Tudo isso são suposições, Sr. Sanders. — De repente, ela parece relutante em falar mais. — Não quero espalhar boatos sobre ela. Talvez ela tenha mudado.

Mas a sensação que eu tenho, na verdade, é que essa mulher *adora* espalhar boatos. Eu só preciso fazer com que ela continue falando.

— Tudo o que estamos conversando será tratado com confidencialidade — digo, para tranquilizá-la. — Mas, como se trata de um cargo importante, preciso ter certeza de que ela é a candidata certa.

— Ah, entendi.

— Então, se houver qualquer informação que você considere relevante, agradeço se puder compartilhar comigo. Isso me ajudaria muito.

— Está bem. — Ela baixa o tom de voz mais um pouco e preciso me esforçar para ouvi-la. — A gente sempre ouvia histórias sobre coisas que ela tinha feito quando era mais nova, mas eu mesma nunca presenciei nada. Eu não sabia do que Whitney era capaz até o terceiro ano, quando aconteceu uma confusão envolvendo o namorado dela.

— Namorado?

— O nome dele era Jordan Gallo — conta ela. — Não era um menino ruim. Jogava no time de futebol americano. Eles estavam namorando havia mais ou menos um ano. E parece que ele acabou traindo Whitney com outra menina. Sabe como os meninos são... O típico drama adolescente que se vê por aí aos montes. Eles terminaram, e Whitney fez de tudo para acabar com a vida de Jordan.

— Ah! — Essa história não tem nada de mais. Como ela disse, parece um típico drama adolescente. Fico até surpreso de ver que essa mulher ainda se lembra dessa história quinze anos depois.

— Sr. Sanders, Jordan Gallo acabou pulando do telhado da escola.

Fico em choque.

— O quê?

— Whitney *atormentou* o menino — sussurra ela ao telefone. — Eu me lembro de ter visto Jordan alguns dias antes de ele se matar, e o rapaz estava com uma aparência horrível. Como se estivesse sendo assombrado por um fantasma.

— O que ela fez para atormentá-lo?

— Só ouvi os boatos. Sou apenas a secretária da escola — sussurra ela, e mal consigo ouvi-la. Pressiono o celular na orelha. — Mas, logo depois que os dois terminaram, Jordan foi pego com uma prova roubada na mochila, e ele insistiu que não tinha ideia de como aquilo foi parar lá. Ele não chegou a ser expulso, mas foi proibido de jogar no time da escola. Futebol americano era a coisa mais importante da vida de Jordan, e ele contava com uma bolsa para fazer faculdade. Mas, depois de tudo o que aconteceu, ele não conseguiu bolsa nenhuma. — Ela faz uma pausa, como se estivesse se lembrando de mais coisas. — E teve a vez que Jordan abriu o armário dele e estava cheio de insetos. — Sou capaz de ouvi-la estremecendo.

Tudo o que aconteceu com Jordan Gallo é diferente do que aconteceu comigo, mas, ao mesmo tempo, assustadoramente parecido.

— E não para por aí — acrescenta a mulher. — Muito embora Jordan estivesse agindo estranho antes de morrer, seus pais insistem em dizer que ele jamais teria se matado.

— O que eles acham que aconteceu?

— Parece que Jordan e Whitney costumavam subir no telhado da escola para ficar sozinhos — diz ela. — Os pais dele disseram que Whitney o empurrou e fez parecer que foi suicídio.

— Que coisa... — Dou uma tossida. — Nossa. Que coisa horrível. Ela chegou a ser acusada?

— Eles tentaram convencer a polícia a investigar o caso — conta ela. — Mas Whitney sumiu. Quero dizer, ela simplesmente foi embora da cidade. Nem se deu ao trabalho de terminar o ensino médio. Nem os pais dela sabiam onde ela estava, ou pelo menos foi isso que eles disseram.

— Nossa.

— Eu achava que ela tinha ido embora do país — divaga a mulher. — Ela parecia ser o tipo de pessoa que queria viajar o mundo. De qualquer forma, ela teve que sair da cidade, porque a situação ficou tensa. Se ela tivesse ficado, acho que acabaria sendo acusada de homicídio.

— Bom, ela mora em Manhattan agora — digo timidamente. — Então...

— Meu Deus, eu não paro de buzinar no seu ouvido, né? — suspira ela. — Eu não queria deixar você preocupado. Esses são só boatos que ouvi muito tempo atrás.

Ainda assim, Whitney não mudou nada.

— Não se preocupe — digo. — São informações muito importantes essas que você me deu.

— O senhor ainda quer o histórico escolar dela?

— Ah, sim. Seria ótimo.

Dou o número do meu fax virtual, que encaminha os documentos para o meu e-mail. A secretária extremamente atenciosa do Colégio Telmont se despede e me deseja boa sorte, e espero o fax com o histórico escolar de Whitney chegar.

Quando desligo o telefone, minhas mãos não param de tremer. Vou ao banheiro para lavar o rosto e, quando vejo meu reflexo no espelho acima da pia, me dou conta de que estou com uma cara horrível. Meu cabelo está todo para o alto, minhas olheiras estão fundas e pareço ter envelhecido dez anos em poucos meses. Até meus dentes parecem mais amarelados.

Fico imaginando qual era a aparência do ex-namorado de Whitney antes de se jogar do telhado da escola.

Coitado de Jordan Gallo. Ele cometeu um pecado com Whitney Cross e ela o fez pagar muito caro.

E agora ela está fazendo o mesmo comigo. Porém, nesse caso, eu não sei o motivo.

Seco o rosto e vou até a cozinha. Estou me coçando para tomar uma cerveja, só para me acalmar um pouco, mas tenho noção de que são dez horas da manhã. Não quero seguir por esse rumo. Em vez disso, me sirvo um copo de água da torneira. Enquanto encho o copo, uma mosca zune perto do meu rosto. As moscas voltaram com tudo nos últimos dias, mas essas são maiores. Será que Whitney escondeu mais frutas podres na minha cozinha? Vindo dela, não duvido de mais nada.

Desta vez, percebo que as moscas estão voando em torno do vão entre a bancada da cozinha e a geladeira. É um espaço de mais ou menos oito centímetros, largo o suficiente para caber uma maçã ou pera podre, ou algo assim. Deve haver algo ali. Tenho certeza.

Pego o celular no meu bolso e ligo a lanterna. Ilumino o vão e, como era de se esperar, consigo ver o que parece ser um saco de papel enfiado ali.

Uma parte de mim quer deixar o saco ali mesmo. Não quero ter de lidar com mais vermes, não agora. Mas, quando me inclino na direção do espaço estreito, tentando enxergar melhor, o cheiro faz meu estômago embrulhar. Esse cheiro agora é diferente e muito pior do que o cheiro do saco com frutas podres que encontrei no armário.

O que tem ali dentro?

Eu me agacho ao lado da geladeira. Enfio o braço no vão, tentando pegar o saco de papel. Mas meu braço não é comprido o suficiente. Não consigo alcançar. Preciso de alguma coisa para me ajudar a alcançar o saco.

Começo a revirar uma das gavetas da cozinha e encontro uma colher de metal grande, daquelas de servir. Volto para perto da geladeira e uso a colher para puxar o saco de papel. Depois de algumas tentativas, consigo alcançar o saco e puxá-lo para fora do vão.

Se eu tinha alguma dúvida de que a causa do fedor e das moscas estava dentro do saco de papel, essa dúvida desapareceu por completo. Não sei o que tem ali dentro, só que o odor doce e pútrido é insuportável. Os insetos estão brigando para ver quem chega mais perto do negócio, seja lá o que for.

Tenho de olhar ali dentro. Tenho de saber o que tem no saco. Não quero ver, mas preciso.

Coragem, Blake. Não deve ser tão ruim assim.

Minhas mãos ainda estão tremendo. Com os olhos semicerrados, espio dentro do saco de papel, tentando não sujar a bancada da cozinha. Parece que são três itens pequenos, cada um deles com uns oito centímetros de comprimento.

Mas o quê...

Meu Deus.

Meu *Deus*.

É muito pior do que eu imaginava.

CAPÍTULO 39

Não é fruta podre.

Queria que fosse fruta podre. Seria muito melhor.

Mas são *dedos*.

Levo alguns segundos para assimilar aquilo. Porque os dedos estão inchados e sem cor. Além *disso*, ninguém espera abrir um saco de papel e encontrar três dedos lá dentro. Mesmo quando você está preparado para ver algo horrível, não espera encontrar algo *assim*.

Entendi que eram dedos por causa das unhas pintadas de cor-de-rosa.

Sinto um embrulho no estômago e sou tomado por uma onda incontrolável de náusea. Só de ver aqueles dedos dentro do saco e as moscas voando ao redor acho que não vou conseguir me segurar. Então respiro fundo algumas vezes e me sinto melhor. Quero dizer, melhor na medida do possível, já que segurando um saco de papel com três dedos dentro. Sinto os meus próprios dedos formigarem.

Quando me acalmo, pego o celular no meu bolso e começo a ligar para a polícia, mas paro e penso.

Talvez eu não deva chamar a polícia.

Parece a coisa mais óbvia a fazer. Esses dedos eram de uma pessoa, e tenho certeza de que ela não permitiu que fossem guardados na minha casa. Como vou explicar isso para a polícia?

Eu estava dando uma olhada na minha cozinha e encontrei esses dedos. Que coisa, né?

Além disso, não consigo parar de pensar no Sr. Zimmerly; em seu pequeno acidente que, no fim das contas, não foi acidente coisa nenhuma; e que as evidências do caso começam a indicar que talvez eu seja o culpado.

E se esses dedos também forem usados como prova contra mim?

Não faço ideia de como isso poderia acontecer. Afinal, não conheço ninguém que tenha sido assassinado ou que esteja desaparecido — a não ser Zimmerly, mas tenho certeza de que ele não perdeu nenhum dedo. E quanto àquela mancha de sangue no piso da sala que ainda não consegui limpar direito? Será possível que tudo isso seja obra de Whitney?

Largo o saco de papel na bancada da cozinha. Eu me sinto numa espécie de transe ao consultar os e-mails no celular e vejo que há uma nova mensagem na minha caixa de entrada.

É o histórico escolar de Whitney, enviado pelo Colégio Telmont.

O nome Telmont ainda soa familiar para mim. Sou capaz de jurar que já ouvi esse nome antes. Percorro as páginas do documento e, assim como a mulher que me atendeu tinha comentado, ele mostra todas as disciplinas que Whitney cursou no ensino médio e comprova suas notas altas. Mas nada disso me interessa. Apenas uma informação no histórico chama minha atenção.

O endereço da casa de Whitney.

Onde a família dela morava na época em que ela estava no ensino médio. E há uma chance razoável de eles ainda morarem no mesmo endereço. Fiquei com a impressão de que havia coisas na história de Whitney que a secretária do colégio não conseguiu me contar, e estou desesperado por mais informações. Existe algo importante a respeito de Whitney Cross que ainda não descobri, e o lugar de onde ela veio pode me dar as respostas que procuro.

Preciso falar com os pais dela. Preciso saber por que ela está fazendo isso comigo.

Eu poderia ligar, mas minha intuição me diz que eles não vão responder às minhas perguntas por telefone. Não, esse tipo de conversa precisa ser cara a cara.

Digito o endereço no aplicativo de mapas do meu celular. O percurso vai levar pouco mais de duas horas. Confiro o relógio no meu pulso. Se eu sair logo, consigo chegar ao destino no início da tarde. É claro que o fato de eu não ter um carro complica um pouco as coisas. Não dá para chegar a Telmont por meio de transporte público. E não tenho como saber se os pais de Whitney ainda moram no mesmo endereço. Eles podem ter ido embora da cidade, como qualquer um faria se sua filha fosse acusada de assassinato.

Eu devia chamar a polícia. É isso que uma pessoa normal que respeita as leis faria se encontrasse partes de um corpo em sua cozinha.

Mas fico pensando em Jordan Gallo. O coitado que ousou trair Whitney Cross. Não tenho dúvida de que ela foi responsável pela morte dele e fez parecer que foi suicídio. Acho que, se eu chamar a polícia, saio de casa algemado.

Que se dane. Vou para Telmont.

CAPÍTULO 40

A questão do carro vai ser um problema. Primeiro porque não tenho um, segundo porque o aluguel de um veículo é caro.

Na maioria das vezes, ter um carro em Manhattan é uma inconveniência. As ruas são traiçoeiras, quase não há onde estacionar e você pode ir para qualquer lugar de transporte público. Não tem motivo para ter carro.

Vários amigos meus da Coble & Roy tinham carro. Veículos de luxo que usavam como símbolo de status e para passear nos fins de semana. Como cresci numa família pobre, nunca tive vontade de gastar uma fortuna em um Porsche que passaria a maior parte do tempo guardado na garagem. Mas, como não convivo mais com nenhum desses amigos antigos, não posso ligar do nada pedindo para pegar o carro emprestado.

A única pessoa que conheço que tem um carro é Malcolm. Nós não somos amigos, mas, depois de ter roubado meu emprego e me dado a notícia de que minha noiva não queria mais saber de mim, talvez ele me faça essa caridade. Felizmente, tenho o número de Malcolm salvo no meu celular.

Antes de qualquer coisa, pego o saco de papel com os dedos e o coloco de volta onde estava. Assim, se Whitney voltar, ela não vai perceber que eu descobri o que ela escondeu na cozinha. E isso me dá a sensação de que estou um passo à frente dela.

Muito embora eu saiba que, agora, o pacote está coberto com as minhas digitais.

Localizo o número de Malcolm no meu celular e me preparo para ligar para ele, mas hesito, lembrando que hoje cedo ele e Whitney estavam conversando de uma forma bem amigável. Isso foi muito estranho. Por outro lado, faz sentido a explicação que ele deu de conhecê-la do restaurante. Não tenho motivo para não acreditar nele. Estou desconfiando de todo mundo nos últimos tempos.

Enfim, clico no número de Malcolm e o telefone começa a chamar. Talvez ele não atenda. Afinal, deve estar trabalhando. Sou o único fracassado aqui que não tem um emprego. Mas pelo menos tenho minha liberdade — por enquanto.

— Alô? — Escuto a voz grave de Malcolm ao telefone. — Blake? É você?

Pigarreio.

— Sim, sou eu.

— E aí, cara, tudo bem?

— Tudo tranquilo. — Essa deve ser a maior mentira que contei na vida. — Escuta, preciso pedir um favor.

— Claro. É só falar.

— Você me empresta o seu carro?

— Meu carro? — Ele parece surpreso. — Por que você precisa do meu carro?

— Preciso fazer uma viagem curta.

— Para onde?

— Aqui pertinho. Para Nova Jersey.

— *Nova Jersey*? — Se eu tivesse dito que iria para a lua, ele não teria soado tão surpreso. — O que você vai fazer *lá*?

— Vou visitar um amigo.

— E por que você não pega o trem?

— É um pouquinho mais… afastado. Onde você guarda o carro? Na garagem do seu prédio?

— É, ele fica na garagem, mas… — Malcolm hesita. — Não sei não, Blake. Do nada você quer ir para o fim do mundo em Nova Jersey? E se você sofrer um acidente? Não sei se meu seguro vai cobrir. Você tem seguro?

É óbvio que não tenho. Por que eu teria seguro de carro se não tenho carro?

— Sou um motorista muito cauteloso. Pode confiar em mim, vai dar tudo certo.

— Desculpa, cara. — Ele suspira. — Eu quero ajudar, mas… Acho que emprestar o carro não é uma boa ideia. Mas, escuta, e se a gente saísse para tomar um drinque e conversasse sobre essa situação, ou…

— Eu não preciso de um *drinque*! — rebato, ríspido. — Preciso de um *carro*.

Eu não devia ter levantado a voz. Consigo perceber que ele ficou incomodado só pelo silêncio dele. Se existia alguma chance de Malcolm me ajudar, eu acabei com ela.

— Você está bem mesmo? — pressiona ele.

— Deixa pra lá — resmungo. E desligo.

Tá bom, Malcolm não vai me emprestar o carro. Mas tudo bem. Posso alugar um carro. Não preciso da ajuda dele.

Vou fazer essa viagem, não importa como. E vou desvendar essa história, custe o que custar.

CAPÍTULO 41

No fim das contas, alugo um Corolla.

É mais caro do que eu previa, mas o rombo não vai ser tão grande se conseguir devolver o carro no fim do dia, que é exatamente o que planejo fazer. Enfim, usei meu cartão de crédito, e a fatura só vence daqui a duas semanas. Esse é um problema para o Blake do futuro resolver.

Só consigo pegar a estrada depois do almoço. Está mais movimentada do que eu esperava e dirijo o mais rápido que consigo na rodovia. Fico de olho no GPS do meu celular e sinto meu coração acelerar a cada quilômetro percorrido.

São quase três e meia da tarde quando chego a Telmont. Como esperado, é uma cidade tranquila de ruas estreitas e várias casinhas com cerca de madeira. Ela me lembra a cidadezinha perto de Cleveland onde morei com minha família quando era pequeno. Eu sonhava em sair daquele lugar e fazer alguma coisa da vida, mas agora fico com um pouco de saudade. Não teria sido tão ruim assim viver a vida adulta numa cidade dessas, e acho que Krista também teria gostado.

Depois que isso tudo acabar, quem sabe a gente não sai da cidade grande? Começar de novo em outro lugar onde o custo de vida não seja tão insano é um bom plano. Quero dizer, supondo que eu consiga reconquistar Krista.

É por isso que estou aqui. Para descobrir qual é o problema com Whitney e recuperar o apoio de Krista.

Também para descobrir de quem são os dedos que estão na minha cozinha.

O GPS me leva até uma casa de cor amarelo-clara com uma cerca que circunda parcialmente o jardim. É uma casa pitoresca, daquelas em que qualquer criança gostaria de morar, com um monte de irmãos e talvez um ou dois cachorros. É difícil imaginar que alguém que cresceu numa casa dessas possa ter virado uma pessoa como Whitney.

Estaciono perto da casa. Levo alguns minutos para me preparar psicologicamente, então saio do carro e vou até a porta, que é de um tom mais vibrante de amarelo que o restante da casa — vibrante demais. Chega a doer na vista.

Respiro fundo e toco a campainha. E espero.

Depois de um minuto, fica claro que ninguém vai atender. Olho ao redor para conferir se alguém está me observando e então dou uma espiada pela janela ao lado da porta. Parece que está tudo escuro. Não tem ninguém em casa.

Volto até a caixa de correio. Dou mais uma olhada ao redor e abro a caixa. Confiro a carta em cima da pilha e vejo que está endereçada a Jeannette Cross.

Isso significa que estou na casa certa. A casa na qual Whitney Cross cresceu e onde seus pais ainda moram.

Bom, levei duas horas para chegar até aqui e não vou embora sem falar com alguém. A não ser que tenham viajado para algum lugar, acredito que eles voltem para casa antes de anoitecer.

Então volto para o meu carro alugado e espero.

Inclino o banco para trás e fecho os olhos por um momento. Estou tão cansado, mas não há a menor chance de que eu durma. É impossível porque, toda vez que fecho os olhos, me lembro dos três dedos com unhas cor-de-rosa dentro do saco de papel. De quem são aqueles dedos? É uma pergunta que me assombra.

Então, de repente, um pensamento me dá um calafrio na espinha.

Será que aqueles dedos são de Krista?

Não, não podem ser. Eu a vi hoje cedo; depois fui para casa e encontrei os dedos na cozinha. Sim, eu andei devagar até minha casa, mas não tem como Whitney ter matado Krista e depois ter cortado e escondido os dedos na cozinha. É fisicamente impossível.

Não é?

Não, não, não. Não pode ser. Os dedos estavam... tipo, se decompondo mesmo, tenho quase certeza disso. Mesmo que Whitney tenha feito o impossível, aqueles dedos não podem ser de Krista. Mas também não olhei atentamente para os dedos para saber. A única coisa que registrei muito bem foram as unhas pintadas, por acaso da mesma cor de algodão-doce que reparei que Krista estava usando ao tirar os cookies da fôrma.

Pego meu celular com a mão trêmula e escrevo uma mensagem para Krista:

Você está bem?

Ela não precisa me responder. Ela não precisa fazer nada a não ser visualizar a mensagem, só para que eu veja o aviso de que ela foi lida.

Mas o aviso não aparece. Krista nem sequer recebeu a mensagem.

Tudo bem, estou sendo paranoico. Sim, tenho certeza de que aqueles dedos eram de uma mulher e, sim, o esmalte era da mesma cor que Krista estava usando, mas não é possível que aqueles dedos sejam dela. Krista está bem. A gente se viu hoje cedo. Ela está *bem*.

E, se ela não estiver, vou matar Whitney com minhas próprias mãos.

CAPÍTULO 42

Espero no carro por mais de uma hora.

À certa altura, começo a ficar com fome. Não tomei o café da manhã e meu almoço foi um pacote de batatas chips que comprei na loja de conveniência ao lado da locadora de carros. De repente me lembro dos cookies que Krista me deu. Eu queria guardá-los, mas, como meu estômago não para de roncar, decido comer alguns. Assim que o sabor da canela inunda minha boca, sinto um nó na garganta. Espero que não sejam os últimos cookies que Krista faz para mim.

Quase me engasgo só de pensar nisso.

Ao longo dessa hora de espera, confiro meu celular várias vezes para ver se Krista respondeu a minha mensagem. Ela não respondeu. Preciso acreditar que não há nenhuma chance de aqueles dedos serem dela. O intervalo de tempo seria curto demais. Krista está bem. A não ser pelo fato…

De que a cor do esmalte é muito parecida com a que vi nas mãos de Krista hoje de manhã. Tenho quase certeza disso. Toda vez que penso nisso, sinto um embrulho no estômago.

Por que ela não responde a minha mensagem?

São quase cinco da tarde quando um Chevrolet estaciona em frente à entrada da casa amarela. Eu me encolho no assento e observo uma mulher na casa dos 60 anos com cabelo loiro--escuro descer do carro e seguir até a porta da casa. Deve ser a mãe de Whitney. Elas são meio parecidas mesmo.

Espero mais alguns minutos. Não quero aparecer segundos depois de ela chegar. Vou deixá-la tirar os sapatos e relaxar um pouco. Depois disso, vou até lá e bato à porta. Como mais um cookie.

Dez minutos depois, saio do carro. Assim como fiz antes, vou até a porta da frente, mas desta vez sei que tem alguém em casa. Só espero que ela não me diga nada que eu não queira ouvir.

Toco a campainha e escuto passos dentro da casa. Ainda não sei o que vou dizer para a mãe de Whitney. Tenho algumas desculpas prontas na cabeça, mas nenhuma delas é muito boa. Se ela perceber que estou mentindo, vai fechar a porta na minha cara e fim da história.

Uma mulher, que acredito ser a Sra. Cross, abre a porta. De perto, ela não se parece tanto com Whitney quanto eu havia pensado, acho que a filha deve ter puxado ao pai. De longe, chutei que ela devia ter uns 60 anos, mas, agora que estou mais perto, consigo ver o rosto coberto de rugas e o olhar apreensivo parecido com o meu, quando me vejo no espelho.

Nesse momento, tomo a decisão de lhe falar a verdade.

— Sra. Cross? — digo.

Ela olha para mim, desconfiada.

— Sou eu...

— Meu nome é Blake Porter — digo. — E... é o seguinte: cinco meses atrás, aluguei um quarto para uma mulher chamada Whitney Cross. E eu...

Hesito por um instante, pensando em todas as coisas horríveis que aconteceram desde que Whitney se mudou para meu amado lar. A comida podre na cozinha. Krista me abandonando. O assassinato do Sr. Zimmerly. E, por último, aqueles dedos decepados que só Deus sabe de quem são. (*Por favor, que não sejam de Krista.*) É coisa demais. E achei que vir até aqui me ajudaria a encontrar respostas, mas agora não estou tão certo disso.

E se eu não descobrir nada?

A Sra. Cross fica me encarando e parece que ela vê em mim a mesma coisa que vejo nela. Ela coloca a mão no meu ombro e a primeira coisa que me ocorre é: *Esta mulher me entende*.

— Entre, Sr. Porter — diz ela. — É melhor a gente conversar.

CAPÍTULO 43

A Sra. Cross se oferece para guardar meu casaco, mas prefiro ficar com ele, porque sinto que talvez eu tenha de apelar para uma saída rápida. Ela me leva até a sala de estar, e eu me sento em um sofá branco impecável, com almofadas enormes e fofas. Assim como o restante da casa, a sala de estar tem uma aparência pitoresca e aconchegante. Consigo me imaginar sentado nesta sala, em pleno inverno, com a lareira acesa e uma caneca de chocolate quente na mão.

A mãe de Whitney se senta à minha frente em uma namoradeira que faz par com o sofá, sem tirar os olhos de mim. Quando ela começa a falar, seu tom é comedido e a única coisa que revela seus sentimentos é um ligeiro tremor em sua voz.

— Você mora com a Whitney — observa ela.

— Sim — respondo.

Ela abaixa a cabeça, alisando cuidadosamente o tecido de sua saia bege.

— Cheguei a pensar que ela tivesse morrido. Eu devia saber que não era o caso.

É chocante ouvir uma mulher falar da morte da própria filha com tanta indiferença. Mas, agora que conheço Whitney, não me surpreendo.

— Preciso de ajuda — digo. — Ela está acabando com a minha vida e não sei nem o porquê.

— Whitney é assim mesmo. — Ela sorri, mas é um sorriso desprovido de humor. — Mas, se ela decidiu acabar com a sua vida, ela deve ter um motivo. Ela sempre tem um porquê.

Não consigo pensar num motivo. Nunca tinha visto Whitney antes do dia em que ela apareceu lá em casa procurando um lugar para morar. Sim, fui grosseiro com ela no restaurante, mas acho que isso não é o suficiente. Ela deve ter alguma outra razão.

— Deixa eu contar uma história sobre a minha filha — diz a Sra. Cross, ajeitando a postura. — Tenho um filho mais novo. Quando ele tinha 4 anos e ela tinha 7, ele, sem querer, quebrou um brinquedo da irmã. Foi um acidente. Ele tinha *só* 4 anos. No dia seguinte, levei os dois para brincar no parquinho, e ela esperou até que eles estivessem no ponto mais alto do trepa-trepa e o empurrou lá de cima. Joey me contou o que aconteceu quando estavam engessando o braço dele no pronto-socorro. — Ela cruza as pernas. — Depois, quando fui falar com Whitney, ela disse: "É isso que acontece quando você não tem cuidado." Eu a coloquei para fazer terapia, mas ela não gostou da experiência e deu um fim nisso.

— Como assim?

A expressão dela fica sombria.

— Ela passou a roubar as minhas coisas, coisas que eram importantes para mim, como um colar de diamantes que foi da minha avó e uma carta do meu falecido pai. E ela as destruía, deixando os restos em lugares que eu pudesse encontrar.

— Meu Deus.

— Aprendi a ter muito cuidado com a minha filha, Sr. Porter. E acredite em mim quando digo que essa não foi a pior coisa que ela fez. Não chega nem perto de ser.

Engulo em seco. Se ao menos eu soubesse dessas coisas — de qualquer uma delas — antes de permitir que Whitney se mudasse para nossa casa. Agora, acho que abri uma porta que não consigo mais fechar.

— Ouvi falar da história com Jordan Gallo.

Ela estremece.

— É, essa história foi horrível.

— Ela… Quero dizer, a senhora acha que foi ela que…

— Que matou Jordan? — Percebo um lampejo de divertimento nos olhos da Sra. Cross e, por um instante, me pergunto se a fruta caiu assim tão longe do pé. — Whitney é a única pessoa que sabe a resposta para essa pergunta. Bem, Whitney *e* Jordan. Se eu tivesse que chutar, diria que sim, acho que ela o empurrou do telhado. Mas não tenho como ter certeza. Whitney consegue fazer você se sentir tão miserável que, de repente, o suicídio parece uma boa saída.

Suas palavras me atingem em cheio quando paro para pensar nos últimos meses.

— É.

— Se não fosse por Whitney, meu marido ainda estaria vivo. — Ela olha para o chão. — Ele não aguentou. Teve um infarto um mês depois que ela desapareceu.

— Quando desapareceu, para onde ela foi? — pergunto.

— A princípio, eu não sabia dizer — responde a Sra. Cross. — Ainda não tenho certeza. A família Gallo estava criando bastante problema para ela, então entendo por que ela decidiu fugir. Nós comunicamos o desaparecimento de Whitney à polícia, mas eles entenderam que ela tinha fugido e, como não havia nenhum mandado de prisão, não ficaram muito tempo procurando por ela. — A Sra. Cross inclina a cabeça de maneira pensativa. — Tenho certeza de que ela saiu do país em algum momento. Três anos depois de ter sumido, ela mandou um cartão-postal de Braga, em Portugal.

Braga, em Portugal. Assim como Telmont, esse nome me parece familiar. Por que não consigo lembrar? É muito frustrante.

— Mas eu sabia que ela tinha voltado para os Estados Unidos — acrescenta a senhora.

— Como? Ela entrou em contato?

— Não. — A Sra. Cross se inclina na minha direção como se fosse me contar um segredo. — Seis anos depois, a garota com quem Jordan traiu Whitney foi encontrada morta. Assassinada.

Levo um segundo para assimilar a informação. O cara que Whitney namorou no ensino médio a traiu com outra menina e ela o matou logo depois, então esperou *seis anos* para matar a menina também. Por causa de um chifre besta no ensino médio.

É um tipo de insanidade diferente de todas as outras.

— O que você precisa entender, Sr. Porter — diz ela —, é que, se fez alguma coisa contra Whitney, ela nunca vai esquecer. Pode levar um ano, pode levar dez anos. Não importa quanto tempo demore, ela vai garantir que pague pelo que fez.

Cubro meu rosto com as mãos. Não consigo entender. Eu nem conhecia Whitney antes de ela se mudar para minha casa, muito menos cometi um crime imperdoável contra ela. Por que ela está fazendo isso comigo? Por quê?

— Você está bem? — pergunta a Sra. Cross gentilmente. — Aceitaria alguma coisa? Um copo d'água?

Concordo com a cabeça.

— Aceito um copo d'água. Obrigado.

Sinto uma depressão profunda. Achei que vir até aqui resolveria todos os meus problemas, mas não adiantou de nada. Assim como eu, a Sra. Cross não sabe como lidar com Whitney. E ainda não consigo entender por que Whitney cismou comigo.

A Sra. Cross me deixa sozinho na sala de estar para buscar o copo d'água. Eu me levanto para esticar as pernas e vou até a lareira, onde vejo vários porta-retratos sobre a cornija. Há uma foto da Sra. Cross com um homem que provavelmente é seu falecido marido. E outra com um jovem de vinte e poucos anos, provavelmente seu filho.

Há mais uma foto de família, que parece ter sido feita muito tempo atrás. A Sra. Cross parece pelo menos uns quinze anos mais nova. Posicionados entre os pais, estão os dois filhos do casal: uma versão muito mais jovem do rapaz que aparece na outra foto e uma menina adolescente. Observo a foto por um segundo e sinto um embrulho crescendo no meu estômago.

Mas o que está acontecendo aqui?

A Sra. Cross volta da cozinha segurando um copo d'água. Desvio os olhos da foto de família e me viro para falar com ela. Com o dedo indicador, aponto na direção do porta-retrato.

— Quem é *essa*?

— É uma foto da nossa família — diz ela, na defensiva. — Só porque minha filha fez algo horrível, isso não significa que devo apagá-la completamente da minha vida.

— Mas... — Balanço a cabeça. — Quem é essa garota na foto?

Ela olha para mim como se eu estivesse louco.

— É a Whitney. Minha filha.

— Mas... essa não é...

Analiso a foto mais uma vez para ter certeza de que não estou imaginando coisas. Então, volto a olhar para a Sra. Cross. E agora consigo ver a semelhança.

— Sr. Porter? — A Sra. Cross franze a testa. — O senhor está bem?

Não, eu não estou bem. Estou tão longe de estar bem que não tem nem graça.

Porque a adolescente na foto não é a mulher que está morando no meu quarto de hóspedes e que tem atormentado a minha vida. A mulher que diz ser Whitney Cross. Não, a adolescente na foto é uma pessoa completamente diferente.

É *Krista*.

CAPÍTULO 44

Minha cabeça não para de girar.

Por um segundo, é como se eu não conseguisse ver mais nada, e me seguro na cornija para não cair. A Sra. Cross parece assustada. Talvez ela tenha se arrependido de ter me deixado entrar em sua casa.

— Sr. Porter? — diz ela, soando preocupada.

— Eu... — Respiro fundo algumas vezes, me controlando para não desmaiar. — Eu só...

Como é que a pessoa terrível descrita pela Sra. Cross pode ser a *minha* Krista? Isso é ridículo. Não faz nenhum sentido.

Porém...

Por outro lado, faz todo sentido.

Ai, não.

Um pensamento horrível toma conta de mim. Tenho de ir embora. Essa situação foi de mal a pior.

— Obrigado por conversar comigo, Sra. Cross — digo. — Mas preciso...

Parece que ela entende o que quero dizer. Ela me acompanha até a porta, e eu saio de lá o mais rápido que posso, tentando respirar o ar fresco. Preciso me sentar. Também preciso fazer uma ligação. Imediatamente.

Sigo apressado até o carro. Eu me sento no banco do motorista e tento acessar minha lista de contatos no meu celular.

Não é fácil, considerando o tanto que minhas mãos estão tremendo. Quando encontro o nome de Stacie Parker, a secretária do meu ex-chefe, clico em seu número de telefone.

Por favor, atenda. Por favor.

Depois de chamar várias vezes, a ligação vai para a caixa de mensagens. Ela não atendeu. Mas talvez esteja tudo bem. É normal as pessoas não atenderem o telefone durante o dia.

Minha cabeça está girando tanto que não consigo pensar direito. Preciso me concentrar para que minhas mãos parem de tremer e eu consiga abrir o aplicativo do Facebook no meu celular. Não demoro para achar o perfil de Stacie, com uma foto dela toda sorridente. Clico nele e, na mesma hora, vejo que o último post não foi feito por ela. É de alguém que, se não me engano, divide apartamento com ela.

Continuo tentando encontrar Stacie. Se alguém tiver alguma informação, por favor, entre em contato! Ainda temos esperanças de que ela volte para casa sã e salva!

Stacie não vai voltar para casa sã e salva. E, quando for encontrada, vão ver que ela perdeu três dedos, e que suas unhas estavam pintadas de cor-de-rosa.

Merda. Merda, merda, merda.

Foi só uma vez. *Uma* vez. Não significou nada. Eu estava trabalhando até bem tarde, focado naquela promoção, e ela ainda estava no escritório, e eu… fiz besteira.

Foi uma idiotice. Eu soube na hora e, logo depois, disse para Stacie que nunca mais iria acontecer. Fiquei muito grato por Krista nunca ter descoberto.

Mas tudo indica que ela descobriu. Ela sempre soube. Achei que estava *tudo bem* entre nós. Pelo amor de Deus, a gente ia se casar.

Guardo o celular no bolso do casaco, tentando pensar no que fazer em seguida. Quando coloco a mão no bolso, sinto um pedaço de papel que não tinha notado antes. Eu o tiro do bolso e vejo que é uma folha de caderno dobrada várias vezes.

O que é isso?

Desdobro a folha, que está toda preenchida com um texto. Alguém escreveu uma carta com caneta preta. Na verdade, é bem parecida com a minha letra. Consigo notar a diferença, mas outras pessoas não conseguiriam.

Sinto muito pelo que fiz. Não consegui superar o fato de ter sido demitido, foi demais para mim. Depois de todas as pessoas que matei, não tenho como seguir vivendo. Decidi que o melhor a fazer é acabar com isso agora.

Blake

É uma *carta de suicídio?*

Será que Krista plantou essa carta no meu casaco? Baseado no que ela fez com o namorado do ensino médio, parece ser seu *modus operandi*. Só tem um detalhe: ainda não estou morto, então, por que tenho uma carta de suicídio no bolso? Não faz nenhum sentido. De que serve a carta se ainda estou vivo?

Quando voltar para Manhattan, será que Krista estará me esperando no telhado de casa, pronta para me empurrar lá de cima? Ou estará esperando na cozinha com uma faca de açougueiro? Seja lá qual for o plano, agora sei do que ela é capaz. Não vou deixar que ela me mate e faça parecer que foi suicídio. Ela perdeu essa chance.

A não ser que…

Viro a cabeça para conferir o banco de passageiro. E vejo o saco Ziploc, que ainda tem um cookie dentro dele.

Os *cookies*.

Krista sabia que a gente ia conversar. Ela sabia que eu estava indo até lá, e a primeira coisa que fez foi assar cookies. Ela sabia que eu ia comê-los — são meus favoritos.

Merda.

Abro a porta do Corolla. Saio correndo na direção de uns arbustos perto da casa da família Cross. Então enfio o dedo indicador na goela até meus olhos lacrimejarem. Mas não paro. Não posso parar até vomitar tudo que estiver no meu estômago.

PARTE II

KRISTA
(NASCIDA WHITNEY CROSS)

Não se preocupe. Os dois mereciam.

CAPÍTULO 45

OITO MESES ANTES

Eu e Becky estamos almoçando no Cosmo's.

Becky é uma ótima pessoa para se ter como amiga. Sempre que encontro uma amiga em potencial, avalio suas qualidades positivas e negativas. Becky é muito fiel, o tipo de amiga que me ajudaria a enterrar um cadáver, se um dia eu precisasse de alguma coisa assim — algo de que, no passado, já precisei. Além disso, não é tão bonita quanto eu, então ela não chega a ser uma tentação para quem eu estiver namorando. Por esse motivo, tenho cultivado essa amizade desde que decidi voltar, permanentemente, de Portugal. Cheguei até a convencer Blake a arranjar um emprego para o fracassado do marido dela.

— Você e o Blake já escolheram a data do casamento? — pergunta ela, mergulhando uma batata frita em molho ranch no cantinho do prato. — Acho que a melhor época para se casar é no outono. Todo mundo acha que é no verão, mas o começo do outono é *tão* melhor.

— Blake anda tão ocupado no trabalho — digo — que mal tivemos tempo de comemorar.

— Ah, aposto que vocês comemoraram. — Ela dá uma piscadinha. — Blake é louco por você. E ele é um *gato*. Você tem muita sorte, Krista.

Eu sei que Becky acha Blake bonito, basta ver como ela dá em cima dele. Mas ela tem razão: eu me sinto sortuda. Afinal de contas, Blake é o pacote completo. Ele é inteligente e, acima de tudo, engajado e bem-sucedido. Se decidirmos formar uma família, sei que ele tem condições de nos sustentar, o que é bom, considerando que mal consigo pagar minhas contas com o salário que recebo na lavanderia. Ele é legal, mas não a ponto de deixar outras pessoas se aproveitarem dele. É fiel, nunca o vi olhando para outras mulheres. E tem um lado carinhoso, mas jamais admitiria isso. Ele dá os melhores abraços que já experimentei e, quando seus braços me envolvem, consigo sentir o amor que emana de seu corpo.

Não vejo a hora de me casar com ele e passarmos o restante da vida juntos.

A garçonete se aproxima da nossa mesa. Ela é muito bonita, tem uma beleza natural como a minha, e reconheço que ela é o tipo de garota que chamaria a atenção de Blake, se ele não estivesse comigo. Azar o dela.

Então leio o nome no crachá dela, preso à camiseta:

Whitney.

Ela tem meu antigo nome. Eu adorava meu nome quando era mais nova e odeio o fato de ter aberto mão dele para recomeçar minha vida. Mas eu não podia me arriscar, a família de Jordan Gallo não estava para brincadeira. De qualquer forma, sinto uma onda de nostalgia toda vez que conheço uma Whitney. Sempre pensei que, um dia, quando a poeira baixasse, eu conseguiria voltar a ser Whitney Cross.

— Vocês querem pedir sobremesa? — pergunta a outra Whitney.

Becky levanta uma sobrancelha, mas faço que não com a cabeça.

— Pode trazer a conta, por favor.

— É pra já! — diz Whitney.

Tiro o chapéu para o entusiasmo dela. Trabalhei como garçonete e sei como a rotina é desgastante. Ela atende a várias mesas ao mesmo tempo e, mesmo assim, mantém um sorriso no rosto. Porém, me pergunto se ela vai continuar animada com o gerente vindo em sua direção com uma expressão carrancuda.

— Srta. Cross — diz ele, numa voz de quem não vê graça na situação. — Você tem um momento, por favor?

Srta. *Cross*?

O *quê?*

A garota olha para nós e dá um sorriso sem jeito.

— Com licença, volto com a conta de vocês num minuto.

Ela vai conversar com o gerente, e Becky começa a falar alguma coisa para mim, mas não consigo prestar atenção. Porque o gerente acabou de chamar a garota de Srta. Cross. O nome dela é Whitney Cross.

Ela tem o *meu* nome.

E não é um nome comum. Até onde sei, eu era a única Whitney Cross. Mas eis que conheço mais uma. Como se não bastasse essa coincidência, ela tem mais ou menos a minha idade. Minha altura e meu tipo físico. De longe, ela até se parece comigo, e o cabelo é da mesma cor que o meu era antes de começar a pintá-lo.

Que... interessante.

— Krista? — Ouço Becky chamar meu nome. Quero dizer, não meu nome, mas o nome que escolhi, quando tive de deixar de ser Whitney. — Está tudo bem? Você parece distraída.

— Ãh? — Eu me esforço para voltar a prestar atenção no rosto redondo de Becky. — Desculpa. Estou com a cabeça cheia.

— E ela vai ficar ainda mais cheia quando começar a planejar o casamento com Blake — provoca Becky.

Não consigo mais prestar atenção na nossa conversa. Preciso saber quem é essa garota. Preciso descobrir se ela roubou meu nome.

E, para isso, preciso de Elijah.

CAPÍTULO 46

Apesar de não falar com Elijah Myers há mais de um ano, quando entro em contato, ele se mostra disponível em menos de uma hora.

Então nos encontramos no lugar de sempre: um parque relativamente tranquilo no meio de Manhattan, bem longe de nossas casas. Nunca fui ao apartamento de Elijah, mas sei que ele mora no Brooklyn. Para encontrar comigo, ele pega a linha D do metrô até Manhattan.

Elijah me espera sentado em um banco no parque, usando o mesmo boné que tem desde o ensino médio, com uma estampa de pinguim, símbolo da Linux, e que já teve dias melhores. Seu cavanhaque está um pouquinho mais bem-cuidado do que na última vez que nos vimos, mas, fora isso, ele não mudou nada. Mal ganhou peso desde o ensino médio.

Quando me vê, ele se levanta com o brilho nos olhos que exibe toda vez que nos encontramos depois de um intervalo grande de tempo.

— Whitney! — exclama ele.

— Krista. — Eu o corrijo, apesar de, no meu íntimo, amar quando ele me chama de Whitney. Ele é a única pessoa que ainda me chama assim.

— É verdade. Desculpa — diz ele, rápido. — É que... é bom ver você de novo.

Parece que ele vai me dar um abraço, mas desiste, o que me deixa feliz. Eu e Elijah não temos esse tipo de intimidade, mas tenho minhas suspeitas de que ele gostaria que tivéssemos. Mas ele não é iludido. Sabe que esse encontro não é para fazer um social.

Ocupamos o banco do parque e Elijah ajeita a gola da camiseta com estampa da universidade Carnegie Mellon. Ele olha para mim, curioso, por trás dos óculos com armação de metal.

— E aí, o que está rolando? — pergunta ele. — Do que você precisa?

— Você acha que existe alguma chance de alguém ter começado a usar o meu nome? — questiono, na voz mais baixa que consigo.

— De jeito nenhum — responde ele. — Quando providenciei os documentos para Krista Marshall, estava tudo certo. Conferi mais de uma vez. Ninguém mais vai usá-lo.

Quando saí de casa aos 17 anos, foi Elijah que me ajudou a arranjar uma nova identidade. Ele era o maior nerd de tecnologia da nossa escola e havia rumores de que era também um hacker talentoso. A gente se conheceu nas aulas de ciência da computação, no segundo ano, quando eu ainda pensava em fazer faculdade e seguir carreira na área. Mas a vida tomou outros rumos, e conheci Elijah. Desde então, ele é o contato mais importante que tenho.

— Não — digo. — Quis dizer Whitney Cross. Será que alguém poderia estar usando o meu nome antigo?

Essa pergunta faz Elijah parar para pensar por um instante. Gosto que ele não faça pouco-caso das minhas preocupações. Ele é realmente atencioso.

— É possível — admite ele. — Whitney Cross é considerada uma pessoa desaparecida, e faz tempo que você não usa esse nome. E apaguei todos os dados que faziam referência a você e Jordan na internet. Se alguém estivesse procurando por uma identidade alternativa, esse nome seria uma opção.

Essa não era a resposta que eu queria ouvir.

— Ah.

Ele franze a testa.

— Por que a pergunta? Você acha que alguém está usando o seu nome?

Hesito, porque não quero falar mais do que o necessário. Elijah tem mania de fazer perguntas demais.

— É possível.

— Posso ir atrás disso para você — oferece ele. Quando começo a argumentar, ele emenda: — Não vou cobrar nada.

Ele nunca cobra. Só preciso pagar pelos materiais que ele usa, como o custo do passaporte novo de Krista Marshall. E, mesmo nesses casos, tenho quase certeza de que ele arca com parte das despesas.

— Tá bom — concordo. — Se você puder.

— Posso, sim. — Ele se recosta no banco do parque. — E como vai… hum… Blake? Vocês ainda estão juntos?

Por algum motivo, não me surpreende o fato de ele se lembrar do nome do meu namorado, mesmo que tenha mais de um ano que não nos falamos. Mas fico surpresa por ele não notar o enorme anel de diamante na minha mão. Por instinto, começo a mexer na aliança sem tirá-la do dedo, girando no sentido anti-horário.

— Sim — digo. — Na verdade, a gente acabou de ficar noivo.

— Ah — diz ele. — Que bom. Parabéns.

Elijah precisa entender que, mesmo que Blake não fizesse parte da minha vida, eu e ele jamais ficaríamos juntos. Mas eu nunca disse isso para ele com todas as letras.

— E você? — pergunto educadamente. — Encontrou alguém especial?

Ele fica um pouco corado.

— Não. Não encontrei.

— Bom... — Olho para trás. Um desses artistas de rua montou suas coisas bem atrás de nós e está tocando violão e gaita ao mesmo tempo. Um pequeno grupo de pessoas parou para ouvir e está colocando dinheiro no estojo aberto do violão. — É melhor eu ir embora. Obrigada pela ajuda, Elijah.

— De nada.

Ao me levantar, ele também se levanta. Ele sempre foi baixinho e tem mais ou menos a minha altura quando uso salto — isso quer dizer que ele deve ter um metro e sessenta e cinco, mais ou menos. Não é por causa disso que nós nunca seremos um casal. Mas isso também não ajuda.

— Tchau, Whit... quero dizer, Krista — diz ele. — Ligo para você se descobrir alguma coisa.

— Obrigada, Elijah — digo.

CAPÍTULO 47

Tento ficar acordada até Blake voltar do trabalho, mas é difícil quando ele chega perto da meia-noite.

Mas vale a pena. Quando entra em casa e me vê sentada no sofá, esperando por ele, às vezes com um prato cheio de cookies recém-assados, ele fica muito feliz. Blake abre um sorriso que me deixa derretida, mesmo depois de quase dois anos. Como eu disse, não vejo a hora de ser sua esposa.

Eu amava Jordan, de verdade. Achava que a gente ia se casar um dia, apesar de hoje saber que relacionamentos do ensino médio não foram feitos para durar. Quando descobri que ele estava me traindo, fiquei *arrasada*. Ele acabou comigo.

Por isso fui obrigada a fazer o que fiz. Não sou uma sociopata homicida. Eu simplesmente sentia que jamais conseguiria ser feliz sabendo que Jordan continuava vivo em algum lugar do mundo.

Então *resolvi* o problema.

Blake é o primeiro homem que amei desde Jordan. Na primeira vez que apareceu para lavar seu terno a seco, eu soube que Blake era a pessoa certa para mim. Por isso que inventava descontos na lavanderia até ele me convidar para sair. E levou uma eternidade! Era óbvio que ele estava interessado em mim, mas não dava o primeiro passo, então fui investigar para saber qual era o problema.

Fiquei de tocaia no endereço de Blake que constava no recibo da lavanderia e descobri que ele estava namorando uma garota magricela com cabelo loiro platinado que fumava como uma chaminé — um hábito *tão* nojento. Então dei dinheiro a uma garçonete de um restaurante ao qual eles foram para dizer à namorada de Blake que o tinha visto ali com outra garota alguns dias antes, e que as coisas pareciam bem *quentes*. A garçonete fez o que eu pedi quando Blake se levantou para ir ao banheiro, e a expressão no rosto da namorada dele foi exatamente como eu esperava. Alguns dias depois, Blake me convidou para sair.

No fim das contas, Blake jamais seria feliz com aquela garota. Fiz um favor enorme para ele.

Hoje, é quase uma da manhã quando escuto as chaves de Blake na porta da brownstone para a qual nos mudamos alguns meses atrás. O imóvel tem três quartos, e eu sabia que Blake ia me pedir em casamento quando mencionou que o quarto do meio seria perfeito para um bebê. Foi muito fofo quando ele sugeriu que a gente adotasse um peixe para treinar nossas habilidades de pais e tenho levado a sério minhas responsabilidades de mãe de peixe, porque não quero decepcioná-lo. E tento ser compreensiva com relação ao trabalho, porque sei que ser promovido é importante para ele, mas é difícil para mim.

Faço o possível. Tento ser a esposa perfeita para ele.

Eu me levanto do sofá assim que Blake entra em casa cambaleando. Ele está com o cabelo desgrenhado e a gravata solta ao redor do pescoço. Fico um segundo parada, só olhando para ele. Blake é muito bonito, mas parece que não se dá conta disso. Talvez por isso ele não seja tão egocêntrico quanto outros homens bonitos com quem já me envolvi. Nos últimos tempos, ele tem falado bastante que quer me dar todas as coisas que seu pai não teve condições de dar para sua mãe antes de ela morrer. Blake vê nosso relacionamento como um todo.

Quando entra na sala de estar, fico à espera do sorriso que ele sempre me dá. Em vez disso, ele parece surpreso ao me ver.

— Krista — diz Blake. — Não sabia que você ia me esperar acordada. É quase uma da manhã.

— Eu quis esperar — digo, orgulhosa.

— Ah.

— E fiz cookies para você.

Isso deve despertar alguma reação nele. Blake ama os meus cookies e sempre fica feliz quando faço uma fornada. Mas, em vez disso, ele dá uns tapinhas na barriga.

— Melhor não. Estou começando a ficar barrigudo.

Ele não está — mesmo. Além de se dedicar ao trabalho, ele vai à academia duas vezes por semana, religiosamente, e está mais perto de ter um tanquinho do que uma barriga. E desde quando ele se preocupa com isso? Quem é que ele quer impressionar? Afinal, eu já estou apaixonada por ele.

Blake se aproxima para me dar um beijo e presumo que será um dos beijos demorados que a gente costuma dar e que, com frequência, terminam na cama. Mas, em vez disso, ele me dá um selinho. Do tipo que pessoas casadas há quarenta anos costumam dar.

E, quando ele se afasta, percebo outra coisa:

Ele abotoou errado a camisa.

Eu diria que é impossível Blake ter passado dezesseis horas do seu dia com a camisa abotoada errado. Em algum momento, ele deve ter tirado a camisa. E depois deve tê-la vestido com pressa, antes de voltar para casa.

Além disso, sinto cheiro de perfume.

Mas não, estou sendo paranoica. Blake não seria capaz de me trair. Ele é um cara legal, ao contrário de Jordan. Ele quer passar o restante da vida comigo. Ele quer crianças nos outros quartos. Ele me ama.

E, no entanto…

Passo os dedos em seu peito.

— Sabe — digo, fazendo graça —, eu não estou com muito sono. Você não quer se divertir um pouquinho?

— Krista. — Ele olha para mim, surpreso. — É uma da manhã!

Isso nunca foi um problema antes. A gente já transou várias vezes no meio da noite. Ele *sempre* está a fim.

Menos agora, aparentemente.

Ele se inclina para me dar mais um selinho.

— Desculpa, eu estou morto hoje. A campanha para a Henderson está acabando comigo. Mas amanhã... — Ele esboça um sorrisinho. — Vou te levar ao céu, tá bom? Pode ser?

— Ã-hã — respondo, desanimada.

Ele olha para mim por um instante, e fico surpresa quando me dá um abraço apertado.

— Amo você, Krista. Muito. Não vejo a hora de me casar com você.

— Também amo você — digo, em resposta.

Eu amo Blake. Demais.

Mas não confio nele.

CAPÍTULO 48

Blake ronca.

Mas não alto a ponto de ser insuportável. É um ronco mais suave, um meio-termo entre ressonar e roncar. De vez em quando, é irritante, mas quase sempre acho fofo. Você sabe que gosta de um cara quando gosta do jeito como ele ronca.

Mas o que interessa agora é que, se ele está roncando, é sinal de que está dormindo.

Dou a volta na cama, observando seu rosto para ter certeza de que ele não vai acordar. Quando chego à mesinha de cabeceira, pego o celular que ele deixou carregando. Já faz um tempo que Blake fala de comprar um celular novo, mas ainda não conseguiu fazer isso, porque está trabalhando sem parar. E, agora, fico feliz porque o aparelho dele ainda é do tipo que desbloqueia com a impressão digital.

Da maneira mais delicada possível, pressiono o polegar de Blake no botão de reconhecimento do celular. Na mesma hora, ele se mexe, incomodado. Depois resmunga e se vira na cama, murmurando alguma coisa enquanto dorme. Prendo a respiração, com medo de que abra os olhos.

Mas ele não abre. Continua dormindo. Um segundo depois, Blake volta a roncar.

O celular dele está desbloqueado. Isso significa que tenho acesso a e-mails, fotos e mensagens. Posso olhar o que eu quiser.

Algumas pessoas acham que isso é violação de privacidade. Mas, se vamos nos casar, se vamos começar uma vida juntos, não podemos guardar segredos um do outro. Tudo que é meu também é dele, e vice-versa. E, como este celular é dele, então também é meu. E tenho direito de mexer nele.

Acho muito improvável que eu encontre e-mails ou fotos comprometedores, então vou direto para as mensagens. Como eu esperava, é uma mistura de mensagens de colegas de trabalho e uma quantidade absurda de mensagens do chefe dele. Em grande parte, é um monte de mensagens sem graça, o que é um alívio. Apenas um nome me chama a atenção.

Stacie.

Stacie é a secretária do chefe de Blake e, até onde sei, ela ajuda todo mundo na empresa. Eu a conheci na festa de Natal do ano passado, e ela estava deslumbrante em um vestido decotado que deixava muito pouco espaço para imaginação. Porém, não dá para dizer que ela é muita areia para o caminhãozinho de Blake.

Mas ele não faria uma coisa dessas.

Faria?

Abro a conversa dos dois. A maioria das mensagens tem a ver com assuntos da empresa, porém a última mensagem de Stacie foi enviada à uma e meia da manhã, o que é um horário muito suspeito para fins profissionais. Pior ainda é o conteúdo da mensagem:

> Hoje foi muito gostoso. Se mudar de ideia e quiser fazer isso de novo, sabe onde me encontrar.

Então é isso.

É claro que não consigo parar de ler as mensagens, mas me arrependo logo em seguida. Algumas são de trabalho, mas muitas são dos dois flertando. Reconheço que Stacie flerta com Blake mais do que ele com ela, mas ele é tão culpado quanto ela. Leio as mensagens que levaram a esta noite.

Porter, ainda está aqui?

Infelizmente. Vou até tarde. E por que você ainda não foi embora?

Esqueci minha bolsa. Voltei para buscar e já vou.

Sortuda.

Você devia fazer uma pausa. Quer companhia?

Claro.

Essas foram as últimas mensagens que eles trocaram antes da mensagem de Stacie falando que a noite foi gostosa e que eles deviam fazer isso de novo. E aí ele volta para casa à uma da manhã, aos tropeços, com cheiro do perfume dela e a camisa abotoada errado. Não é preciso ser um gênio para entender o que aconteceu.

Aquele filho da mãe. Ele disse que me *amava*. Disse que queria se casar comigo. Ele me deu uma aliança. Fingiu ser um cara legal. E, nesse tempo todo, ele estava me traindo. *Mentindo* para mim.

Deixo o celular de Blake na mesinha de cabeceira. Ele ainda está dormindo, respirando pela boca. A barba começou a despontar no queixo, como sempre acontece antes de ele se barbear pela manhã. Ele é sexy. Sei exatamente o que Stacie vê em Blake.

Imagino o que aconteceria se eu fosse até a cozinha e fervesse um pouco de água, voltasse aqui e jogasse na cara dele. Eu mudaria a vida de Blake para sempre. As queimaduras seriam permanentes, e ele teria cicatrizes pelo resto da vida. Talvez até ficasse cego.

Mas, com certeza, ele não me trairia de novo.

Considero a ideia. Considero *muito*. Mas, no fim, desisto de colocá-la em prática. Primeiro, porque as consequências de queimar alguém deliberadamente não são pouca coisa. Talvez eu fosse presa. E, se a polícia me pegasse, acabaria descobrindo que sou Whitney Cross, e aí eu estaria muito ferrada.

Eu achava que Blake era o homem da minha vida. Eu o amava.

Por que ele tinha que ser um filho da mãe traidor igual a todos os outros?

CAPÍTULO 49

Depois que descubro as mensagens no celular de Blake, passo a maior parte da noite me revirando na cama.

Quando descobri que Jordan estava me traindo, ainda estava no ensino médio e morava com meus pais, e dizer que minha relação com eles não era das melhores seria um eufemismo. Eles sempre me culparam por um acidente bobo que aconteceu quando eu era pequena. Como é possível guardar rancor de uma *criança*? Meu pai disse que eu era uma sociopata, apesar de eu ter apenas 7 anos na época e não saber nem o significado dessa palavra. No fim, ficou tudo bem com Joey. Ele só quebrou um braço, não sofreu uma lesão cerebral nem nada. E nada daquilo impediu que o menino de ouro deles acabasse conseguindo um emprego metido a besta como banqueiro de investimentos.

Minha relação com meu pai nunca mais foi a mesma depois desse incidente, mas nunca me importei com a opinião dele. E, de qualquer forma, ele já morreu.

É tão ruim assim querer se vingar de alguém que fez mal a você? Quando eu estava no ensino fundamental, minha melhor amiga, Ashley Cerutti, decidiu que eu não era mais legal o suficiente para fazer parte do nosso grupo de amigas. Era para eu ter dado de ombros e dito "tudo bem"? E não ter feito nada enquanto ela roubava todas as minhas amigas? Enfim, se ela não queria que seu cabelo pegasse fogo, devia ter usado menos spray.

Depois que a escola inteira ficou sabendo que Jordan estava me traindo, corri para casa e contei tudo para minha mãe. Ela estava na cozinha, descascando batatas para o jantar, quando cheguei chorando.

Ela olhou para mim e franziu a testa.

— O que aconteceu, Whitney?

— Jordan me traiu! — lamentei.

Ela poderia ter me dado um abraço, que era o que eu esperava. Eu queria me debulhar em lágrimas com minha mãe, vê-la me dando carinho, dizendo que Jordan não valia nada e que eu encontraria alguém mil vezes melhor. E depois comer massa de cookie crua com ela — minha comida favorita.

Em vez disso, ela olhou para mim e disse:

— Se você não tivesse agido como uma louca, talvez ele não tivesse te traído.

E voltou a descascar batatas.

Mais tarde, sozinha no meu quarto, comi massa de cookie enquanto chorava no travesseiro e arquitetava um plano para me vingar de Jordan.

No fim, foi bom minha mãe ter feito pouco-caso quando contei o que tinha acontecido com meu ex. Porque, se ela tivesse agido diferente, ele jamais se daria conta do erro que havia cometido. Jordan nunca teria chorado e implorado por uma chance de se redimir depois de reconhecer o que fez comigo. Como se ele pudesse se redimir! Tenho certeza de que ele se tornaria uma pessoa horrível e magoaria várias outras mulheres ao longo da vida. Fiz um favor para o mundo.

Quando minha relação com Blake começou a ficar mais séria e ele me apresentou para o pai, soube que precisava fazer o mesmo. No início do nosso relacionamento, contei que meu pai havia tido um ataque cardíaco, mas que minha mãe ainda estava viva. Eu devia ter dito que os dois estavam mortos, porque agora ele queria conhecer minha suposta mãe.

Claro que apresentar minha mãe para Blake estava fora de cogitação. Mas descobri uma escola de atores no East Village onde falei com um dos professores para saber se ele me indicaria alguma aluna de meia-idade interessada em fazer um bico.

Foi assim que conheci Wanda.

Wanda tinha 52 anos e era *perfeita*. Eu e minha mãe somos um pouco mais parecidas, mas Wanda não era tão diferente assim de nós. Tinha o cabelo pintado de loiro e pele clara. Fomos tomar um café num lugarzinho com mesas externas perto do Washington Square Park e expliquei para ela o papel que eu queria que interpretasse.

— Adoro fazer cookies — expliquei para Wanda. — Você podia falar para ele que assávamos cookies sempre quando eu era pequena.

Minha mãe realmente assava cookies com frequência, mas, depois do acidente de Joey, passamos a não mais fazer isso juntas sempre. Era como se ela não quisesse mais passar muito tempo comigo.

— Não sou muito de cozinhar — admitiu Wanda. — Acho que nunca fiz cookies em toda a minha vida!

— É fácil — eu disse para ela. — O segredo é a manteiga.

Em seguida, expliquei que sempre uso manteiga de alta qualidade, deixando em temperatura ambiente por exatos quinze minutos, nem mais nem menos. Wanda assentiu com a cabeça, fazendo anotações em um pedaço de papel.

— Blake parece ser um cara legal — comentou ela, depois que expliquei, em detalhes, como fazer o cookie de canela perfeito e o quanto Blake adora essa receita. — Parece que você gosta bastante dele.

— Eu gosto.

Ela franziu a testa diante de seu cappuccino.

— Então por que você não conta a verdade sobre sua mãe para ele? Aposto que ele ia entender. Quero dizer, não quero perder o trabalho, mas acho que a melhor política é sempre falar a verdade.

Naquele momento, desejei desesperadamente poder apresentar Blake para a minha mãe. Queria ter uma família normal e queria que a gente pudesse viajar para Nova Jersey juntos, para minha mãe fazer um monte de perguntas indiscretas para Blake e ele fingisse ficar incomodado. Mas depois a gente acabaria rindo da situação toda.

Mas eu não podia contar a verdade para ele. Não podia contar que minha mãe não gostava de mim, porque achava que eu era uma sociopata e que ela nem sabia mais qual era o meu nome e provavelmente achava que eu estava morta. Não, ela *desejava* que eu estivesse morta.

— Não — eu disse —, ele não entenderia.

Acabei contratando Wanda, que executou o papel de forma impecável. Querida, mas não querida *demais*, e ainda fez um interrogatório bem-humorado no qual perguntou quais eram as intenções de Blake comigo. Amei a forma como ele respondeu a essas perguntas. Encontramos com ela para almoçar e jantar mais algumas vezes e depois falei para ele que, infelizmente, minha mãe precisava voltar para casa em Idaho. Havia imaginado que ela poderia ir também ao nosso casamento, mas agora me parece que isso não vai acontecer.

Não, minha história com Blake acabou.

Às quatro da manhã, finalmente desisto de dormir. Eu me levanto da cama e atravesso o quarto na direção do armário. Pego uma caixa de sapatos guardada no fundo da prateleira e a levo comigo até a sala de estar.

Blake não tem interesse algum nos meus sapatos, então não preciso me preocupar que vá mexer numa caixa dessas. Eu me sento no sofá e abro a tampa da caixa, que está cheia de cartas que nunca foram enviadas, todas escritas à mão em folhas brancas, dobradas duas vezes. Escolho uma delas, datada de um mês atrás, e começo a ler:

Querida mãe,

Blake me surpreendeu hoje. Não foi nenhuma ocasião especial, mas ele passou por uma floricultura no caminho de volta para casa e comprou uma rosa vermelha. Tudo o que eu mais gostaria na vida era que você pudesse vir para o nosso casamento, porque quero que veja como sou uma pessoa boa.

Você e o papai estavam errados a meu respeito. Eu só precisava encontrar o homem certo para ser feliz.

Dobro a carta porque não consigo continuar lendo. Dói ler as coisas que escrevi quando ainda acreditava que teria um final feliz com Blake. Agora tudo foi por água abaixo. Mas talvez eu estivesse certa — talvez eu seja uma boa pessoa e só precise encontrar o homem certo para ser feliz, mas Blake não é esse homem. Talvez esse homem não exista.

Penso em Wanda interpretando o papel de minha mãe, quando saímos os três para jantar. Apesar de não ter sido real, foi o máximo de afeto que recebi de uma figura materna em muito tempo. Quando a encenação acabou, senti falta da minha mãe de verdade.

Mas não posso vê-la. Não posso vê-la porque não posso voltar para Telmont, e ela, provavelmente, acha que estou morta. E, mesmo que eu pudesse vê-la, minha mãe não me daria o conforto de que preciso. Ela não ia acariciar meu cabelo e não comeria massa de cookie crua comigo. Ela me mandaria parar com o drama e diria que, se Blake me traiu, a culpa só pode ter sido minha.

Faz sentido que Blake não me ame. Nem minha própria mãe conseguiu me amar.

Mesmo assim, escrever para ela se tornou um hábito nos últimos quinze anos. Então pego uma folha de papel e escrevo mais uma carta que jamais será enviada.

Querida mãe,

É, aconteceu mais uma vez. O homem que eu amava traiu minha confiança da pior maneira.

Sei que você acha que não é possível alguém me amar, e talvez esteja certa. Você acha que não mereço uma vida feliz com um homem bom. Eu achava que Blake seria o homem capaz de provar que você estava errada, mas, em vez disso, ele me fez de boba.

Mãe, como ele pôde fazer uma coisa dessas comigo? Como ele pode dizer que me ama, que quer se casar comigo, e me tratar desse jeito?

Você sempre me disse que deixasse pra lá. Isso significa permitir que ele saia impune dessa situação.

Mas não posso deixar isso acontecer. Não vou deixar Blake se safar depois do que ele aprontou comigo.

Vou dar o troco. Como fiz com Jordan. Como fiz com todos os outros.

Com amor,

Whitney

CAPÍTULO 50

No dia seguinte, eu me encontro com Elijah no parque mais uma vez.

Seria mais fácil falar por telefone, mas ele sempre foi paranoico com telefones. Ao menos é o que ele diz. Uma parte de mim acha que ele só quer me ver.

Elijah chegou antes, de novo. Ao contrário de ontem, ele se levanta quando eu chego, sorrindo ao me ver.

— Oi — diz ele.

— Oi — digo friamente.

Ele franze a testa.

— Está tudo bem?

Não contei para ninguém o que descobri ontem à noite. Mas sinto que, de todas as pessoas que conheço, Elijah é o único que consegue guardar segredo.

— Descobri que Blake está me traindo.

— Minha nossa — exclama ele. — Que idiota.

— É — resmungo.

— Como você está?

Não sei muito bem como responder a essa pergunta. Estou tão magoada e decepcionada que mal consigo raciocinar.

Mas pelo menos garanti que vou tirar alguma vantagem dessa situação. Quando desci até a sala de estar ontem à noite, encontrei um pen drive na pasta de Blake. Ele gosta de ter um backup de todos os seus arquivos. Sempre tão responsável. Faço uma cópia de todos os registros dos clientes dele para o meu pen drive. Minha intenção é vender o máximo de informações que puder para a concorrência. Não só vou ganhar um dinheirinho fazendo isso, o suficiente para recomeçar do zero, mas, quando o chefe dele souber disso, Blake nunca mais vai conseguir um trabalho nessa área.

Quero dizer, não é tão bom quanto empurrá-lo do terraço de um prédio, mas já é alguma coisa.

— Vou ficar bem — digo, por fim. — E o que você descobriu sobre a garçonete?

— Essa informação *não* foi fácil de achar. — A expressão de Elijah é sombria. — Mas você estava certa. Ela está usando o seu nome e os seus documentos.

Muito embora eu tivesse desconfiado disso, fico furiosa ao ter minhas suspeitas confirmadas, mais do que fiquei quando descobri que Blake estava me traindo. Ela roubou minha identidade. Roubou meu nome. Ela não tinha o direito de fazer isso, mas fez mesmo assim. Aquela *vagabunda*.

— O nome verdadeiro dela é Amanda Lenhart — continua ele. — Ela era doutoranda em biologia.

Ela abriu mão de uma vida como bióloga e agora está trabalhando como garçonete. Seja lá o que aconteceu para ela roubar minha identidade, deve ter sido algo grave.

— Você sabe por que ela precisou trocar de identidade? — pergunto.

Ele balança a cabeça. É frustrante que ele não saiba, porque Elijah sempre sabe tudo.

— Não encontrei nenhum processo criminal contra Amanda Lenhart — diz ele. — Eu chuto que ela está tentando fugir de alguém. Alguém que poderia feri-la se a encontrasse.

De qualquer forma, não faz diferença nenhuma para mim se ela teve um bom motivo para fazer isso ou não. O fato de ter roubado minha identidade é o pior tipo de violação que existe. É pior do que a traição de Blake?

Não sei. Só sei que os dois merecem ser punidos.

Fico mexendo no meu anel de noivado e sinto uma pontada de tristeza. Em breve, vou devolver esse anel para Blake de maneira definitiva. E é nesse momento que tenho uma ideia genial. Hoje, pensei em dizer a Blake que estava tudo terminado entre nós, mas agora acho que vou esperar. Acho que existe uma forma de me vingar dos dois e ainda sair impune.

Além disso, quando Whitney/Amanda estiver morta, posso recuperar meu nome.

— Elijah — digo. — Preciso da sua ajuda com mais uma coisa.

Ele se inclina na minha direção, interessado.

— Pode contar comigo.

Blake vai ver só. Os dois vão ver.

CAPÍTULO 51

Blake está enlouquecendo.

Faz dois meses que ele perdeu o emprego depois que informei o chefe dele que Blake tinha vendido arquivos para a concorrência. Foi melhor do que eu esperava. Wayne Vincent não se deu ao trabalho de ouvir o que Blake tinha para dizer sobre a situação e fez questão de queimar o filme dele para a cidade toda. Agora Blake não consegue arranjar um emprego. Ele está treinando obsessivamente todos os dias e, quando não está na academia, passa o tempo jogando no computador. E ele passa as noites acordado.

Eu também mexi no notebook dele e sei exatamente quão pouco dinheiro ele tem. Quando dei a sugestão de alugarmos um quarto, sabia que ele não tinha como recusar.

Quanto a Amanda, a vagabunda que roubou minha identidade, ela foi despejada de seu apartamento. Na verdade, foi algo bem fácil de fazer. Só precisei pedir para Elijah ir todo desgrenhado até o prédio onde ela morava e bater à porta de vários apartamentos perguntando "de uma tal de Whitney que vende crack". Ela foi expulsa e está dormindo no sofá de uma amiga. Depois disso, botei um anúncio no Cosmo's e, no dia seguinte, ela me ligou interessada pelo quarto que estávamos alugando a um preço baixo.

Tive de ter cuidado para garantir que ela fosse a única inquilina que a gente pudesse considerar de verdade. Para isso, usei uma parte do dinheiro que consegui vendendo as informações do pen drive de Blake para contratar mais alguns atores daquela escola no East Village e pedi a eles que agissem como péssimos candidatos a inquilinos. Blake quase teve um treco quando Elijah, que chegou a interpretar um papel também, pegou uma broca e tentou furar a nossa parede.

Amanda vem ver o quarto amanhã, e seu rostinho bonito mais o visual bem-cuidado devem convencer Blake a aceitá-la como inquilina. Porém, não tenho como saber se isso vai acontecer mesmo. Queria ter certeza.

Estou voltando para casa depois do trabalho quando passo por um letreiro neon que diz *Consultas com médium*. Uma lâmpada acende na minha cabeça. Não existe nada que Blake deteste mais do que isso. Em um de nossos primeiros encontros, eu sugeri, brincando, que a gente fosse a uma cartomante, e ele olhou para mim como se eu tivesse dito que a lua é feita de queijo.

Essa ideia é perfeita.

Empurro a porta de vidro para entrar no estabelecimento. O lugar é minúsculo e recende a incenso. É até menor do que aquele lugar na Rua 76 que vende tacos ótimos. A principal fonte de iluminação vem de uma lâmpada violeta que pende do teto e ilumina uma mesinha no meio do ambiente. A mesa está coberta com uma toalha azul-escura estampada com estrelas, o sol e a lua.

Há uma mulher sentada à mesa, mexendo em um baralho enorme. Não há nada sobre a mesa, a não ser uma bola de cristal bem no meio. A mulher aparenta ter mais de 60 anos e tem um cabelo longo e grisalho que parece quase brilhar sob a luz violeta. Ela levanta a cabeça e sorri para mim.

— Oi, querida — diz ela. — Eu me chamo Quillizabeth. Qual é o seu nome?

Quillizabeth? Uau, é ainda melhor do que eu esperava.

— Krista.

— Krista. — Percebo um tom de desconfiança em sua voz. — Você não tem cara de Krista.

Ela tem razão, e é por isso que preciso dar um jeito em Amanda. Eu sou Whitney Cross e, um dia, vou voltar a ser eu mesma. Mas não vou entrar em detalhes agora.

— Bom, mas meu nome é Krista.

Ela parece aceitar essa informação de maneira relutante.

— E como posso ajudá-la... Krista?

— Bom — digo —, acho que pode soar meio estranho, mas...

— Por favor, sente-se. — Quillizabeth indica a cadeira à sua frente. — Você já se consultou com uma médium antes?

Eu me sento na cadeira à sua frente.

— Não, nunca.

— Recomendo que a gente leia a sua mão — diz ela. — É a melhor forma de começar. Mas, na próxima vez, posso fazer uma leitura mais profunda.

Não estou interessada em nada disso. Assim como Blake, não acredito em coisas sobrenaturais, mas acho que são boas para fazer a gente dar umas risadas.

— Na verdade — digo —, preciso da sua ajuda com outra coisa. Vou pagar pelos seus serviços, é claro. O preço que você estipular.

A velha ergue as sobrancelhas. Agora, percebo que ela está usando vários roupões. Meu Deus, Blake vai odiar isso.

— Preciso que você finja estar interessada em um quarto que eu e meu companheiro estamos alugando — explico. — Você só tem que ir até a nossa casa, ver o quarto e dizer um monte de coisas assustadoras de médium.

Os lábios de Quillizabeth formam uma linha reta e quase desaparecem em seu rosto.

— Não tenho como dizer um monte "de coisas de médium" se não estiver sentindo nada. Isso não é uma *brincadeira*.

— Não, claro que não — digo, rápido. Rapaz, essa mulher é uma figura. — Só acho que seria bom para o meu companheiro ouvir uma médium avaliando o quarto, sabe como é? Para a gente saber se tem algum... tipo, algum problema espiritual antes de alugarmos para alguém.

Ela pensa por um momento.

— Você quer que eu minta para o seu companheiro.

— Não é bem mentir. Mas, com certeza, acho que é importante que a casa esteja espiritualmente limpa, e ele não aceitaria fazer uma coisa dessas a menos que você diga que está interessada em alugar o quarto.

Observo seu rosto e me pergunto se ela vai acreditar em mim. Se tem uma coisa que posso dizer sobre esta mulher é que ela leva seu trabalho muito a sério.

— Não sou a favor de mentiras — diz ela. — Mas simpatizo com o desejo de neutralizar sua casa do ponto de vista espiritual. Eu vou. E, quando for, eu lhe darei minhas recomendações.

— Que ótimo — digo. — Muito obrigada mesmo.

Eu tinha um roteiro na minha cabeça do que essa mulher poderia dizer, mas agora acho que qualquer coisa que ela diga da própria cabeça será muito melhor. Não vejo a hora.

CAPÍTULO 52

Blake está no meio de uma conversa com Quillizabeth.

Pouco depois de colocar os cookies em um prato, joguei um pouco de farinha na minha regata e assim tive uma desculpa para sair da sala e deixar Blake sozinho com Quillizabeth. Quando volto, ele está com os olhos arregalados e parece ansioso para se livrar dela.

Entro no meio da conversa e finjo não conhecer a mulher com quem conversei ontem. Apesar de sua relutância em mentir, Quillizabeth finge muito bem que acabamos de nos conhecer. Ela estende a mão para me cumprimentar.

E então, assim que nossas mãos se tocam, ela recua de maneira brusca. E me encara com os olhos bem abertos.

— Eu… — A velha fica com a voz rouca. — Na verdade, tenho que ir. Esse lugar… é muito pequeno para mim. Vou procurar outro lugar.

Blake parece tão aliviado que chega a ser engraçado.

— Tá bom. Foi um prazer conhecer você — diz ele, soando mais animado do que deveria.

Finjo estar preocupada.

— Está tudo bem?

Quillizabeth olha mais uma vez para Blake. Se eu não soubesse que isso tudo foi combinado, diria que ela estava totalmente apavorada. Então ela se vira para mim e diz num tom urgente:

— Krista, querida... posso falar com você lá fora?

Lá fora? Melhor não. Quero que Blake testemunhe esta conversa inteira.

— O que foi? — pergunto.

Quillizabeth dá mais um passo para trás.

— Vamos lá fora. *Por favor*.

— Quillizabeth, é o seguinte. — Blake parece muito irritado. — Vamos receber outra possível inquilina daqui a pouco, então...

— Ele vai matar você — diz a velha de repente. — Blake vai *matar* você, Krista. Você tem que fugir daqui.

Meu Deus. Essa mulher merece um Emmy. Ela está desperdiçando seu talento.

— Ele vai matar você com uma faca de cozinha. — Quillizabeth aponta para o tapete sob nossos pés. — E isso vai acontecer bem *aqui*.

Blake parece um pouco assustado. Dá para ver que ele quer que a mulher vá embora. Ele toca nas costas de Quillizabeth, e ela se afasta com um pulo, como se tivesse sido queimada por um ferro em brasa.

— Krista, por favor, acredite em mim. — Quillizabeth põe a mão enrugada em mim. — Cuidado. Minhas visões... nunca falharam.

No fim, sou eu que levo Quillizabeth até a porta, porque ela insiste em falar comigo. Tudo bem. Vou aproveitar para lhe dar uma gorjeta. Ela foi incrível. Amanda vai chegar daqui a pouco, e a diferença entre as duas será impressionante. Acho que ela estará morando com a gente já no fim desta semana.

Mas, quando estamos do lado de fora, Quillizabeth agarra meu braço e não quer soltar.

— Preste atenção no que estou dizendo, Krista. Aquele homem, Blake, é perigoso.

— Blake? — Dou risada, tirando algumas notas da minha carteira. — Não. Ele não é perigoso. E ele não está mais ouvindo a gente, então já pode parar com a encenação. Mas você foi ótima.

— Encenação! — exclama ela. — Não foi uma encenação. Eu *vi*. Ele estava ao lado do seu corpo. E vi o chão coberto de sangue.

Apesar de estar satisfeita com o trabalho dela, começo a ficar irritada.

— Blake não vai me matar. Não se preocupe com isso.

— Eu vi! — insiste ela. — Fazia... Fazia anos que eu não tinha uma visão assim. Mas foi bem clara. — Ela agarra meu pulso, e sinto seus dedos me apertarem. — Ele vai matar você, Krista. Você precisa sair daqui. *Agora*.

Sinto um calafrio. Não acredito nessas besteiras, mas a segurança com que a velha fala está me deixando assustada. Ela realmente acha que Blake vai me matar. Acha que ele vai me esfaquear na sala de estar.

O que é absurdo.

Consigo fazer com que ela solte minha mão.

— Tá bom. *Chega*.

— Krista...

— Não — digo, sendo firme. — Está tudo bem. Seja lá o que você viu... não precisa se preocupar comigo. Prometo.

Quillizabeth se recusa a ir embora e, por um instante, penso em chamar a polícia. Mas então ela me lança um último olhar assustado e segue pela rua a passos lentos. Fico observando a velha por um tempo, para ter certeza de que não vai ficar parada na esquina. Ou que ela, Deus me livre, tente voltar.

Sempre achei que essa história de visões mediúnicas era besteira, mas é possível que Quillizabeth tenha mesmo o dom. Porque algo terrível vai acontecer naquela casa. Mas não é Blake que estará ao lado do meu corpo sem vida.

Eu que estarei. E o corpo sem vida será o dele.

CAPÍTULO 53

Faz uma semana que Amanda está morando com a gente.

Já flagrei Blake e Amanda sentados no sofá no meio da noite, pertinho um do outro, vendo televisão. Se continuar assim, é só uma questão de tempo até que alguma coisa aconteça entre os dois — quem trai uma vez, trai sempre.

Mas isso não está nos planos. Porque, até amanhã, Blake e Amanda vão se odiar.

Acordo muito cedo, enquanto Blake ainda dorme profundamente. Como eu queria garantir que ele dormisse a noite toda, coloquei calmante na massa dos cookies. Consegui o remédio na semana passada, falei para o meu médico que estava com dificuldade para dormir. Não precisei nem inventar, realmente está mais difícil dormir desde que descobri que estou noiva de um traidor. Experimentei um cookie e, se você prestasse bastante atenção, daria para notar um gostinho meio amargo, mas é bem sutil. Blake não percebeu nada e comeu três cookies ontem à noite.

Precisava ter certeza de que ele estaria dormindo, porque tenho um monte de coisas para fazer.

Ouvi Blake oferecendo Sucrilhos para Amanda. É claro que ele seria simpático com a garota bonita. Bem, Amanda vai tirar vantagem disso. Pego a caixa de Sucrilhos que ainda tem pelo menos metade do cereal em cima da bancada da cozinha. E jogo tudo no triturador de lixo da pia.

Em seguida, pego duas maçãs da fruteira e guardo em um saco de papel. Subo na bancada e guardo o saco na prateleira mais alta do armário. Vai demorar um pouquinho, mas as maçãs vão apodrecer. Aqui em casa, normalmente, já temos de lidar com moscas-das-frutas. Com os estímulos certos e um pouquinho de comida, elas devem tomar conta da cozinha. Blake é obcecado por limpeza e vai ficar louco com isso.

Minha próxima parada é o banheiro, onde, sistematicamente, esvazio os frascos de sabonete líquido e de xampu usados por Blake e faço quase o mesmo com o creme dental. Não toco nos meus produtos. Ele pode usar se quiser, mas já me falou que odeia "ficar com cheiro de menina".

Por fim, pego um frasco do lava-roupas que comprei e escondi no armário do corredor. Blake é extremamente alérgico a qualquer tipo de produto com fragrâncias, sobretudo aqueles que contêm um composto chamado limoneno. Fiquei sabendo disso no início do nosso relacionamento, quando decidi ser uma namorada legal e lavar as roupas dele, e Blake surtou porque usei um produto que tinha limoneno. *Um pouquinho do produto já é o suficiente para deixar minha pele extremamente irritada*. No fim das contas, essa informação foi muito útil.

Com cuidado, coloco uma colher de sopa do produto que comprei no frasco do lava-roupas hipoalergênico de Blake. Fecho a tampa e chacoalho para misturar bem o limoneno. Abro o frasco de novo para sentir o cheiro. Não consigo sentir o aroma cítrico, mas o composto vai contaminar todas as roupas dele na próxima vez que lavar.

Ele não vai suspeitar de mim. Afinal, nós dois vivemos juntos há meses. Amanda é o único elemento novo na equação.

Logo, logo, eles não vão mais flertar um com o outro. Eles vão se odiar.

E isso é só o começo.

CAPÍTULO 54

Blake já está deitado quando Amanda chega do trabalho. Ele está mexendo no celular e parece não notar o barulho da porta.

Será que ele ainda fala com Stacie? Não procurei saber porque, na verdade, não faz diferença. Não mudaria o fato de que ele vai pagar pelo que fez.

— Vou pegar um copo d'água — digo para ele. — Quer alguma coisa?

Ele balança a cabeça. Talvez esteja trocando mensagens com Stacie. Ou com outra mulher.

Quando desço as escadas, Amanda está na cozinha, usando um dos nossos copos para beber água. Apesar de termos falado que ela podia fazer isso, fico irritada de vê-la usando nossos utensílios de cozinha. É mais uma das minhas coisas que ela usa e que, em breve, não vai usar mais.

— Oi, Whitney! — digo, animada. O nome chega a dar um gosto ruim na minha boca.

Ela levanta a cabeça e consigo ver que seus olhos estão um pouco vermelhos.

— Ah. Oi, Krista.

Eu me junto a ela na cozinha e me apoio na bancada, procurando assumir uma postura amigável.

— Está tudo bem?

— Mais ou menos. — Ela dá um sorriso torto. — Blake disse que eu podia comer o cereal dele se quisesse e depois ficou bravo comigo, porque acabei comendo.

— Ele disse que ficou bravo?

Ela tensiona os músculos do maxilar.

— Ele foi até o restaurante e gritou comigo na frente de todo mundo.

Ai, Blake. Mal consigo conter o riso. Não é o tipo de coisa que ele faz. Deve ser porque anda muito estressado e tem dormido mal.

— Sinto muito que ele tenha feito isso com você. Isso é inaceitável.

— Nem comi tanto assim — diz ela. — Foi só um pouquinho!

— É que o Blake... — Penso bem nas palavras que vou dizer. — Ele é complicado. Ele não é um homem fácil de conviver e gosta de que tudo seja do jeito dele. Sendo bem sincera com você, ele não estava muito animado para alugar o quarto, mas acabou aceitando, porque estamos precisando de dinheiro desde que ele perdeu o emprego.

Amanda faz que sim com a cabeça.

— Imaginei que ele tivesse perdido o emprego...

— É, ele foi demitido — confirmo. — Por causa... por causa de um *incidente*. E agora, claro, ele está com dificuldade para arrumar outro emprego.

Não posso dar todos os detalhes sórdidos, mas posso deixar subentendido que ele cometeu um erro grave. Vai ser suficiente para ela desconfiar do que aconteceu.

— Olha, Whitney — digo. — Eu gosto de ter você morando com a gente. Vou fazer de tudo para que o Blake não te incomode mais. Só sugiro que você evite interagir com ele. Só para não cutucar a onça.

Ela esfrega o rosto com a palma das mãos. Parece cansada.

— Tudo bem. Aprendi minha lição. Sinceramente, achei que poderíamos ser amigos. Ele parece ser um cara legal.

Pela expressão em seu rosto, tenho certeza de que não era só nisso que ela estava pensando. Vi que ela estava sentada pertinho dele no sofá, quando estavam só os dois na sala. Ele parece legal ou bom de cama? Ela não queria ser amiga dele. Ela queria *ficar* com ele.

Mas isso está prestes a mudar por completo.

CAPÍTULO 55

Faz tempo que eu e Blake não saímos para jantar.

Estamos sem dinheiro e comer fora é um luxo que não podemos mais bancar. Felizmente, gosto de cozinhar e de fazer doces, então não chega a ser um sacrifício para mim.

Mas hoje é sexta-feira e decidimos jantar fora. Fomos a um restaurantezinho mexicano barato, conhecido pelos molhos deliciosos e apimentados que usam na comida. Tecnicamente, o lugar trabalha mais com comida para viagem, porque você tem de fazer o pedido no balcão. Há algumas mesas no restaurante e, depois que você faz o pedido, eles servem a comida ali. E, se você pedir uma margarita, o drinque é servido com um guarda-chuvinha na taça.

Blake está sentado na minha frente enquanto esperamos nossa comida ficar pronta. Ele pediu um burrito de carne e eu pedi um burrito bowl porque estou tentando evitar carboidratos — afinal, em breve estarei solteira de novo. Ele está de camiseta e não para de coçar os braços. A irritação de pele causada pelo produto que misturei no frasco do lava-roupas hipoalergênico dele está horrorosa. A reação alérgica deixa sua pele vermelha e cheia de bolinhas, sem falar dos arranhões causados por ele mesmo, que fica o tempo todo se coçando.

Blake também está com olheiras profundas, porque não tem conseguido dormir direito. Ele já estava sofrendo de insônia desde que perdeu o emprego, e eu ainda tive a brilhante ideia de usar meu celular para tocar uma série de ruídos sinistros no meio da noite. Escondo o aparelho numa prateleira alta do nosso armário, fazendo com que o barulho pareça vir do andar de cima. Assim que Blake sai do quarto para confrontar Amanda, eu desligo o som. Duvido que ele tenha tido uma boa noite de sono ao longo do último mês. É fácil fazer uma pessoa perder a cabeça quando você a conhece bem.

Quase sinto pena dele.

Quase.

Agora ele e Amanda se odeiam. Contribuí para essa situação enfiando bilhetinhos de Blake por baixo da porta. Os bilhetes dizem coisas como "pare de deixar a luz da cozinha acesa" ou "por favor, peça para usar a nossa televisão com pelo menos um dia de antecedência", e assinei todos como se fosse Blake. Quando os dois se veem, parece que ela tem vontade de voar no pescoço dele. Se ela tivesse para onde ir, já teria se mudado daqui faz tempo. Mas, como seu último locatário acha que Amanda trafica drogas, ela não tem alternativa.

— Estou pensando em vender a casa — desabafa ele.

Fico decepcionada. Se ele vender a casa, Amanda vai ter de se mudar. Será o fim de tudo.

— Como assim? Você adora a nossa casa.

— Adoro — admite ele. — Mas, Krista, não tenho mais como pagar por ela. Não consigo dar conta das parcelas. Vou atrás de alguma coisa mais barata, quem sabe no Queens ou algum lugar assim.

— Queens? Nossa, a gente vai levar uma eternidade para chegar ao trabalho.

— Eu sei. — Ele passa a mão no cabelo, que fica para cima. Blake era o cara mais bem-arrumado que eu conhecia e agora virou um desleixado. — Mas o que você quer que eu faça? Não consigo pagar as parcelas do financiamento.

— E a Whitney?

Ele faz uma careta, como sempre acontece toda vez que menciono o nome dela.

— O que tem ela?

— Nós já usamos o dinheiro dos dois meses de aluguel que ela pagou adiantado e também do valor da caução. Vamos ter que devolver o dinheiro para ela.

— É…

Somos interrompidos por um funcionário do restaurante que chega com a nossa comida. Blake olha para o burrito como se tivesse perdido a vontade de comer. E coça os braços mais uma vez.

— Não sei — diz ele finalmente. — Não vejo outra saída.

Preciso arranjar um jeito de postergar a venda da casa por mais um tempo. Mas acabo me distraindo quando vejo um rosto conhecido entrar no restaurante, ir em direção ao balcão e entrar na fila atrás de uma família de quatro pessoas.

É Elijah.

Como foi que ele veio parar aqui?

Blake olha para trás.

— Ei, não é aquele cara que queria alugar o nosso quarto?

Pisco algumas vezes.

— Que cara?

— Aquele baixinho barbudo com cara de esquilo, com um boné de pinguim. — Ele dá outra olhada. — Eu me lembro daquele boné ridículo. Você não?

Balanço a cabeça devagar.

— Não sei. Tanta gente foi ver o quarto. Talvez ele seja parecido…

Que droga, Elijah. Agora que Blake voltou a prestar atenção em mim, é Elijah que olha na nossa direção. O fato de ele estar aqui não é uma coincidência. Porque ele mora no Brooklyn e não apareceria por acaso no mesmo restaurante mexicano em que nós estamos, numa sexta-feira à noite.

Será que ele está me *seguindo*?

— Eu já volto — digo para Blake. — Preciso ir ao banheiro.

Pego minha bolsa e ando rápido na direção do único banheiro do lugar, que tem uma placa dizendo "fora de serviço" pendurada na porta. Mas a maçaneta gira, então entro mesmo assim e fecho a porta. A privada está transbordando de papel — impossível de usar —, mas não foi por isso que vim até aqui. Tranco a porta e procuro o contato de Elijah no meu celular. Ele atende no segundo toque.

— O que você está fazendo aqui? — disparo, antes mesmo que ele consiga dizer alô. — Você está me seguindo?

— Não — responde ele, de bate-pronto.

— Elijah...

— Tá bom. Talvez esteja. — Ele pigarreia. — Estou preocupado com você, Whitney.

— *Krista*.

— Blake não parece bem — continua ele. — Ele parece... fora de si.

A luz do banheiro oscila.

— Sim, mas esse é o objetivo.

— Eu sei, mas... Não é perigoso? E se ele tiver um colapso?

— Blake não vai fazer nada contra mim.

— Mas e se ele fizer? Que nem aquela médium disse?

Reviro os olhos. Não *acredito* que ele está falando da médium. Só contei dela para Elijah porque achei que essa história ridícula era engraçada e porque queria compartilhar o episódio com alguém. Eu também contei para Becky e Malcolm, mas, no caso deles, tive de fingir que acreditava na mulher.

— Blake não é um cara violento — digo com segurança. — Garanto que ele não vai me machucar. Acho que ele nem nunca deu um soco em alguém na vida.

— Só estou preocupado com você…

Eu me sinto uma idiota por gritar com Elijah, uma vez que a questão toda é esta. Ele está preocupado comigo.

— Você não pode ficar me seguindo — digo para ele. — Blake acabou de te reconhecer. Se você continuar com isso, ele vai perceber e vai surtar.

— Tá bom. — Parece que ele finalmente entendeu. — Vou parar. Desculpa.

Começo a me dar conta de que, apesar de ser meu maior trunfo desde que virei as costas para minha família, minha amizade com Elijah está se tornando um risco muito grande. Ele sabe demais e se preocupa demais. Isso é um problema.

Mas é um problema para depois. Tenho outras preocupações no momento.

CAPÍTULO 56

Estou na sala de estar, no telefone com Becky, e a gente conversa sobre o que se tornou nosso tópico favorito: Blake está ou não ficando louco?

— Só estou preocupada com você, Krista — diz Becky.

Mas ela não está preocupada comigo da mesma forma que Elijah está preocupado. Becky está preocupada exatamente do jeito que eu quero que ela esteja.

— Você não devia se preocupar — digo, de uma forma que soa reconfortante e ao mesmo tempo deixa minha preocupação clara. — Blake... ele está passando por um momento difícil, mas vai ficar tudo bem. Ele... ele não está me ameaçando nem nada. Ele nunca encostou um dedo em mim.

— Mas você quer pagar para ver? — pressiona Becky.

Amanda chega do trabalho e entra pela porta da frente. Parece exausta. Ela acena para mim meio desanimada e sobe as escadas.

— Você pode ficar aqui em casa pelo tempo que quiser — diz Becky. — A gente tem um quarto de hóspedes...

— Você é um amor — digo —, mas não precisa. Vai ficar tudo bem.

— Mas você se lembra do que a médium disse? E se ele te esfaquear?

Quase deixo escapar uma risada.

— Isso não vai acontecer, Becky.

Mas digo isso deixando transparecer um pouquinho de nervosismo. Como se houvesse mesmo uma chance de Blake me machucar.

Becky fala mais alguma coisa, porém não consigo escutar, porque um grito ensurdecedor ecoa pela casa. Seguro firme o telefone e olho para o teto.

— Becky, preciso desligar — digo.

— Tá bem — concorda ela. — Mas se o Blake fizer alguma coisa violenta, saia de casa o mais rápido que puder. Malcolm pode pegar o carro e a gente pega você em cinco minutos.

— Obrigada — digo, chorosa. — Becky, você é uma ótima amiga.

Desligo o telefone e vou até o terceiro andar. Amanda não gritou de novo, mas, quando me aproximo do quarto, consigo ouvi-la chorando. O que foi agora?

Bato delicadamente à porta.

— Aman… ãh, Whitney?

Depois de um momento de silêncio, ela responde.

— O quê?

— É a Krista. Está tudo bem?

Ela abre a porta com o rosto cheio de lágrimas e os olhos vermelhos e inchados.

— Whitney, o que aconteceu? — pergunto.

— Blake jogou fruta podre cheia de vermes na minha cama — diz ela, com dificuldade. — Foi isso o que o seu namorado fez.

Levanto as duas sobrancelhas. *Blake* fez isso? Nossa, ele está pirando de verdade.

Talvez ele não seja tão inofensivo quanto eu pensava.

Cubro minha boca com uma das mãos.

— Ai, meu Deus! Que coisa horrível! Você sabe por que ele fez isso?

— Porque ele está ficando louco! — chora ela. — Ele é *horrível*. Ele sempre deixa uns bilhetes maldosos aqui e olha para mim como se quisesse me ver morta. — Ela olha para trás, na direção da cama, que está mesmo coberta de maçã podre e vermes se contorcendo. Acho que Amanda vai ter de jogar a coberta fora. Nunca imaginei que ele *faria alguma coisa* depois de encontrar o saco de fruta podre. — Eu não aguento mais essa situação. Eu… acho que vou me mudar.

Isso não é bom. Amanda quer ir embora e Blake tem falado em vender a casa. Vou ter de acelerar os planos.

— Para onde você vai? — pergunto.

— Não sei — responde ela, impotente. — Antes de vir para cá, eu já tinha sido amparada por todos os meus amigos dormindo no sofá da casa deles. Acho que não posso mais pedir ajuda para ninguém. E… estou sem dinheiro.

Amanda está desabafando comigo. Talvez seja um bom momento para admitir as coisas que sei. Quero que ela confie em mim, e esse é um passo importante. Porém, mais importante ainda, quero que ela admita o que fez. Porque preciso ter cem por cento de certeza.

— Escuta. — Entro no quarto e fecho a porta para termos privacidade. — Quero que você saiba que… eu sei.

Vejo medo em seus olhos, mas ela tenta manter a compostura.

— Como assim? Sabe o quê?

— Você sabe o que eu quis dizer… Amanda.

Ela leva um susto e dá um passo para trás.

— Eu… eu não…

— Tenho um amigo que trabalha com TI e, quando mostrei sua carteira de motorista para ele, ele disse que ela parecia ser falsa. Então ele foi atrás de mais informações — conto. — Mas não se preocupe. Blake não sabe de nada. E não contei para ninguém.

Ela franze as sobrancelhas.

— Você não contou para *ninguém*?

Bingo.

— Para ninguém.

Amanda se senta na beira da cama, evitando as maçãs e os vermes. Ela cobre o rosto com as mãos.

— Não sei como cheguei a este ponto. Como minha vida foi ficar *assim*?

— Se você quiser conversar...

Ela levanta a cabeça.

— Você jura que não vai contar para ninguém?

— Juro pela minha vida.

E isso realmente é verdade.

Ela fecha os olhos com força, e uma lágrima escorre por cada bochecha.

— Minha mãe teve câncer. No estômago. O prognóstico era terrível, ainda mais sem tratamento. Mas o tratamento... Era muito caro e o plano de saúde dela não cobria.

— Nossa — sussurro.

— E não dava para ir ao banco pedir um empréstimo para pagar a quimioterapia — sussurra ela, evitando olhar para mim. — Então peguei o dinheiro emprestado de outra pessoa. De alguém que não costuma fazer perguntas.

— Entendi.

Presumi que Amanda estava fugindo por causa de algum motivo detestável. Em vez disso, foi porque ela precisava de dinheiro para pagar o tratamento de câncer da mãe. De certa forma, isso me deixa ainda mais irritada. Ela teve uma mãe, uma mãe que a amava tanto a ponto de Amanda estar disposta a fazer de tudo para mantê-la viva. Isso é muito mais do que o que eu tive.

— Mas, ainda assim, ela morreu. — Ela dá um sorriso sem graça. — Apesar do dinheiro, da quimioterapia, do mal-estar e da queda de cabelo, ela ainda viveu menos tempo do que o esperado pelo prognóstico sem tratamento. E fiquei com uma dívida enorme. — Ela se contorce. — E não é o tipo de coisa que dá para declarar falência e acabou, entende? Se eu não pagasse a dívida, eles iam me matar.

— Por isso você mudou de nome…

— Usei o pouco do dinheiro que tinha para comprar uma identidade nova — explica ela. — Whitney Cross é o nome de uma adolescente que desapareceu um tempo atrás. Ela deve ter sido assassinada ou algo assim. Não estava usando a própria identidade e eu precisava de uma nova.

Cerro os dentes. Ah, faça-me o favor, eu não fui *assassinada*. Até parece! Só fiquei sem usar meu nome por um tempo. Mas isso não dava a ela o direito de *assumir* minha identidade. O fato de que nada aconteceu com ela desde que se tornou Whitney Cross significa que eu poderia ter voltado a usar meu verdadeiro nome em segurança.

Quero dizer, se ela não o tivesse *roubado*.

— Essa é minha história triste — diz ela. — Se você contar para alguém, estou morta. Então, espero que não conte.

Eu me sento na beira da cama, ao seu lado.

— Seu segredo está seguro comigo — eu a tranquilizo. — Na verdade, acho incrível que você tenha tentado ajudar sua mãe.

— Não adiantou de nada — diz Amanda. — Ela ficou furiosa quando descobriu o que fiz para conseguir o dinheiro. Ela não queria me ver endividada. Minha mãe trabalhou tanto para que eu pudesse estudar e, agora…

Ah, mas que coitada. Ela pegou dinheiro emprestado de um agiota e se deu mal. O que ela achou que ia acontecer?

— Escuta — digo —, já que você me contou esse segredo, também vou contar um meu.

Ela olha para mim, interessada.

— O que é?

— Estou pensando em terminar com Blake.

Ela fica chocada.

— Sério?

— Não é nenhuma surpresa, né? Você acha que ele é um psicopata.

— Acho mesmo. Mas…

— Ele não era assim. E está me deixando cada vez mais assustada. — Estremeço. — Tenho que terminar com ele antes que alguma coisa horrível aconteça. Tenho medo de que ele… que ele me machuque.

Amanda segura minha mão. Deixo que ela faça isso, apesar de querer dar um tapa na cara dela.

— Só preciso de um pouco mais de tempo — digo. — Não tenho muito dinheiro guardado, então preciso economizar um pouco mais e arranjar um lugar para ficar.

— Sei como é — diz Amanda.

— Quem sabe — digo — a gente não possa alugar um apartamento juntas e dividir o aluguel.

Ela sorri pela primeira vez desde que entrou em casa e viu o que Blake tinha feito.

— Isso seria ótimo, Krista. Eu adoraria.

Eu me esforço para retribuir o sorriso, mesmo que ele pareça falso.

— Vai dando uma pesquisada em apartamentos e me avisa se você achar alguma coisa.

Animada, ela faz que sim com a cabeça.

— Aposto cinco pratas que a gente consegue encontrar um lugar tão grande quanto este, pagando um quarto do valor, em Staten Island.

Staten Island? Ela está de *brincadeira*, né?

— Venha. Vamos limpar essa bagunça.

Ajudo Amanda a limpar a cama. Só para deixar registrado, fiquei furiosa com Blake por ter feito o que fez. Qual é o problema dele? Por que ele não agiu como uma pessoa normal e jogou as maçãs podres e cheias de vermes no lixo? Acho que essa pressão toda está fazendo com que ele se comporte de uma forma mais imprevisível do que eu imaginava. Agora, sou obrigada a limpar mais uma de suas bagunças.

Entre várias idas e vindas, e depois de uma grande quantidade de lava-roupas, conseguimos limpar tudo. Lavo as mãos no banheiro para me livrar dos últimos resquícios de maçã podre, enquanto Amanda usa o meu aromatizador de ambientes em seu quarto.

Depois de enxugar as mãos, vou até a sala de estar e vejo Goldy nadando no aquário. Blake e eu compramos a peixinho na época em que nos mudamos para cá. Ela foi nosso primeiro animal de estimação. A ideia era, no futuro, termos um bichinho que exigisse mais responsabilidade e amor, como um gato. E aí, talvez, um cachorro. E depois, quem sabe, um filho.

Mas nada disso vai acontecer. Já era.

Graças ao Blake.

Eu me aproximo do aquário de Goldy. Bato de leve no vidro e ela olha para mim. Goldy é um bom bichinho de estimação. A gente se divertiu muito com ela, mas agora seu tempo está acabando. Mais rápido do que eu esperava.

— Adeus, Goldy — digo, triste. — Sinto muito, mas saiba que a culpa é do Blake.

Goldy simbolizava a vida que estávamos começando juntos. E, se nosso futuro vai pelo ralo, faz sentido que ela vá primeiro.

CAPÍTULO 57

Estamos no quarto e Blake encara o frasco de água sanitária que está na minha mão. O mesmo frasco que escondi depois que Goldy começou a boiar no aquário.

— O que isso está fazendo dentro do nosso armário? — questiono.

Blake olha para mim, perplexo. Por mais que eu o odeie, uma parte de mim quer dar um abraço nível dez nele, porque ele parece precisar de um. Blake não faz ideia de como seu celular foi parar no quarto de Amanda nem de como uma mancha do batom dela surgiu no colarinho de sua camisa. Ele só consegue culpá-la por tudo que está acontecendo. Ele se sente perdido.

— Não faço ideia — diz ele, engolindo em seco.

— Você matou a Goldy para botar a culpa em Whitney?

Parece que ele vai ter um treco.

— Não! Meu Deus, claro que não. Não é possível que você…

Aproveito para começar a listar as mancadas que ele deu nos últimos tempos. Todas as coisas estranhas que ele tem feito. Ele escuta o que estou dizendo, querendo argumentar, mas sabe que não vou acreditar no que disser. Enquanto isso, faço a minha mala.

— Estou começando a achar que aquela vidente estava certa — concluo. — Se eu continuar aqui, só Deus sabe o que você é capaz de fazer.

— Não. *Não*. — Parece que ele está prestes a chorar. — Eu nunca seria capaz de trair você e jamais levantaria um dedo para te machucar.

Quanta besteira. Fecho o zíper da minha mala.

— Acho melhor eu ir.

Ele para na minha frente, bloqueando a saída do quarto.

— Blake, deixa eu passar — digo.

Ele não se mexe. As coisas ficam tensas. E, por uma fração de segundo, fico com medo de ter ido longe demais. De que meu noivo tranquilo possa mesmo ter surtado. E quem sabe alguém acabe mesmo encontrando meu corpo coberto de sangue na sala de estar.

Mas então ele dá um passo para o lado.

Porém, Blake não desistiu. Ele desce as escadas atrás de mim, implorando para que eu fique. Ele não faz ideia de que sua noite vai ficar ainda pior se resolver comer a comida chinesa que sobrou e está na geladeira. Peguei um chumaço de cabelo na escova da Amanda e misturei com o macarrão como se fosse um ingrediente extra. Ele *nunca* tira o macarrão da embalagem nem esquenta a comida antes de comer.

Blake ainda está implorando para que eu fique quando chego à porta de casa, ele não para de falar enquanto visto meu casaco e calço meus tênis. Ele me segue até a rua.

— Eu amo você, Krista — diz ele.

Ah, é. Sei.

Blake parece surpreso com o táxi que surge de repente, porque é raro passar um na nossa rua. Ele não imagina que fui eu que chamei o táxi, e o carro chega na hora certa. Embarco, aliviada de não ter mais de ouvir suas mentiras.

À medida que o táxi se afasta, observo Blake através do vidro traseiro. Ele continua no mesmo lugar, olhando na direção do carro. Vejo o Sr. Zimmerly saindo de casa e, mais uma vez, o *timing* é incrível. No pior momento possível, ele começa a gritar com Blake, provavelmente reclamando das latas de lixo na calçada — não consigo ouvir a conversa, mas parece que o velho não fala de outra coisa. Só de sacanagem, tenho colocado lenha na fogueira, voltando com as latas de lixo que Blake já havia guardado de volta para a calçada. Flagrei Blake coçando a cabeça e olhando para as latas que ele podia jurar que tinha guardado. O Diabo mora nos detalhes. Quando o táxi vira a esquina, Blake começa a gritar com o Sr. Zimmerly.

Blake odeia nosso vizinho. Eu sei disso, e todo mundo que mora na nossa quadra também. Se alguma coisa acontecesse com o Sr. Zimmerly, Blake seria o suspeito número um.

E isso me dá uma ideia.

CAPÍTULO 58

Toda noite de sábado, Stacie Parker segue a mesma rotina. Sei disso porque eu a tenho observado.

Entre oito e oito e meia da noite, ela sai de seu prédio, equilibrando-se em um salto agulha e um vestido constrangedoramente curto. Ela espera um minuto ou dois e pega um Uber. De Uber, vai até um bar ou uma boate, onde passa a noite bebendo e flertando com homens.

Não acredito que Blake se interessou por ela. Não acredito que ele jogou fora tudo o que a gente tinha por causa dessa mulher.

Porém, preciso dar o braço a torcer: ele não desiste fácil. Desde que saí de casa, Blake fica me ligando e mandando mensagens o tempo inteiro. Becky está tentando me convencer a bloquear o número dele, mas gosto de vê-lo sofrer. Gostei especialmente das mensagens que ele me mandou depois que descobriu que o Sr. Zimmerly estava morto.

Deve ter sido um choque para ele. O Sr. Zimmerly também ficou chocado quando acertei sua cabeça. Eu não sabia muito bem que objeto usar, mas optei pelo relógio que compramos em um antiquário. Com certeza, as digitais de Blake estão nele e pareceu ser uma boa forma de me despedir da nossa vida juntos. É só uma questão de tempo até que a polícia ligue uma coisa à outra.

Neste exato momento, estou no carro de Malcolm, em frente ao prédio de Stacie. Não cheguei a pedir o carro emprestado, mas sabia que Malcolm e Becky iam ficar em casa, e ele nem ia dar falta. Eu precisava de um carro para poder fazer o que tenho em mente.

Pouco depois das oito da noite, Stacie sai do prédio e já está parecendo meio bêbada. Que bom. Isso facilita muito as coisas para mim.

Ela saiu sem casaco e está tremendo naquela noite fria. Sei que ela já deve ter chamado o Uber, então preciso ser rápida. Encosto o carro em frente ao prédio. Abro o vidro antes que ela consiga conferir a placa, embora Stacie não me pareça ser o tipo de pessoa cuidadosa que faria uma coisa dessas.

— Stacie? Você pediu um Uber?

Ela sorri para mim.

— Pedi, obrigada.

Ela embarca no carro e bate a porta. Outro carro surge virando a esquina e eu acelero antes que ele chegue.

— Se você quiser água, fique à vontade para pegar uma garrafinha — digo.

— Obrigada! — diz ela. — Motoristas mulheres são muito mais atenciosas! Vou te dar cinco estrelas, com certeza!

A garrafinha de água serve a dois propósitos. Em primeiro lugar, vai impedir que ela mexa no celular e perceba que entrou no carro errado. Em segundo, usei uma agulha muito fina para batizar a água da garrafa.

— E qual é a boa de hoje à noite? — pergunto casualmente.

— Vou encontrar umas amigas — diz Stacie, e dá uma risadinha.

— E o namorado?

— Não estou namorando agora. Infelizmente.

Olho pelo espelho retrovisor e vejo que ela está tomando a água. Que bom. Não vai demorar muito para que fique sonolenta. Coloquei mais calmante na água do que nos cookies que derrubaram Blake antes de eu pegar o celular dele e esconder no quarto de Amanda.

Blake tinha uma foto minha em sua mesa de trabalho, então fiquei um pouco preocupada com a possibilidade de Stacie me reconhecer. Por isso, comprei uma peruca baratinha e caprichei na maquiagem. Mas eu não devia ter me preocupado. Stacie não parece nem um pouco interessada em mim e, de qualquer forma, ela só vê a parte de trás da minha cabeça. Além disso, estou ouvindo uma rádio de música pop com o volume bem alto, para evitar que ela reconheça minha voz.

— É difícil acreditar que você é solteira — comento. — Quero dizer, se *você* não tem namorado, que chance o restante de nós tem?

Stacie ri.

— Você ficaria surpresa. É mais difícil do que você imagina, mesmo para mim. Os que prestam já estão casados.

Cerro os dentes.

— Ah, é?

— É. Com certeza.

— E no trabalho? Todo mundo fala que é um bom lugar para conhecer pessoas. Mas eu não tenho como saber. — Dou uma risada amigável.

— Ai, não. — Pelo retrovisor, vejo que ela balança a cabeça de maneira enfática. — Tentei isso uma vez e não deu *nada* certo.

— Agora você me deixou curiosa.

Estou torcendo para que Stacie seja o tipo de pessoa que gosta de falar sobre si mesma. Pelo menos ela parece ser assim.

— Não foi nada de mais — diz ela. — Teve um cara… ele não era bem meu chefe, mas eu sou secretária do chefe dele. Enfim, esse cara era *muito* gato. Eu estava muito a fim dele.

— Difícil acreditar que ele não gostou de você.

— Ah, ele gostou — garante ela, e sinto vontade de esganá-la. Mas, não. Ainda não é hora. Melhor esperar os calmantes fazerem efeito. — Mas ele estava noivo de uma dessas típicas meninas boazinhas. Achei que podia conquistar o cara mesmo assim. E cheguei muito perto de conseguir.

— Ah, é? Vocês chegaram a ficar?

— Uma vez. No escritório. — Ela dá uma risadinha. — Foi bem intenso.

E aí está. A confirmação de que Blake me traiu com Stacie. Eu tinha noventa e nove por cento de certeza, mas agora consegui os cem por cento que queria.

Aquele filho da mãe me traiu mesmo. Eu o amei de verdade e achei que ele também me amava. Era para nós passarmos o restante da vida juntos. Ele estragou *tudo*.

E agora não preciso me sentir mal pelo que está prestes a acontecer.

— Mas por que não deu certo? — pergunto. — Por que ele não largou a noiva para ficar com você?

Pelo retrovisor, consigo ver que ela revira os olhos.

— Depois que a gente transou, ele começou a agir estranho. Ficou falando que tinha sido um erro e que não podia acontecer de novo, que amava a noiva e blá-blá-blá. Foi patético. Ele caiu muito no meu conceito depois disso.

No meu também.

Stacie dá um bocejo sonoro e encosta a cabeça na janela.

— Meu Deus, por que estou tão *cansada*? São só oito da noite. Estou ficando velha.

— Se quiser fechar os olhos um pouco, eu acordo você quando a gente chegar.

Ela sorri de maneira sonolenta.

— Obrigada. Você é uma querida.

Minutos depois, ela está completamente apagada no banco de trás do carro. O que é bom, porque senão ela veria que não estamos nem perto do lugar onde pretendia encontrar suas amigas.

Mas o efeito dos calmantes não vai durar para sempre. É por isso que trouxe também um frasco de clorofórmio. Isso deve derrubá-la por tempo suficiente para amarrar seus pulsos e tornozelos com silver tape assim que chegarmos ao nosso destino, num bosque perto de onde eu morava em Telmont, Nova Jersey.

Só então Stacie Parker e eu vamos nos divertir um pouco. Bom, pelo menos eu vou. E, quando a diversão acabar, vou levar umas lembrancinhas para a cozinha de Blake. Acho que ele vai adorar.

CAPÍTULO 59

— Preciso me mudar — diz Amanda, ao telefone. — Blake está insuportável. Não aguento mais.

Quando ela me ligou, eu estava saindo da estação de metrô no Brooklyn. Parece que Blake está aterrorizando Amanda desde que eu saí de casa. Ele quer que ela se mude, e ela também quer se mudar. Não sei muito bem como a situação chegou a esse ponto. Imagino que o cabelo na comida deva ter sido a gota d'água. Ele é muito fresco.

Acho que ainda não encontraram as lembrancinhas que deixei na cozinha. Se tivessem encontrado os dedos, eu saberia. E duvido que Blake tenha descoberto o sangue de Stacie no chão da sala de estar. Depois de matá-la, guardei um pouco de sangue para derramar exatamente no meio da sala e deixar bem fácil para os policiais descobrirem, caso eles sejam incompetentes demais. Não vai ser difícil para eles acreditar que Blake matou Stacie, sobretudo porque ele não vai estar vivo para se defender.

— Entendo que você não queira mais morar com ele — digo. — Quero dizer, foi por isso que decidi ir embora. Eu também não aguentava mais.

— Eu não pensava assim antes — diz Amanda, com a voz trêmula —, mas estou começando a achar que ele pode ser perigoso.

Eu ainda acho que Blake é incapaz de machucar alguém. Ele não tem o que é necessário. E digo isso como uma mulher que sabe o que é preciso.

— Que tal a gente conversar amanhã? — sugiro. — Posso passar aí antes de Blake voltar do trabalho e a gente combina de procurar um lugar juntas. — Quando Amanda hesita, acrescento: — Quero dizer, você não vai se mudar hoje, né?

— Acho que não — responde ela, sem muita convicção.

— Escuta — digo. — Procura uns apartamentos. Aí a gente se organiza para visitar os mais interessantes.

O plano parece acalmar Amanda. Ela concorda em conversarmos amanhã na brownstone, no fim da tarde.

Isso significa que não tenho muito tempo. Seja lá o que tiver de acontecer, precisa ser amanhã.

Então é bom que eu esteja no Brooklyn agora, a uma quadra de onde Elijah mora. Ele separou umas coisas para mim que não quer ficar carregando por aí. Uma delas em especial.

Elijah mora em um prédio de quatro andares sem elevador, e é claro que o apartamento dele fica no último andar. A rua está relativamente deserta, a não ser por um homem sentado na calçada com uma garrafa de bebida dentro de um saco de papel pardo. Vários imóveis comerciais estão cercados de tapumes cobertos de pichações obscenas. Não são exatamente imóveis de primeira, como é o caso da nossa brownstone no Upper West Side, e percebo que seguro minha bolsa mais perto do peito. Com a inteligência que tem, Elijah poderia ser incrivelmente bem-sucedido, mas ele não é ambicioso como Blake, e tenho a impressão de que prefere passar o tempo livre jogando video game a se dedicar a subir de cargo numa empresa. Além disso, ele não tem nenhum traquejo social.

No interfone, aperto o botão do apartamento 4A. Quase imediatamente, ouço o barulho da porta abrindo e consigo entrar.

Subo as escadas até o quarto andar, esbaforida. Não sei como ele consegue morar aqui, muito embora consiga imaginar Elijah subindo rápido esses quatro andares todos os dias. Ele deve até gostar.

Quando chego ao apartamento 4A, preciso de um segundo para recuperar o fôlego antes de apertar a campainha. Mais uma vez, Elijah atende quase na mesma hora, como se estivesse esperando do outro lado da porta. Ele abre um sorriso ao me ver ali, com as bochechas vermelhas.

— Whitney — diz ele. — Entra.

Não me dou ao trabalho de corrigi-lo dessa vez. Ninguém importante vai ouvir nossa conversa neste buraco.

Entro no pequeno apartamento de Elijah e tiro meu casaco. É a primeira vez que venho até aqui e fico surpresa ao ver como o lugar é limpo. Não sei muito bem o que estava esperando. Imaginei ver latas de refrigerante e embalagens de pizza espalhadas pela casa. Talvez ele tenha organizado tudo sabendo que eu vinha. Ele tem poucos móveis: um sofá, uma televisão widescreen, uma estante de livros feita com blocos de concreto e uma mesinha de centro com um controle de video game largado em cima dela.

Já Elijah parece o mesmo de sempre. Está usando uma de suas camisetas velhas e calça jeans, e, apesar de estarmos dentro de casa, usa o boné com o pinguim da Linux. Foram poucas as vezes que o vi sem esse boné, e, em todas elas, o cabelo ralo cor de areia estava colado à cabeça, como se fosse um caso crônico de cabelo amassado.

— Gostei do seu apartamento — digo.

Ele sorri para mim.

— Obrigado.

Tá bom, chega de conversa-fiada.

— Você conseguiu tudo?

O sorriso desaparece de seu rosto. Normalmente, ele fica feliz em resolver as coisas para mim, mas não desta vez.

— Consegui.

— Deixa eu ver.

— Whitney. — Ele olha para os próprios tênis encardidos. — Não sei se é uma boa ideia…

— Posso pagar mais, se esse for o problema.

Ele ergue a cabeça, de repente.

— A questão não é essa. Não *mesmo*.

Franzo a testa.

— Você disse que podia me ajudar. Você vai fazer isso ou não?

Ele solta um longo suspiro.

— Já volto.

Fico na sala, enquanto Elijah vai até outro cômodo da casa. Espero por alguns minutos, agitada demais até para mexer no celular, até que ele volta com um saco de papel na mão. Percebo que é do tamanho perfeito para algumas maçãs… ou para alguns dedos. Isso que é versatilidade.

Elijah estende o saco de papel para mim.

— Toma.

Confiro o que tem lá dentro. De fato, Elijah conseguiu tudo o que eu queria. Uma carteira de identidade e um passaporte com um novo nome — que espero não ter de usar, mas não tenho como saber o que vai acontecer amanhã depois que tudo vier à tona. Afinal, não consegui prever que as coisas dariam errado com Jordan.

E há mais uma coisa no saco de papel. Um frasco pequenininho com um líquido transparente.

— E isso aqui? — pergunto. — É a tetrodotoxina?

Estava lendo sobre toxinas e cheguei à conclusão de que a tetrodotoxina, o veneno do baiacu, era a ideal para mim. Queria alguma coisa letal que não fosse instantânea.

— É — diz ele.

— Perfeito. Obrigada.

Os olhos de Elijah parecem grandes atrás dos óculos.

— Você sabe que isso aí vai matá-lo, né?

— Sei, essa é a ideia.

Elijah sabe que matei Jordan. Ele sabe também da vagabunda que roubou Jordan de mim. Como eu disse, ele sabe demais.

— Enfim — digo, encerrando a conversa. — Obrigada por tudo.

Vejo uma expressão de pavor em seu rosto.

— Escuta, Whitney. Você não precisa fazer isso.

Guardo o frasco de tetrodotoxina no saco de papel, junto do passaporte e da carteira de identidade.

— Preciso, sim.

— Não precisa — insiste ele. — Quero dizer, sim, Blake é um idiota que traiu você. Mas e daí? Ele é um idiota e não te merece. Por que você simplesmente não esquece essa história?

Elijah não sabe o que fiz com o Sr. Zimmerly e com Stacie Parker. Se ele soubesse, não diria para eu ignorar essa história. Ele saberia que já é tarde demais para isso.

— Não dá para esquecer — digo, firme — Como você se sentiria se a mulher que você ama estivesse transando com outro cara?

Ele olha para mim com uma expressão triste.

— Eu sei bem como é essa sensação.

Não é novidade nenhuma que Elijah me ama. Sei disso há bastante tempo. E usei essa informação a meu favor durante muitos anos, mas agora isso já foi longe demais. Seu afeto por mim se tornou algo irritante e está começando a atrapalhar meus planos.

— Elijah — digo, em um tom paciente que já usei outras vezes com ele.

— Eu sei, eu sei — rebate ele. — Sei que o sentimento não é recíproco. Mas, Whitney, eu seria bom para você. E faria tudo por você, todos os dias. E nunca, *jamais*, trairia você como ele fez.

Eu queria amar Elijah. Se eu o amasse, minha vida seria muito mais fácil.

— Se ficasse comigo, você seria tratada como uma rainha — continua ele. — Eu acordaria todas as manhãs me sentindo o cara mais sortudo por estar com você.

— Elijah…

Está na cara o quanto ele gosta de mim. Por um instante, eu me pergunto se ele ainda é virgem. Parece algo possível. Se ele for, a culpa é um pouco minha. Ele é apaixonado por mim desde que éramos adolescentes. Elijah é um cara legal, mas esse amor não correspondido acabou com a vida dele. Teria sido melhor se ele não tivesse me conhecido.

— Esqueça o Blake — diz ele. — Eu amo você, Whitney. Só preciso de uma chance para provar.

Ele se inclina para me beijar.

É um beijo OK. Nada a ver com o primeiro beijo que Blake me deu, que fez meu corpo inteiro se arrepiar, o tipo de beijo cujos efeitos eu ainda podia sentir horas depois, quando dormi sozinha, porque ele era cavalheiro demais e não queria me levar para a cama no primeiro encontro. Mas, só pela cara de Elijah, consigo ver que nosso beijo fez com que ele sentisse algo parecido.

— Uau — suspira ele. A expressão em seu rosto compensa o fato de o beijo não ter sido tão incrível assim para mim.

— Vamos para o quarto — digo.

CAPÍTULO 60

Tecnicamente, não traí Blake.

Eu e Blake estamos dando um tempo e pedi a Malcolm que devolvesse o anel de noivado para ele amanhã de manhã. Além disso, Blake me traiu primeiro, então tenho crédito. E o fato de eu ter transado com outro cara foi mais por pena do que por qualquer outra coisa, então nem sei se dá para considerar.

Foi bem mediano, ou talvez pouco pior do que isso, sendo bem sincera. Elijah não sabia muito bem o que fazer e pulou as preliminares, mas demonstrou entusiasmo e foi mais ou menos como eu imaginava. Ele adorou, então pelo menos isso foi bom.

Já tem mais de uma hora que isso aconteceu e preciso ir embora. Coloco o vestido verde curto e justinho que Blake costumava elogiar — eu lembro que ele passava os dedos na minha lombar, dizendo que eu ficava muito sexy naquela roupa. Ele adorava quando eu me vestia bem.

Eu me visto e termino de me arrumar na frente do espelho do banheiro. Estou com a aparência cansada, mas continuo bonita. Ainda tenho uns bons anos pela frente até começar a parecer velha. Há uma mancha vermelho-escura no meu queixo, que lavo com um pouco de sabão e ela sai. Desfaço o coque e prendo meu cabelo no alto da cabeça. Assim, em vez de parecer desgrenhado, o cabelo fica estiloso e bagunçado, do jeito que Blake gosta.

Satisfeita com minha aparência, saio do banheiro e volto para o quarto a fim de me despedir de Elijah.

Ele está deitado na cama com um sorriso satisfeito no rosto. Foi mediano para mim, mas ele achou espetacular. E me agradeceu no fim, o que foi bem bonitinho. Os braços dele estão esticados ao lado do corpo, imóveis.

E, além disso, um corte ensanguentado atravessa sua garganta.

Eu me senti mal por tê-lo matado. De verdade. Mas Elijah sabia demais, e sua atração por mim estava beirando o doentio. É melhor assim.

De qualquer forma, não sou uma pessoa ruim. Elijah viveu um bom momento comigo antes que eu cortasse sua garganta. Ele saiu de cena em grande estilo. E ainda esperei até que ele ficasse bem tranquilo e satisfeito. Tudo acabou numa fração de segundo, ele mal se deu conta de que estava morrendo.

Amanhã será um dia cheio, e não quero ter de me preocupar com Elijah bancando o protetor para cima de mim. Ele já me deu tudo que tinha para dar.

— Adeus, Elijah — digo.

Ele não me responde.

Não vou embora imediatamente. Antes, quero limpar tudo em que toquei no apartamento. Tenho de esperar até que a barra esteja limpa para ir embora, mesmo que ninguém aqui seja capaz de me reconhecer. Tenho a impressão de que Elijah não tem muitos amigos. Não existe nada que nos conecte.

Fico com uma sensação boa ao riscar os itens da lista. Primeiro o Sr. Zimmerly, depois Stacie e, agora, Elijah. Só faltam dois. Até amanhã, tudo estará resolvido.

CAPÍTULO 61

Amanda vai sair mais cedo do trabalho e me disse que estará em casa às sete, então chego à brownstone uma hora antes para ter mais tempo.

Hoje de manhã, dei um saco de cookies batizados com tetrodotoxina para Blake. Não sei quanto tempo leva para a toxina fazer efeito, mas ele não vai morrer rápido. Usei uma dosagem baixa e, pelos meus cálculos, ele vai levar de quatro a seis horas para morrer depois que comer os cookies. Mas pode ser que ele tenha demorado para comê-los.

O *timing* é crucial. Ele precisa estar vivo ou ter morrido pouco tempo antes de Amanda chegar do trabalho. Porque, se Blake estiver morto, a polícia não vai acreditar que ele esfaqueou Amanda. E a polícia precisa achar que ele a matou e depois se suicidou. Vou esconder o frasco de tetrodotoxina na gaveta do quarto.

Em geral, a morte por tetrodotoxina ocorre por insuficiência respiratória. Ao longo de várias horas, Blake vai se sentir cada vez mais confuso e com dificuldade para engolir e falar, vai ficar com a frequência cardíaca alterada e poderá sofrer convulsões. É claro que ele pode acabar indo a um hospital, mas, considerando que não tem plano de saúde, essa será sua última opção. Espero que ele pense que é só uma gripe e tente dormir para ver se melhora. Espero encontrá-lo deitado no sofá ou na cama, já morto ou respirando com dificuldade.

Isso é o que espero, mas, ao abrir a porta da minha antiga casa, sinto uma onda de tristeza que eu não havia previsto.

Blake pode estar morto.

Não me senti mal por matar Elijah. Ele tinha uma vida tão patética que foi como se eu estivesse lhe fazendo um favor. Stacie era uma vagabunda. E o Sr. Zimmerly era velho e infeliz. Até com Jordan foi diferente. Eu amava Jordan, mas de um jeito adolescente e imaturo.

Com Blake, a situação é outra. Eu o amei muito. E tinha imaginado uma vida com ele de maneira muito concreta. Usei a aliança que ele me deu. Pensei que formaria uma família com ele. E acreditei que ele sentia o mesmo por mim.

E agora...

Vai ser difícil olhar para ele deitado na nossa cama, morto ou inconsciente, sabendo que o futuro com que tínhamos sonhado não vai mais existir.

Por que você me traiu, Blake? Por que você não foi um cara legal como eu achava que era? Por que não foi sincero quando disse que me amava mais que tudo?

Sinto meu coração acelerar à medida que entro na brownstone. Vou direto até o sofá, preparada para a cena que posso encontrar. Mas não. Ele não está no sofá. Deve estar no quarto, deitado.

Subo até o segundo andar, sabendo que não tenho como voltar atrás. Ele estará deitado na cama, muito provavelmente tão morto quanto Elijah. Ando o mais lentamente possível, porque não quero ver a cena. Mas, quando entro no quarto...

Ele também não está lá.

Que droga. Cadê ele?

Talvez Blake tenha ido para o pronto-socorro. Eu estava contando com que não fizesse isso, mas talvez eu o tenha subestimado. E, se esse for o caso, acabou a brincadeira. Os médicos vão ver que ele foi envenenado e não vai ser difícil para eles entender o que aconteceu. Ainda mais depois que encontrarem o bilhete que coloquei no bolso do casaco de Blake.

Pego o celular na bolsa, tentando descobrir qual será meu próximo passo. Então vejo que ele tentou me ligar e que também me mandou uma mensagem. Leio o que ele escreveu e escuto o recado que deixou para mim na caixa postal.

OK. *Interessante.*

No fim das contas, parece que vai dar tudo certo.

PARTE III

CAPÍTULO 62

BLAKE

Vomito na calçada até sentir dor nas costelas.

No fim, já não sai mais nada, mas não quero parar. Preciso botar para fora até a última migalha dos cookies que comi.

Quando tenho quase certeza de que meu estômago está vazio, eu me levanto, meio zonzo. Fecho os olhos, tentando lembrar o momento exato em que comi os cookies. Faz menos de uma hora. Quanto tempo leva para uma coisa que você comeu cair na corrente sanguínea? Não sei a resposta para essa pergunta. Esvaziei meu estômago, mas pode ser tarde demais.

Eu me sinto péssimo, mas principalmente pelo esforço de vomitar. Sinto meus dedos formigando, ou será que é só minha imaginação? Não sei dizer.

Mas o pior de tudo é que não consigo parar de pensar. Krista — a mulher que eu amava — não é quem eu pensava ser. Ela é… Bom, se o que a mãe dela me contou for verdade, ela é uma psicopata. Ela matou o namorado. Depois matou a garota que dormiu com ele. E provavelmente matou o Sr. Zimmerly e Stacie.

Meu Deus, Stacie… É tudo culpa minha.

Tento entender o que está se passando no meu corpo. Eu me sinto… bem. Estou com dor de cabeça e um pouquinho enjoado, mas deve ser pelo fato de eu ter ficado muito tempo vomitando. Acho que consegui tirar todo o veneno do meu corpo antes que ele começasse a agir, seja lá o que for.

Krista me envenenou. Ela tentou me matar.

Não sei muito bem o que aconteceu nem quem Whitney é de verdade, mas não tenho dúvida de que Krista é a filha da mulher que acabei de conhecer. Além da semelhança física, tudo soou familiar. Telmont soou familiar, porque Krista chegou a falar da cidade antes. E, agora que parei para pensar, lembro que ela comentou também sobre ter morado em Braga, e ela ama vinho do Porto. Foi por isso que reconheci o nome. Tenho certeza de que nunca visitei o lugar.

Krista mentiu sobre tudo relacionado à sua vida. Ela disse que era de Idaho e que tinha se mudado com uma amiga para Nova York depois que terminou o ensino médio — uma mentira. Não sei quem é aquela mulher de meia-idade com quem jantamos e que ficou toda nostálgica falando da infância de Krista. Ela claramente não era sua mãe — outra mentira. Ela falou a verdade quando disse que o pai tinha morrido de um ataque cardíaco, embora tenha omitido o fato de que ele estava lidando com o estresse causado por todas as coisas terríveis que ela fez.

E agora?

Penso na carta de suicídio que Krista escreveu em meu nome. A coisa toda é horrível, mas uma frase em particular não sai da minha cabeça:

Depois de todas as pessoas que matei, não tenho como seguir vivendo.

Está claro que ela quer me culpar pelas mortes do Sr. Zimmerly e de Stacie, mas será que existem outras? A carta não entra em detalhes. Ela não vai querer que a polícia tenha dúvidas acerca do que eu fiz.

Depois de todas as pessoas que matei…

Ela vai matar Whitney.

De repente, tenho certeza: é esse seu plano. Ela vai matar Whitney na minha casa para que não haja dúvida de que o culpado sou eu. Mas estou em Nova Jersey agora e acabei com os planos dela.

Ou não?

Se Krista presume que vou comer os cookies — o que é uma aposta de baixo risco, considerando o quanto gosto desses cookies de canela —, ela pode decidir matar Whitney de qualquer forma. Afinal, tenho uma carta de suicídio em meu bolso.

Preciso ligar para a polícia.

Pego o celular e começo a ligar, mas, antes de clicar no terceiro dígito, repasso a história em minha cabeça e me dou conta de que tudo vai soar muito absurdo e complicado. Ninguém vai acreditar em mim. Até eu estou com dificuldade de entender tudo o que aconteceu. Eles podem até acreditar em mim, mas, antes, vão me ver como um louco. Ou pior: vão achar que inventei tudo para me livrar da suspeita pela morte de Zimmerly.

Preciso falar com Krista. Se souber que estou vivo e que vomitei os cookies, talvez ela não faça mais nenhuma estupidez.

Quem sabe?

Seleciono o número de Krista, o primeiro na minha lista de contatos, porque ela é a pessoa para quem eu mais ligo. Está chamando, chamando, chamando, mas ela não atende.

Oi, aqui é a Krista... Deixe uma mensagem!

Pigarreio.

— Oi, ãh, Krista? É o Blake. Escuta, estou... eu estou em Telmont porque... bom, você sabe por quê. E eu... eu conversei com a mãe da Whitney... quero dizer, com a sua mãe, e eu... eu só... Você poderia me ligar, Krista? Por favor. Preciso falar com você. Eu ainda... eu só quero ver você. Sinto muito por tudo o que aconteceu e... Escuta, eu vou voltar para casa e... me espera. Por favor.

É uma mensagem longa e que não faz o menor sentido, e, assim que termino de gravar, já estou arrependido de ter enviado. Posso até amar Krista, mas preciso lembrar que ela tentou me matar. Ela quer me ver morto.

Mando uma mensagem de texto um pouco mais sucinta:

Me liga.

Vejo que horas são. Se eu sair agora, chegarei em casa por volta das sete, dependendo do trânsito. Como pego o contrafluxo, espero não ficar parado na estrada. Talvez eu consiga impedir que mais alguma coisa ruim aconteça.

Uma voz na minha cabeça diz que eu deveria ligar para a polícia imediatamente. Mesmo que achem a história absurda, talvez eles mandem uma viatura para dar uma olhada.

Mas Whitney raramente volta do trabalho antes das dez ou onze da noite, e eu estarei em Nova York dentro de duas horas. Consigo chegar a tempo de evitar qualquer coisa que possa acontecer.

CAPÍTULO 63

KRISTA

Como combinado, Amanda chega do trabalho às sete.

Ela é muito pontual. É também organizada, paga o aluguel em dia e quase não faz barulho. Ela é, em vários sentidos, a inquilina perfeita.

E eu a odeio com todas as minhas forças.

Amanda está usando calça jeans e a camiseta do restaurante, e dá para sentir um leve cheiro de carne grelhada nela. Fora aquele batom vermelho-escuro que eu lhe dei e que ela tentou usar uma vez e disse não ter gostado muito da cor, Amanda nunca usa maquiagem. Se ela se arrumasse mais, poderia ser tão linda quanto Stacie, mas ela prefere não se arrumar.

Para falar a verdade, no fim, Stacie não era mais tão bonita assim. Porque cortei bastante seu rosto antes de matá-la. Depois de uns quarenta minutos, ela já estava implorando para morrer. Então foi mais um ato de misericórdia do que qualquer outra coisa.

Amanda fica surpresa ao me ver na sala de estar.

— Não sabia que você já estaria aqui.

— Bom, eu ainda tenho a chave.

— É verdade. — Ela se joga no sofá, apoiando a cabeça nas almofadas. — Ainda bem que era você e não Blake. Tem sido muito difícil lidar com ele. Ele é um babaca.

Sinto uma onda de irritação. Blake não é babaca. Ele é um cara decente — um dos poucos que conheci. Tá bom, ele me traiu, e é verdade que tentei matá-lo. Bom, que ainda vou matá-lo. Mas mesmo assim. Ela não tem o direito de falar dele nesses termos. Ela mal o conhece.

Eu me sento no sofá ao seu lado.

— Ele não é tão ruim assim.

Amanda vira a cabeça na minha direção.

— Como assim? Você acabou de terminar com ele.

— Eu sei, mas... — Não sei muito bem como articular o que quero dizer e nem sei se quero falar isso para ela. De qualquer forma, isso não é da conta dela. — Você achou algum apartamento?

Ela endireita a postura.

— Sim, vi alguns na faixa de preço que a gente quer e tem até mais opções se você topar sair de Manhattan.

— Por mim, tudo bem — minto. Eu *não quero* sair de Manhattan, mas precisamos matar o tempo até Blake chegar.

— Ótimo!

Amanda pega o celular na bolsa e abre um dos sites de imóveis. Enquanto ela faz isso, meu olhar percorre a mesinha de centro à nossa frente. Blake faz questão de não deixar nada em cima da mesa, mas, agora, vejo algumas correspondências espalhadas ali, assim como revistas e catálogos, o que mostra o estado de espírito em que ele estava quando saiu de casa. A bagunça não chamou a atenção de Amanda e fico feliz com isso.

Porque uma das revistas esconde uma faca extremamente afiada.

CAPÍTULO 64

BLAKE

Assim que pego a Riverside Drive, começo a ver tudo dobrado.

A princípio, acho que tem a ver com o fato de ter dirigido por quatro horas. Pisco algumas vezes e minha visão volta ao normal, o que parece confirmar minha teoria. Alguns minutos depois, acontece de novo. Estou olhando para as luzes do semáforo e, mesmo sabendo que deveria haver somente uma luz vermelha acesa, vejo duas. Pisco e as luzes começam a se mexer.

Merda.

Achei que tivesse vomitado tudo. Mas, aparentemente, uma parte do veneno deve ter sido absorvida pelo organismo. Talvez isso explique por que minha dor de cabeça ficou mais forte, assim como a náusea que estou sentindo desde que saí de Telmont.

Não sei o que fazer. Estou a dez minutos de casa. Eu não deveria dirigir nesse estado, mas não tenho tempo a perder. A visão dupla parece ir e vir, isso significa que a situação não é ideal, mas poderia ser pior. Quero dizer, eu poderia estar *cego*.

Pelo menos ainda não escureceu. Ainda consigo enxergar. Ainda consigo me orientar, mas preciso admitir que, se um pedestre atravessasse na minha frente, eu não seria capaz de parar o carro a tempo. Estou agarrado ao volante com as duas mãos, tentando chegar em casa. Suspiro, meio trêmulo.

Eu poderia encostar o carro. Poderia ligar para a polícia e explicar a situação. Acho que deveria ir ao hospital, porque não sei exatamente o que Krista me deu. Não que eu tenha condições de pagar, porque não tenho mais plano de saúde, mas que mal tem uma pequena dívida (tá bom, uma grande dívida) quando você está morrendo?

Será que estou morrendo? Não, não posso estar. Vomitei a maior parte dos cookies.

O GPS se tornou inútil, porque mal consigo enxergar a tela. Quero dizer, consigo enxergar, mas estou vendo tudo dobrado, o que faz com que fique difícil entender o mapa. Uso minha memória para dirigir, torcendo para não acabar entrando na contramão em uma via de mão única. Entro na Columbus Avenue e agora estou perto. Falta só mais um pouquinho.

Estava torcendo para ter me enganado. Queria que Krista não tivesse envenenado os cookies. Gostaria que a coisa toda tivesse sido um mal-entendido e que ela não quisesse me matar.

Mas não estou enganado. Não sei o que ela me deu, mas estou morrendo.

Viro a última esquina antes do quarteirão de casa e o carro sobe na calçada quando tento estacioná-lo, mas não tenho a energia necessária para manobrar. Vou ter de deixar o carro assim. Pelo menos não atropelei ninguém, isso é o que importa. E o Sr. Zimmerly não vai reclamar mesmo.

Coitado do Sr. Zimmerly. Ele está morto por minha culpa. Toda essa situação de merda é culpa minha. Quero dizer, pensando bem, a culpa é de Krista, mas, se eu não tivesse ficado com Stacie num momento de fraqueza, nada disso estaria acontecendo. Assim que acabou — acho que até mesmo antes disso —, eu já estava arrependido. Passei semanas me sentindo mal e cheguei perto de contar tudo para ela várias vezes. Não sou o tipo de cara que pula a cerca. Eu amava Krista e não conseguia acreditar na besteira que tinha feito ao colocar nosso relacionamento em risco.

Mas, depois de um mês mais ou menos, a culpa começou a diminuir. Aquilo tinha sido a pior coisa que fiz na vida e eu queria esquecer essa história para sempre. Krista nunca descobriu, pelo menos era o que eu pensava, e não tinha por que acabar com a nossa relação por causa de um lance besta de uma noite.

Mal sabia eu que ela *havia* descoberto tudo, sim, e estava planejando tocar o terror.

Minha visão está embaralhada e minha cabeça, latejando. Tenho dificuldade para pegar o celular no painel do carro e ele quase cai da minha mão. Preciso ligar para a polícia. Não tenho mais escolha. Não tenho tempo para tentar convencer Krista a não degolar Whitney. Vou morrer antes disso.

Mas, ao olhar para a tela do celular, percebo que minha visão perdeu o foco. Vejo dois celulares, depois três, para depois voltar a ser um só.

É, estou mal dc verdade.

Consigo abrir a porta e, com muito esforço, fico de pé. A visão dupla é a pior parte, porque faz com que eu me sinta muito tonto e enjoado, mas ainda consigo andar, se puder me segurar em alguma coisa.

Preciso entrar. As luzes estão acesas, o que significa que Whitney está em casa. Ela pode me ajudar e chamar uma ambulância.

A não ser, é claro, que eu esteja enganado e Whitney faça parte do esquema todo. Mas acho isso improvável. Pelo menos espero que seja.

Com dificuldade, chego aos degraus de casa. Então me agarro ao corrimão para subir até a porta. É quase um milagre, e, quando pego as chaves no bolso, me dou conta de que é extremamente difícil destrancar uma porta quando a fechadura não para de se mexer. Não tinha percebido como a fechadura era pequena.

Por que eles fazem fechaduras tão pequenas? É um negócio impossível...

Por fim, desisto e toco a campainha. O barulho ecoa pela casa e fico ali, balançando de um lado para o outro, enquanto espero alguém abrir a porta. Se demorar muito, não sei se vou aguentar. Preciso de ajuda.

Alguém...

CAPÍTULO 65

KRISTA

— Acho que este apartamento seria perfeito — diz Amanda.

Estou profundamente entediada. Não aguento mais ver apartamentos com Amanda e fingir que estou animada quando sei que não vou morar em nenhum deles. Sei que ela não sabe disso, mas não me importo.

Cadê o Blake? Por que ele ainda não chegou? Será que morreu no caminho?

— Não tem elevador, mas o apartamento é no segundo andar — diz ela. — E fica bem perto do metrô.

— Vamos colocar na lista dos apartamentos a considerar.

— Você prefere esse ou aquele em Park Slope?

Não me lembro do outro apartamento, mas ela olha para mim ansiosa, então respondo:

— Esse é bem melhor.

— Tá. — Ela faz que sim com a cabeça, pensativa. — Krista, estou tão feliz que vamos morar juntas. Sozinha acho que eu não teria como me mudar.

De relance, confiro meu relógio e volto a olhar para ela.

— Também estou muito feliz, Amanda.

Ela me dá um sorriso desconfortável.

— Prefiro que não me chame assim.

— Por que não? — Tento esconder minha irritação, mas não é fácil. — É o seu nome, não?

— É, mas... — Ela se remexe. — Seria ruim se alguém descobrisse meu nome verdadeiro. Seria muito ruim.

Sei disso, é claro, porque não sou idiota.

— Eu entendo. E Whitney é um nome bonito.

— Você acha? — Ela faz uma careta. — Na verdade, eu detesto. Parece o nome de uma dessas meninas babaquinhas que são populares na escola e fazem bullying com as outras que não são tão bonitas quanto ela. Esse tipo de menina, sabe?

O que ela quer dizer com *isso*?

— Acho que sei...

— Enfim, não tem nada a ver comigo.

Já não basta essa garota ter roubado meu nome, ela nem *gosta* dele? Que coragem! Adoraria fazer com ela o que fiz com Stacie, bem devagar, mas não vai dar. Vai ter de ser rápido, assim que Blake entrar em casa.

Mas cadê ele?

— Eu faria qualquer coisa para recuperar minha identidade — diz ela, suspirando ao se recostar nas almofadas.

— E se você pudesse escolher?

Ela larga o celular e olha para mim, curiosa.

— Escolher?

— É. E se alguém dissesse que você pode escolher entre ter sua identidade de volta ou ter sua mãe de volta e com saúde?

Ela olha para mim de um jeito engraçado.

— Eu escolheria a minha mãe, claro.

Não é o que eu escolheria. Se eu tivesse de decidir entre voltar a ser Whitney e nunca mais ver minha mãe, seria fácil. Quando tenho chance de escolher, sempre me coloco em primeiro lugar. De qualquer forma, não faço questão de ver minha mãe. A gente nunca se deu bem, principalmente depois que Joey quebrou o braço. Ela passou a me odiar depois disso.

— Falando assim, você parece mal-agradecida — digo.

Ela franze a testa.

— Mal-agradecida?

— É. Você está aqui usando o nome de outra pessoa e vem me dizer que é um nome que nem *queria* usar. Como se fosse um inconveniente. — Eu a encaro com um olhar fulminante. — Muita gente gostaria *muito* de ter o que você tem.

Amanda se contorce no sofá.

— Sabe — diz ela —, estava pensando... como está sendo difícil achar um lugar de que nós duas gostamos... talvez seja melhor a gente não morar juntas.

— Ah, é?

— Não que eu não goste de você — ela se apressa a dizer.

Ah, tá bom.

— Mas por causa de todo esse lance com Blake, talvez não seja uma boa ideia.

Lance com Blake? Do que ela está falando? Sinto meu coração acelerar um pouco.

— Você *dormiu* com ele? — pergunto, sem pensar. Se a resposta for sim, vou retalhar a cara dela. Não me importo de perder tempo com isso.

— O quê? Não! — Ela arregala os olhos, mas não sei se foi porque ficou surpresa ou porque foi pega no pulo. — Quis dizer que a gente não se dá bem. Eu jamais... — Ela pega a bolsa e guarda o celular. — Escuta, acho melhor eu ir embora.

Ela se levanta do sofá e eu também fico de pé. Ela quer ir embora, mas não posso deixá-la fazer isso. É agora ou nunca. Mexo nas revistas sobre a mesinha de centro e agarro a faca.

E é nesse momento que a campainha toca.

Amanda se distrai com o barulho. O que torna ainda mais fácil cravar a faca em sua barriga.

CAPÍTULO 66

BLAKE

Whitney, por favor, abra a porta. Por favor...

Não vou aguentar muito mais tempo. Mal consigo ficar de pé sem me apoiar no batente da porta. Estou salivando muito, mas não consigo mais engolir. A situação não é boa.

Espero que o hospital tenha um antídoto para seja lá qual for o veneno que Krista me deu. Não faço ideia do que seja.

Quando estou prestes a tocar a campainha de novo, alguém abre a porta. Eu esperava encontrar Whitney, mas quem surge na minha frente é Krista. Ai, não, é tarde demais. A parte boa é que estou vendo só uma Krista. Pelo menos acho que é Krista. Talvez eu esteja alucinando.

— Blake. — Ela agarra meu braço. — Entra. Por que você demorou tanto?

Eu a acompanho e faço o possível para disfarçar o fato de que estou morrendo.

— Eu estava... na estrada.

Merda, será que estou falando enrolado? Isso não é bom.

— Na estrada? Aonde você foi?

— Eu te disse. Fui para Telmont. — Enxugo a baba no canto da minha boca, porque não consigo engolir direito. — Eu... eu fui falar com a mãe da Whitney. E ela me disse...

Krista levanta uma sobrancelha. Por um segundo, enxergo dobrado, mas em seguida ela volta a ser uma só.

— Ela disse que eu sou Whitney.

— Não, eu vi a foto e… — Limpo meus lábios com o dorso da mão mais uma vez. — Não consigo entender. Se você é Whitney, então quem é…

Krista assume uma expressão sombria.

— Uma impostora. Uma garota que roubou meu nome quando eu não podia usá-lo. E é por isso que ela teve o que mereceu.

— Teve o que…

E é nesse momento que olho para a sala de estar. A garota que eu achava ser Whitney Cross está caída no sofá com o abdome coberto de sangue, que também se espalhou pelas almofadas.

Cheguei tarde demais. Não consegui salvá-la.

Entro na sala, tentando chegar mais perto, mas não consigo andar direito. Quase caio, mas Krista me segura no último segundo. Ela me apoia por um instante; em seguida, eu me seguro na parede para continuar em pé.

— Ai, meu Deus. — Esfrego a têmpora com a mão livre. — Krista…

— Ah, para com isso — rebate ela. — Ela *merecia* morrer. Assim como você também merece morrer. Você e a Stacie.

— Mas aquilo não significou *nada*. — Eu me esforço para falar de forma clara. Ela precisa ouvir o que tenho a dizer. — Aconteceu só uma vez e, na mesma hora, me arrependi. Me senti péssimo. Stacie não significou nada para mim. *Você* era importante para mim. Eu amava *você*.

Ela faz uma careta.

— E não ama mais?

Não sei como responder a essa pergunta. Como posso dizer que a amo depois de tudo que ela fez? Nem sei dizer quem ela é. E, além disso tudo…

— Você tentou me matar — argumento.

— Tentei? — Ela abre um sorriso debochado. — Na verdade, acho que estou conseguindo, não? — Ela me olha de cima a baixo. — Como você está se sentindo, Blake?

Ela sabe que eu comi os cookies. Claro que sabe, já que agora há pouco quase caí de cara no chão. Eu estava enganado ao achar que conseguiria esconder isso dela. Estou falando enrolado, mal consigo andar direito e voltei a enxergar tudo em dobro.

— Era tetrodotoxina — informa Krista. — Sabe aquela coisa que tem no baiacu que dizem que é supertóxica? Normalmente a pessoa morre de insuficiência respiratória em um intervalo de quatro a seis horas. — Ela olha para mim, curiosa. — Faz quanto tempo que você comeu os cookies, Blake?

Já não sei mais. Acho que faz três ou quatro horas. E, agora que ela tocou no assunto, de repente percebo que está meio difícil respirar. Estou apoiado na parede para não cair no chão e, dentro de alguns minutos, não vou mais me aguentar de pé.

— Rasguei a carta de suicídio — digo, com dificuldade.

— O que foi que você disse? — Ela pisca para mim, com cara de inocente. — Você está falando muito enrolado.

Tento mais uma vez, pronunciando cada uma das palavras:

— Rasguei. A. Carta. De. Suicídio.

— Ah. — Ela acena com uma das mãos. — Sem problema. Eu escrevo outra. Sou muito boa nesse tipo de coisa.

Caio de joelhos, sabendo que não vou conseguir me levantar. Chegou a hora. Não vou sobreviver. Não quero que tudo acabe assim, desse jeito, mas o que posso fazer? Não tenho como ligar para a polícia. Nem sequer consigo controlar meus dedos.

Não acredito que Krista fez isso comigo. Eu a *amava*. Queria que ela fosse minha esposa.

E agora ela está ali de pé me vendo agonizar.

Mas, um segundo depois, ela não está mais de pé. Está no chão ao meu lado. Nossos olhares se cruzam e, de repente, sua regata branca ganha um tom vermelho intenso. Ela abre a boca para dizer alguma coisa e o sangue escorre de seus lábios.

— Krista? — arquejo.

Olho para cima e vejo Whitney de pé, sem muito equilíbrio, segurando uma faca com tanta força que os nós dos dedos, além de salpicados de sangue, estão esbranquiçados.

— Krista! — Tento me arrastar para perto dela. Sei que não estou bem, mas ela parece bem pior do que eu. Ela está se engasgando com o próprio sangue, que sai pela boca e também pelo ferimento nas costas, cobrindo o chão sob nós. — Krista...

— Estou ligando para a emergência — diz Whitney, com um tremor na voz, pressionando com força o próprio abdome ensanguentado.

Eu me agacho ao lado de Krista e vejo que sua vida está se esvaindo. Não entendo como ela conseguiu, minutos atrás, me ver agonizar e não sentir nada. Porque esta é a cena mais difícil que já vi na vida. Mais difícil até do que quando vi minha mãe morrer. Porque eu sabia que minha mãe não viveria para sempre, mas achei que eu iria envelhecer ao lado de Krista.

— Por favor, Krista, não morra. — Apesar de tudo o que ela fez comigo, meus olhos se enchem de lágrimas. — Eu amo você.

Ela está com a boca entreaberta e uma bolha de sangue se forma em seus lábios.

— Você... nem... sabe... quem... eu... sou...

— Eu sei — insisto. — Eu sei. Anda, Krista. Aguenta firme.

Enquanto Whitney liga para a emergência, seguro a mão de Krista. Está fria e úmida. Mas seus olhos ainda estão abertos, ela ainda está viva e consciente, mas não por muito tempo.

— Eu amo você — digo mais uma vez. — Sei quem você é e eu te amo. Por favor...

Por uma fração de segundo, ela esboça um sorriso. Mas depois fecha os olhos e, de repente, seu corpo fica imóvel. Olho para seu peito. Ainda está subindo e descendo? Ou será que ela parou de respirar?

— A gente tem que fazer uma massagem cardíaca nela — digo para Whitney.

Ela desliga o celular e me olha como se eu estivesse louco.

— Massagem cardíaca? Blake, você mal consegue respirar. E eu fui esfaqueada.

— Eu sei, mas…

Ela tem razão. Mesmo que eu consiga me lembrar de como fazer a massagem cardíaca para ressuscitar Krista, não vou conseguir executá-la. Não tenho como ajudar outra pessoa a respirar quando eu mesmo mal consigo fazer isso.

Krista vai morrer. Sua vida está se esvaindo bem na minha frente.

E a verdade é que isso é exatamente o que ela merece.

CAPÍTULO 67

KRISTA

Sabia que eu devia ter enfiado a faca em Amanda mais uma vez para ter certeza de que ela estava morta.

Sabia que eu devia ter colocado mais tetrodotoxina naqueles cookies.

Sabia que eu não devia ter confiado em Blake.

Sabia que eu não ia viver feliz para sempre. Minha mãe tinha razão.

Eu sabia.

Eu...

CAPÍTULO 68

BLAKE

Ainda estou vivo.

Faz uma semana que… bom, que tudo aconteceu. Faz uma semana que Krista tentou me matar; que ela morreu no meio da sala de estar, comigo em lágrimas ao lado de seu corpo ensanguentado; que fui levado para o pronto-socorro, onde tive de ser sedado e entubado. (Não me lembro muito dessa última parte.) Aparentemente, não existe antídoto para tetrodotoxina, mas, se você sobreviver às primeiras vinte e quatro horas, tem boas chances de não morrer.

E agora falaram que estou melhor (no geral) e tive alta do hospital, o que significa que posso voltar para casa.

Meu pai fechou temporariamente a loja de ferragens e pegou um avião para ficar comigo em Nova York, mas voltou para casa ontem quando teve certeza de que eu não corria mais risco de vida. Eu falei para ele ir, sei que não tem muita gente trabalhando na loja, e eu não queria que ele fosse à falência por minha causa. Mas isso significa que não tenho ninguém que possa vir me buscar no hospital, agora que recebi alta.

Então pedi ajuda para Amanda.

Ainda acho estranho usar esse nome com ela. Porque, desde que ela veio morar com a gente, ela se chamava Whitney. Mas, na verdade, ela tem cara de Amanda.

Ela me contou por que mudou de identidade, falou que precisava de dinheiro para pagar a quimioterapia da mãe e que pediu um empréstimo para as pessoas erradas. A história partiu meu coração, ainda mais porque minha mãe morreu de câncer e eu também sei como é ficar desesperado por não ter dinheiro. Porém, o que mais me impressionou foi que Krista ouviu essa história e mesmo assim quis matar Amanda. Krista tinha razão, eu não sabia quem ela era.

Eu me visto sozinho, enquanto espero para ir embora. Apesar de conseguir fazer todos os movimentos necessários para me vestir, a sensação é de que meu corpo foi para uma batalha e, quando termino de colocar a roupa, sinto que preciso tirar uma soneca para me recuperar. Estou exausto.

Não recomendo ingerir uma toxina mortal.

A enfermeira que cuidou da minha papelada hoje chega com uma cadeira de rodas.

— Não precisa — digo, mesmo não sendo verdade, porque ainda não tenho firmeza nos pés. Mesmo assim, acho que consigo sair do prédio andando.

— Regras do hospital — diz ela. — Não queremos que nada aconteça com você, pelo menos até você sair daqui!

Não quero criar problema, então obedeço e me sento na cadeira. Ela me conduz até o elevador. Depois de uma eternidade, o elevador chega ao térreo. Como prometido, Amanda está esperando por mim na recepção. Quando me vê, ela se levanta.

— É sua namorada? — pergunta a enfermeira.

Meio segundo depois de fazer a pergunta, a enfermeira fica vermelha. Porque ela sabe, claro que sabe. Todo mundo sabe que estou no hospital porque minha namorada tentou me matar. Como se isso não bastasse, o caso virou notícia. A *cidade* inteira sabe.

Krista ficou famosa. O *New York Times* publicou uma matéria enorme sobre todas as mortes que essa história gerou.

É um número maior do que eu imaginava, e não envolve só o Sr. Zimmerly e Stacie. Minha ex-noiva tinha o mau hábito de lidar com seus problemas matando pessoas.

— Oi, Blake — diz Amanda, ao se aproximar de mim. — Você está com uma cara péssima.

— Puxa, obrigado.

Depois que os médicos disseram que o ferimento de Amanda não era grave e ela foi liberada do hospital na manhã seguinte, acabou voltando várias vezes para me visitar. E, agora, ela me ajuda a levantar da cadeira de rodas e a ficar de pé.

— Você sabe que eu não vou conseguir te segurar se você cair, né? — diz ela.

— Não vou cair.

Há um ponto de táxi em frente ao hospital, e eu ficaria bem se precisasse pegar um carro sozinho, mas estou feliz por Amanda ter vindo me buscar e, além disso, não posso sair sem acompanhante, segundo as regras do hospital. Ela abre a porta do táxi e embarca logo depois de mim.

— Mas a corrida é por minha conta — digo. — E não aceito não como resposta.

— Por que eu diria não? — rebate ela. — Afinal, salvei a sua vida. O mínimo que você pode fazer é pagar a corrida de táxi.

Isso é verdade. O médico disse que, se eu não tivesse sido levado para o hospital e entubado, teria morrido em menos de uma hora. Krista não iria chamar uma ambulância. Se Amanda não tivesse cravado a faca em suas costas, ela teria me deixado morrer bem na sua frente.

— Aliás, já encaixotei todas as minhas coisas — diz Amanda, enquanto o táxi atravessa a Primeira Avenida. — Minha amiga, que trabalha comigo no restaurante, disse que posso dormir no sofá dela por uns dias.

Olho para Amanda com uma expressão de surpresa.

— Por que você vai embora?

— Hum, porque você falou para eu ir. Você me *mandou* embora.

Mandei mesmo. Bati à porta dela e disse que ela tinha trinta dias para sair da minha casa. Mas muita coisa mudou desde então. Não quero botar Amanda para fora e obrigá-la a morar de favor com uma amiga, sendo que tenho uma casa enorme praticamente vazia.

— Gostaria que você ficasse — digo. — Se você quiser.

Ela ergue as sobrancelhas.

— Tem certeza?

— Absoluta. — Ela parece hesitar, então acrescento: — E você pode comer Sucrilhos à vontade.

Ela relaxa e sorri.

— Bom, não vou trocar um colchão confortável por um sofá duro.

Essa conversa com Amanda, mesmo que breve, já me deixa exausto, então encosto a cabeça no banco do carro para descansar. Mas, toda vez que fecho os olhos, surge a imagem de Krista, em pé, me vendo agonizar. Ainda não consigo assimilar o que ela fez comigo nem o fato de ter matado um monte de pessoas ao longo da vida… até Amanda colocar um fim nessa história. Não é um exagero dizer que Krista era uma psicopata. Na verdade, o mais certo é dizer que ela era um monstro.

É ruim dizer que sinto falta dela?

EPÍLOGO

QUATRO MESES DEPOIS

BLAKE

Tudo que tenho está dentro do meu carro.

Quero dizer, quase tudo. Não tenho como levar os móveis e já despachei algumas caixas para a casa do meu pai em Ohio. Mas lotei o porta-malas e o banco traseiro do Kia usado que comprei semana passada. Está tudo pronto.

E eu também.

Amanda se junta a mim na sala de estar para eu dar uma última olhada na brownstone que me proporcionou algumas das melhores, e também piores, memórias da minha vida em Nova York. Agora que um inverno especialmente intenso chegou ao fim, decidi dar início ao processo de venda do imóvel, uma das decisões mais fáceis da minha vida. Espero nunca mais ter de pôr os pés aqui de novo.

Felizmente, não vai ser difícil vender a casa. Enquanto me recuperava do envenenamento, aproveitei para fazer uns consertos na brownstone usando as habilidades que aprendi com meu pai quando eu era mais novo, porque fiquei preocupado com a possibilidade de ninguém se interessar pelo imóvel depois… bom, depois de tudo o que aconteceu aqui. Acredite se quiser, há muita gente interessada em comprar a casa onde morou uma assassina famosa. Parece até que vai rolar uma disputa de lances para ver quem fica com ela.

— Então é isso — digo para Amanda.

Ela me dá um sorriso meio desanimado. Amanda me ajudou a encaixotar as coisas e a colocar tudo no carro. E, depois que eu for embora, ela vai ajudar a vender a brownstone. Em troca, ficará morando aqui de graça por mais um tempo. Consegui quitar as parcelas do financiamento depois de dar algumas entrevistas pagas sobre Krista, mas a coisa toda me incomodou um pouco. Uma editora me ofereceu um contrato bastante bom para escrever um livro, mas recusei sem pensar duas vezes.

— Vou sentir sua falta, Blake — diz ela.

Eu também vou sentir falta dela. Depois de passar tanto tempo odiando Amanda, acabamos ficando muito próximos nos últimos meses. Não sei o que eu faria se ela não estivesse aqui para conversar comigo sobre tudo o que aconteceu.

— Aposto cinco pratas que você vai morrer de tédio e, daqui a seis meses, vai querer voltar para Nova York — diz ela.

— Eu não vou voltar — digo, e estou falando sério. — Mas você pode ir me visitar em Cleveland sempre que quiser. O convite está feito.

— Acho que vou aceitar seu convite. — Ela sorri. — Quero conhecer a sua loja.

Sim, estou assumindo a loja de ferragens do meu pai. Depois que descobriram que Krista foi responsável por roubar os arquivos e vender informações sobre minhas campanhas de marketing, Wayne Vincent fez questão de me ligar e me oferecer o cargo de vice-presidente de volta. Aparentemente, Malcolm não deu conta do trabalho e a empresa estava planejando dispensá-lo. *Ninguém daria conta desse trabalho melhor do que você, Blake*. Mas a forma como ele me colocou no olho da rua, depois de todos aqueles anos, sem nem sequer me dar o benefício da dúvida... não me permite conseguir voltar a trabalhar para ele. Até então, eu não tinha me dado conta do quanto o ambiente da Coble & Roy era tóxico, mesmo depois que meu antecessor tentou pular pela janela. (Sinceramente, uma parte de mim ainda se pergunta se Krista não estava envolvida nessa história, mas, como ela morreu, nunca vou saber.)

Enfim, meu pai ficou eufórico com a ideia de eu assumir a loja e sinto que é o certo a fazer. Esta cidade não tem mais nada a me oferecer, e vai ser bom dar continuidade aos negócios da família. Além disso, sinto saudades do meu pai, e ele não vai viver para sempre. Estou ansioso para voltar para casa, para Cleveland.

Agora é só pegar a estrada.

Amanda e eu nos encaramos e, por um instante, ficamos meio sem jeito ao nos despedir. Uma semana atrás, eu e ela ficamos, mas foi só uma vez. Não foi nada planejado, mas, como temos passado muito tempo juntos e tido algumas conversas íntimas, a coisa meio que... aconteceu.

Logo depois, senti vergonha de mim mesmo. Krista mal tinha morrido e tudo ainda estava muito vivo na minha memória. Mas dormir com a mulher que salvou sua vida me pareceu ser um bom antídoto para esquecer uma namorada que tentou matar você.

No fim, Amanda e eu nos despedimos com um abraço, o que me parece certo. Ela é muito diferente de Krista, é o tipo de mulher que sempre imaginei ao meu lado. Gostaria de tê-la conhecido antes, porque o trauma que Krista me deixou ainda vai durar um bom tempo.

— Você vai ficar bem? — pergunto para ela.

Amanda hesita por um instante, em seguida faz que sim com a cabeça.

— Vou.

— Porque, se você precisar de um dinheiro emprestado...

— Não se preocupe. Eu consegui me organizar.

Fiquei bem preocupado que toda a atenção em torno de Krista acabasse revelando a identidade de Amanda. Mas ela me disse que, com uma parte do dinheiro que recebeu, está planejando pagar o empréstimo de alguma forma. Então vai ficar tudo bem, pelo menos é o que ela diz. Ainda assim, fico meio preocupado. Não é bom pisar na bola com agiotas. Fiz Amanda prometer que, se surgir qualquer problema, ela vai entrar em contato comigo. Se eu conseguir vender esta casa pelo valor que imagino, vou ter bastante dinheiro para emprestar para ela.

— Tá bom — digo. — Acho que é isso.

Amanda me acompanha até o carro, e a gente se abraça mais uma vez. Morei nesta cidade por mais de uma década. Vou ficar triste de ir embora, mas também feliz por começar de novo. Tudo o que acontece tem um porquê, e sinto que esse é o meu destino.

Não vejo a hora de começar uma nova vida.

AMANDA

Fico um pouço triste de ver Blake indo embora no carro de segunda mão que ele acabou de comprar. Foi bom termos passado esses últimos meses juntos, mas ele vai ser mais feliz em Ohio. Ele fez as coisas funcionarem por um tempo, mas Blake é um cara do Meio-Oeste. Acabaria voltando para casa de qualquer forma, mesmo se Krista não tivesse acabado com sua vida.

De qualquer forma, vou sentir sua falta. Ele é um cara legal, bonito e beija bem. Entendo por que Krista era tão possessiva.

Também amo que ele tenha acreditado em tudo o que eu disse.

Ele está preocupado comigo. Dava para ver em sua cara. Ele está com medo de que o agiota venha atrás de mim. Se soubesse a verdade, não ficaria tão preocupado assim. Ele também não me deixaria ficar em sua casa nem me ofereceria dinheiro emprestado. E, com certeza, não teria dormido comigo na semana passada. Mas o que os olhos não veem o coração não sente.

Tudo aconteceu um mês antes da morte de Krista. Eu estava trabalhando no turno da noite, no Cosmo's, morrendo de medo de voltar para a brownstone, e notei um homem com cara de poucos amigos em uma das mesas. Ele me deixou muito nervosa. Os outros clientes foram embora, e ele continuou sentado lá, bebericando uma xícara de café. O restaurante já estava praticamente vazio quando passei por sua mesa e ele agarrou meu braço.

— Faça um intervalo, Amanda — disse ele. — Quero falar com você lá nos fundos do restaurante.

Ele me chamou pelo meu nome verdadeiro. Pensei em fugir, mas sabia que isso seria suicídio.

Encontrei com ele nos fundos, perto dos latões de lixo. Ele se apresentou como Frank Gallo e me disse que sabia que eu estava devendo muito dinheiro para um de seus colegas e queria me ajudar a quitar essa dívida.

Eu tinha certeza de que ele ia me pedir algo horrível em troca, mas eu já estava cansada de fugir. Cansada de viver em apartamentos de merda e de lidar com proprietários idiotas me acusando de comer cereal demais e de usar o lava-roupas errado. Eu estava disposta a fazer quase qualquer coisa para mudar de vida.

— O que você quer? — perguntei.

— Você está morando com uma mulher chamada Krista Marshall — disse Frank Gallo. — Ela matou meu sobrinho, Jordan, e conseguiu escapar. Assim como você, ela achou que podia se esconder, mas ela não pode. Mais cedo ou mais tarde, a gente dá um jeito de encontrar quem se esconde. Ironicamente, você me ajudou a encontrá-la.

Não entendi o que ele quis dizer com isso, mas senti calafrios só de ouvir essas palavras.

— O que você quer que eu faça?

— Se você matar Krista Marshall — disse ele —, nós perdoamos suas dívidas de apostas.

Sim, é claro que minhas dívidas eram de apostas. Quem pega dinheiro emprestado com um agiota para pagar a *quimioterapia da mãe*? Pelo amor de Deus. Não sou Poliana. Enfim, minha mãe é uma alcoolista que mal olhou para mim quando eu era criança e, se ela tivesse câncer, eu ficaria feliz de vê-la definhar e morrer com a doença.

Fiz um monte de coisas erradas na vida — podemos dizer que não tive uma boa educação. Mas nunca tinha matado ninguém. Mesmo assim, não queria mais fugir. E parecia que eu não tinha escolha.

— Tá bom — eu disse. — Pode deixar.

Ironicamente, na noite em que Krista me esfaqueou, eu estava planejando matá-la. Assim como Krista, achei que Blake levaria a culpa. Eu não gostava muito dele na época e dava para ver que o cara estava transtornado. Eu já achava que Blake tinha matado o Sr. Zimmerly. Nada aconteceu como planejei, mas, no fim, fui eu que matei Krista. Fiz exatamente o que Frank Gallo me pediu que fizesse, e ele me garantiu que a dívida tinha sido quitada.

Veja, quando matei Krista naquela noite, eu não estava salvando a vida de Blake.

Estava salvando minha própria vida.

Aposto cinco pratas que Krista não esperava por isso.

AGRADECIMENTOS

Este livro é um dos poucos que escrevi sob o ponto de vista masculino. Com isso em mente, agradeço ao meu marido, que leu os primeiros capítulos e me disse, de maneira confiante:

— Não, um homem jamais diria uma coisa dessas.

Ele me ajudou muito!

Como sempre, quero agradecer à minha mãe por ter amado este livro desde o início. Sei que devo soar como um disco arranhado se você costuma ler meus agradecimentos, mas sou muito grata à minha agente, Christina Hogrebe, e a todo mundo na agência JRA pelo apoio e pelos comentários. Obrigada a Jenna Jankowski pelos comentários perspicazes e bem detalhados, e a todo mundo nos bastidores da Sourcebooks. Obrigada a Mandy Chahal pelo trabalho de marketing sobre-humano.

Obrigada às leitoras da versão beta deste livro: Jenna, Maura, Pam, Kate e Emily, que fizeram comentários incríveis. Obrigada à agência Red Adept Editing pelos comentários. Obrigada a Val pela ajuda com a revisão.

Como sempre, sou imensamente grata aos meus leitores, tanto os que me leem on-line quanto os que nem sequer têm um computador. Muito obrigada pelo apoio!

Este livro foi composto na tipografia Berling LT Std,
em corpo 11,5/15,3, e impresso em
papel off-white no Sistema Cameron da
Divisão Gráfica da Distribuidora Record.